KB196169

노인 호텔

ROJIN HOTEL

노인 호텔

老人ホテル

하라다 히카
장편 소설

이소담 옮김

RHK
알에이치코리아

✣ **1** ✣

엔젤이 그 사람의 방에 들어가기까지 반년 넘는 시간이 걸렸다.

조금 도톰한 입술, 둔해 보이는 홑꺼풀, 변화가 적은 표정, 그런 외모가 주는 인상 때문인지 엔젤은 주위에서 매사 배짱 두둑해 보인다는 소리를 듣는다. 스스로도 목숨을 잃는 정도의 일이 닥쳐도 될 대로 되라고 생각한다. 그저 죽음에 이르기까지 겪을 통증이나 고통이 두려울 뿐이다. 허풍이 아니다. 몇 번이나 죽을 뻔한 일을 겪었고, 그때마다 '죽고 싶지 않다'라고 생각한 적은 없다.

그런 엔젤조차 그 방에 노크할 때는 약간 긴장했다.

그녀라는 존재에. 여기까지 오는 과정에. 투자한 시간에.

"누구지?" 하는 대답과 함께 가벼운 기침 소리가 들렸다. 이건 들었던 대로다.

"룸 클리닝입니다" 하고 대답하는 목소리가 갈라지지 않게 조심했다.

"들어와."

문을 열자 조금 냄새가 났다. 진한 꽃향과 부취…… 노인에게서 날 법한 양극단의 냄새가 뒤섞였다. 아마 자기의 나이든 냄새가 신경 쓰여서 싸구려 향수라도 뿌렸겠지.

"실례하겠습니다."

침대에 앉은 그녀가 살짝 고개를 들었다. 가물거리는 눈으로 엔젤을 수상쩍게 바라보았다.

"너, 누구지?"

"히무라입니다."

엔젤은 가슴에 단 명찰을 보여주려고 했다. 흰색과 연한 파란색 유니폼은 청소원 공통이다. 적어도 차림새만큼은 수상해 보이지 않을 텐데.

"……늘 오던 사람이 아니네."

노인 호텔

"야마다 미즈에는 오늘 휴가입니다. 그래서 오늘은 제가……."

"그럼 됐어."

"네?"

"청소는 됐다는 거야."

"하지만……."

고개를 드는 것도 힘들어 보이는 그녀, 프런트에 댄 이름이 사실이라면 아야노코지 미쓰코가 숨을 헐떡이며 일어나 엔젤이 선 곳까지 비틀비틀 걸어왔다.

키는 155센티미터 정도로 엔젤보다 조금 작다. 꼬챙이처럼 말라서 연보라색 레이스 원피스가 헐렁헐렁하다. 그래서 체구가 더욱 가늘어 보였다. 시선만이 유난히 예리했다.

미쓰코의 손가락이 유니폼 가슴께를 찔렀다. 가느다랗고 두 번째 관절에서 구부러진 것처럼 생긴 손가락이다. 류머티즘이든 뭐든 앓고 있겠지. 검지가 그런 모양인데도 힘이 세다. 이걸 남자에게 당한다면, 얼마 전이었다면 몇만 엔쯤은 뜯어냈다.

"됐다고 했잖아. 나가. 내일이라도 야마다 씨가 오라고 해."

"야마다는 독감이어서 한동안 못 옵니다."

"그러면 언제든 좋아. 그때까지 청소는 안 해도 돼."

꾹꾹 검지 하나로 밀어서 엔젤은 뒤로 물러날 수밖에 없었다.

"프런트에 그렇게 말해 둬!"

쾅, 문이 눈앞에서 닫혔다. 기껏 반년 넘게 세운 계획이 고작 10초 만에 끝났다.

넉 달 전, 오미야역 앞 로터리를 노인용 카트를 끌고 비틀비틀 걷는 미쓰코를 봤을 때, 바로 알았다.

그녀라고.

그 순간, 모든 것이 돌기 시작하는 것 같았다. 그녀를 중심으로. 말 그대로 풍경이 빙글빙글 돌아서 자신이 쪼그려 앉은 것을 깨달았다. 예전부터 빈혈이 있었고, 요즘은 제대로 먹지 않았으니까 더 심해졌다.

"괜찮으세요?"

남자 목소리가 들려서 고개를 들자 서른 살쯤으로 보이는 짙은 파란색 양복을 입은 회사원이 걱정스럽게 바라보고 있었다.

엔젤은 조바심이 났다. 이러고 있을 시간이 없다. 빨리 미쓰코를 쫓아가야 해……

"저리 꺼져! 이 변태 새끼가!"

조바심 때문에 말투가 난폭해졌다.

"아니, 그게 아니라⋯⋯."

남자가 겁먹은 듯이 물러났다. 요즘 세상, 젊은 여성과 엮였다가 치한이나 수상한 인간으로 몰리면 낭패라고 생각했을지도 모른다.

"시끄러워!"

팔을 휘두르자 그가 "뭐 이런⋯⋯"이라고 조용히 중얼거리며 떠났다. 이때 "입 닥쳐, 못생긴 게!"라고 말하지 않았으니까 어쩌면 그는 정말 좋은 사람이었을지도 모른다.

그러나 지금은 그런 걸 상관할 때가 아니다.

발걸음이 아직 불안정했지만, 엔젤은 주변을 두리번두리번 둘러보고 노인을 찾았다.

그녀는 이미 어디에도 보이지 않았다. 최대한 크게 "쯧" 하고 혀를 찼다.

넘어지면서 박은 무릎에 붙은 흙을 털면서 엔젤은 마지막으로 미쓰코와 만난 것이 아마도 5년쯤 전이었다고 생각했다.

자신은 아직 아슬아슬하게 10대였고, 오미야의 '마야카시'라는 이름의 카바레에서 일했다.

처음에는 그저 뭐 하는 사람인지 모를 노인이었다.

한 달에 한 번쯤 와서 가게 제일 안쪽의 넓은 테이블에 앉아 술은 마시지 않고 계속 유산균 음료를 마셨다.

마야카시 같은 업소는 여자 손님을 꺼린다. 테이블에 앉아 마음을 사로잡아도 계속 다녀줄 리 없고, 남자 손님이 데리고 온 여자 손님은 뭘 마셔도 무료다. 여자만 왔을 때는 어떻게 하는지, 돈을 받는지는 잘 모르겠다. 그런 손님은 없고 본 적도 들은 적도 없다.

남자가 여자를 데리고 카바레에 올 때는 호스티스 중 누군가에게 진심으로 구애할 때라고 들은 적 있다. 친구인지 애인인지 동료인지 잘 모르는 사람을 데리고 와서 나는 위험한 손님이 아니다, 여자한테 굶주리지 않았다는 걸 아가씨에게 보여주려는 의도라고 한다.

엔젤은 진심에서 우러난 접근을 받아본 적 없으니까 그 풍문이 진짜인지 아닌지 모른다.

어쨌든 미쓰코만큼은 정말로 혼자 와서 오너를 비롯한 보이들을 옆에 끼고서 거들먹거렸다.

도대체 저 여자는 누군지 의아했다.

"저기, 저 할머니는 누구야?"

처음에 미쓰코를 봤을 때, 분장실 옆에 앉은 미나요에게 물었다.

"할머니? 누구?"

"가게 제일 안쪽에 오너랑 앉아 있었잖아."

"그런 사람이 있었어?"

미나요의 본명은 지금도 모른다. 엔젤과 마찬가지로 아르바이트로 오는 호스티스였다. 엔젤 이상으로 가게에서 생기는 일에 관심이 없었고, 손님 자리에 앉지 못한 호스티스가 앉는 대기석에서 같은 처지인 여자들과 수다를 떨었다.

어쩔 수 없이 엔젤은 눈을 돌려 다른 사람을 찾았다. 분장실 제일 안쪽에 미네아폴리스가 앉아 인조 속눈썹을 확인하고 있었다. 그녀는 이 가게의 넘버원이다. 상대하기 싫은 사람이지만 그녀라면 사정을 알 거라 짐작했다. 오너와 사이가 좋고, 가게 안의 일을 늘 살피니까.

미네아폴리스는 여기에서 나가도 아마 대기석에 앉지 않을 것이다. 늘 지명이 끝없이 들어와서 그런 곳에 앉을 시간이 없다. 말을 걸려면 지금뿐이다.

"저기, 그 여자, 혼자 오는 할머니요, 누군지 아세요?"

자기도 모르게 공손한 말투가 자연히 나왔다.

"뭐야?"

무시하는 듯한 대답만 돌아왔다. 열받지만 지금은 참고 다시 물을 수밖에 없다.

"가게 안쪽 테이블에⋯⋯ 점장이랑 오너와 같이 앉은 사람이요."

미네아폴리스가 힐끔 이쪽을 봤다. 이상한 이름인데 이게 또 재미있는 요소인가 보다. 미네 아키코라는 평범한 본명을 변형한 이름이다. 귀여운 예명을 쓰지 않는다는 점에서 남자에게 아양 떨지 않는다는 인상을 준다. 다만 그녀는 절대 미인은 아니다. 화장은 잘하고 미용에 돈을 써서 피부는 예쁜데, 정면에서 보면 콧구멍이 전부 보이는 얼굴이다. 생김새만으로는 미나요가 훨씬 예뻤다.

그래도 가게 넘버원은 미나요가 아니라 미네아폴리스이고, 지금 그녀가 쓰레기라도 보는 눈빛으로 엔젤을 본다. 그녀는 가게 톱 스리에 들어가는 인간이나 자길 깍듯하게 모시는 후배가 아니고는 제대로 대화를 나누지 않는다.

"⋯⋯그 사람은 이 가게의 주인이야."

그런데 웬일로 엔젤에게 대답했다. 기분이 그럭저럭 좋았나 보다.

"주인이요?"

"주인도 몰라? 이 빌딩을 소유한 사람."

자기도 모르게 입술을 깨물었다. 굴욕적인 말투였다.

"그 정도는 알아요. 우리 가게, 오너 소유가 아니었어요?"

"가게는 오너 거야. 이 빌딩이 그 할머니 거."

그러더니 엔젤의 대답도 듣지 않고 일어났다.

미네아폴리스는 그 후로 요란하게 선전을 해대며 도쿄 가부키초의 가게에 발탁되었으나 거기에서는 결국 넘버원이 되지 못하고 어느 기업가의 눈에 들어 결혼했다고 들었다. 그 미네아폴리스도 간신히 넘버스리 정도라는 소리를 듣다니 역시 도쿄는 넓다고 생각했던 기억이 있다.

재회했던 그날, 미쓰코는 음식을 잔뜩 담은 작은 장바구니를 들고 있었다.

그녀와 다시 만나고 싶은데 어떻게 해야 할지 좋은 방법이 딱히 생각나지 않아서 엔젤은 역 앞 로터리에 지키고 서 있기로 했다.

로터리에는 택시 승강장이 있어서 상시로 다섯 대에서 열 대쯤 차가 서 있다. 그 옆에 커다란 나무를 에워싸는 형태로 철제 벤치가 있다. 오래 있지 못하게 하려고 엉덩이를 조금만 얹을 수 있게 만든 높은 벤치다. 엔젤의 나이로도 거기 있긴 너무 힘들 정도였다. 게다가 몇 년 전이라면 이러니저러니하면서 남자가 접근할 테니 시끄러워서 앉아 있지 못했을 것이다. 그러나 지금은 아무도 접근하지 않는다. 그때부터 5년밖에 안 지났는데……. 전에는 성가시기만 했던 남자들도 지금은 말을 걸어주면 밥쯤은 같이 먹어줄 수 있다. 벌써 몇 달이나 외식은 꿈도 못 꿨다.

말을 거는 사람은 이도 빠진 듯한 노인들뿐이었다.

"아가씨, 뭐 하시나?"

실실 웃으며 접근한다. 파리 쫓는 시늉처럼 저리 가라고 손을 내저으면 "앙칼지기는" "대체 뭐야"라고 중얼거리며 가버린다.

제일 곤란했던 건 옆 벤치에 앉아 혼잣말인지 말을 거는 건지 모르게 중얼거리는 노인이었다. 무시해도 목소리가 자연히 귀에 들어온다. 어쩔 수 없이 곁눈질로 살피자, 이 근방에 모이는 노인치고는 비교적 깔끔하게 베이지 폴로셔츠에 베이지 바지 차림이었다. 희끄무레한 모자를 썼다.

"시끄러워, 닥쳐"라고 고함을 지를 생각이었는데, 아무것도 보이지 않는 듯한 눈빛이 무서워서 망설여졌다.

"……나도 전에는 이런 곳에 있지 않았지."

노인 호텔

"……아들은 사장이거든."

"……딸은 다카라즈카*에 있어."

"……마누라는 4년 전에 죽었지."

"……여기 있는 건 멍청한 놈들뿐이야."

조용한 목소리였는데 어느새 머릿속으로 소리를 따라가게 되어서 점점 기분이 가라앉았다. 다른 때라면 자리를 바꾸거나 다른 곳에 가면 되겠지만, 그때는 거기에서 미쓰코가 다시 오기를 기다려야 했다.

앉아 있는 동안 공복을 느끼면 물을 마셨다. 며칠 전에 산 생수 페트병에 집 수돗물을 담아서 가지고 왔다. 이미 100엔도 함부로 쓸 수 없는 상황이었다.

저녁이 되어 노인들이 하나둘 사라져서 엔젤도 어쩔 수 없이 집에 돌아왔다.

미쓰코의 방에서 쫓겨나 일단 누군가에게 보고하려고 프런트에 가자, 매니저인 사카이가 서 있었다. 그는 30대 중반쯤이다. 머리카락을 7대 3으로 나누고 늘 저렴해 보이는 양복을

* 효고현 다카라즈카시에 본거지가 있는 여성으로만 구성된 극단

입는다. 아들 둘이 있는 아빠여서 때때로 휴대폰으로 사진을 보여준다.

미쓰코의 방을 청소하지 못했다고 하고 이유를 설명하자 그가 "어쩔 수 없지"라고 말했다.

"그분은 까다로워서."

"죄송합니다."

자연스럽게 사과하는 자신을 깨닫고 놀랐다.

사과는 이쪽에 책임이 있다고 인정하는 것이다. 지금까지 엔젤 주변에서는 절대로 하면 안 되는 일이었다. 일단 사과하면 어디까지 책임을 지게 될지 모른다. 부모나 남매, 학교에서도 봐 주지 않았다.

몸이 잔뜩 긴장했다. 자신의 실수를 깨닫고서.

그런데 사카이는 다정하게 말했다.

"그쪽에서 필요 없다고 했으니까 어쩔 수 없지."

마음이 서서히 풀렸다. 안경은 촌스럽고 남성적인 매력이라곤 한 톨도 없는 데다 돈도 없어 보인다. 예전이었다면 가게에 와도 절대 상대도 안 할 남자지만, 지금은 적어도 싫진 않다.

"괜찮을까요?"

"응. 그래도 내일도 일단 문을 노크하고 물어봐 줄 수 있을까? 야마다 씨가 출근할 때까지……."

"괜찮긴 한데요."

"미안해."

장기 투숙객의 방을 청소하는 건 정말 쉽지 않아, 야마다 씨가 참 잘해줬지, 라고 혼자 중얼거리며 그가 서류를 정리했다.

야마다와는 비교도 안 된다는 소리를 들은 것 같아 무심코 고개를 숙였다.

"장기 체재하는 사람이라도 방에서 나왔을 때 청소하는 게 제일 편하고, 손님한테도 좋을 텐데 아야노코지 씨만은 반드시 방에 있을 때 치워달라고 하니까 어쩔 수 없어."

"방 안에 뭔가 뒀을까요?"

"그럴지도, 나야 잘 모르지."

그가 살짝 어깨를 움츠리며 느긋하게 말했다.

왠지 대충 얼버무리는 것 같았다. 조금은 그에게 마음을 터놓아도 되겠다 싶었는데 갑자기 뺨을 얻어맞은 기분이다.

"그럼 1층에 다른 방을 청소해 줄래?"

이쪽도 예의상 웃으며 대했다.

결국 아무도 나에게는 사실을 알려주지 않는다는 소외감을 느끼며 복도를 걸었다. 주머니에서 야마다 씨가 미리 적어준 메모를 꺼내 읽었다.

108호실, 아야노코지 미쓰코 – 여성, 78세. 움직임이 불편하지 않다. 일주일에 한 번 장을 보러 가는 날 외에는 대부분 방에 머무른다. 방에 있을 때 청소해야 한다. 청소에 깐깐하지만 평소처럼 하면 된다. 말수가 그리 많지 않은 독설가여도 나쁜 사람은 아니니까 신경 쓰지 말 것.

신경 쓰지 말 것……. 엔젤도 신경 쓰지 않기로 했다.

역 앞에서 다시 미쓰코를 발견한 것은 딱 일주일이 지난 뒤였다.

하도 기다리다 지쳐서 엔젤에게는 미쓰코가 유령이나 환상처럼 보였다. 정말로 그녀가 노인용 카트를 끌며 흐늘흐늘 걸어왔다.

노인 호텔

엔젤은 마시던 페트병을 내던지고 그녀 뒤를 쫓아갔다. 이번에는 절대로 놓치지 말아야지.

그녀의 걸음은 거북이처럼 느려도 비틀거리지 않았다. 저번에 현기증을 느끼지 않았다면 놓치지 않았을 것이다. 그녀는 역에서 5, 6분쯤 걸어가면 있는 마트에 가서 주먹밥과 도시락, 빵, 통조림, 과일, 전자레인지에 돌려서 먹는 용기에 든 쌀밥 등을 사서 손에 든 장바구니에 담고 카트에 얹었다. 전부 데우면 바로 먹을 수 있는 것들이었다. 음료는 사지 않았으니까 자택에서 만들 것이다. 양은 대략 일주일 치. 엔젤이 역 앞에서 지키고 섰던 일수와 딱 겹친다. 아마 일주일에 한 번만 장을 본다고 정해뒀겠지.

그녀는 마트에서 나와 다시 역 앞을 지나서 왔던 길을 돌아갔다. 그러는 동안에도 엔젤은 그녀의 뒤를 쫓았다.

딱 한 번, 지인으로 보이는 비슷한 나이의 남자가 말을 걸었는데 인사만 나누고 다시 걸었다. 남자 쪽은 비교적 우호적으로 말을 걸었는데 미쓰코는 무표정하게 간단한 대꾸만 했다. 그가 마음에 들지 않아서인지, 누구에게나 그런 태도인지, 그때는 몰랐다. 이후로 이용할 수 있을지 모르니까 엔젤은 그의 얼굴을 힐끔 살폈다. 나중에 알았는데, 그는 여기 사는 106호실 다와라였다.

그 후에도 미쓰코는 계속 흐늘흐늘 걸었고, 10분 넘게 걷다가 갑자기 멈췄다. 허리를 펴는 듯한 동작을 잠깐 하더니, 어떤 빌딩 안으로 들어갔다.

엔젤은 조금 당황했다. 미쓰코가 더 걸어가서 어딘가 맨션이나 연립주택이나 단독주택 같은 자기 집으로 돌아갈 줄 알았으니까.

그녀가 자동문으로 들어가는 것을 확인하고 그 빌딩 앞에 섰다.

자동문은 일부 불투명 유리로 가공해서 안이 잘 보이지 않았는데, 무슨 빌딩인지는 알았다.

호텔 프론.

과연 미쓰코는 여기 묵는 걸까 아니면 누굴 만나러 왔을까…… 그도 아니면 상상하기 어렵지만 여기에서 일할까. 혹은 오너일까.

다음 날부터는 호텔 프론과 역 주변을 어슬렁거렸다.

일주일이 지나 역시 호텔에서 나온 그녀를 또 쫓아갔는데 이번에도 마트에서 장만 봤다. 특별히 좋은 생각이 떠오르지 않아서 위험한 줄 알지만 엔젤은 그녀를 쫓아 호텔에 들어가기로 했다.

어려서부터 여행 같은 것을 해본 적이 거의 없는 엔젤은 호텔이라면 러브호텔밖에 모르니까 그게 제대로 된 구조인지는 잘 몰랐다. 호텔 프론은 문을 열자 바로 앞이 프런트였다. 옆쪽에 일단 테이블과 의자가 있고 플라스틱으로 만든 관엽 식물이 있었다.

그 외에는 프런트 뒤에 벽, 종업원들이 등지고 선 곳에 커다란 스테인드글라스가 붙어 있는 것이 유일한 장식이었다. 등에 하얀 날개를 단 인물과 그 발밑에 무릎을 꿇은 여자 그림이 거기 있었는데, 의미는 모르지만 엔젤의 눈에는 왠지 무섭게 보여서 시선을 피했다.

빈말로도 호화롭다고 할 순 없으나 불결하지 않은 호텔이었다.

프런트 옆에 엘리베이터가 두 대 있었는데, 고맙게도 미쓰코는 타지 않고 흐늘흐늘 안쪽으로 걸어갔다. 딱 한 번, 지금 막 뒤따라 들어온 엔젤 쪽을 봤다. 힐끔이지만 눈이 마주친 것 같았다. 예전처럼 예리한 눈초리였다.

"어서 오세요."

그녀 쪽만 보고 있던 엔젤은 그 목소리를 듣고 놀랐다. 중년쯤 접어든 남자가 눈앞에 서 있었다. 지금 생각해 보면 매니저인 사카이였다. 그는 들어온 엔젤을 보고 당연히 손님이라고 생각했나 보다.

"아."

죄송합니다, 잘못 들어왔어요, 라고 말하고 발걸음을 돌리려고 했을 때, 문득 그게 눈에 보였다.

청소원 모집

프런트 옆 게시판에 붙어 있었다. 얼른 그에게 다가갔다.

"저거 지금도 모집하세요?"

그가 종이를 봤다.

"아, 청소원 일에 지원하려는 분입니까?"

"네, 맞아요."

"경험이 있습니까?"

"음……. 아, 네."

거짓말은 아니다. 엔젤은 한때 가부키초 러브호텔에서 청소원으로 일한 적이 있었다.

"이 호텔에서 직접 채용하는 것이 아니라 청소 회사에서 채용하고 여기로 파견하는 방식인데 괜찮을까요?"

아르바이트 희망자인 걸 알자 그의 말투가 편해졌다.

"아, 네."

러브호텔에서는 직접 채용이었는데 제대로 된 곳은 다르네, 여러모로 복잡하구나, 하고 생각했다.

"여기에서 일할 수 있다면요."

그가 그 말을 듣고 조금 웃었다.

"지원만 하면 아마 괜찮을 거예요. 일손이 부족하고, 젊은 사람이면 우리도 좋으니까."

"그래요?"

"그럼."

그는 프런트 아래를 뒤져 게시판과 같은 내용을 출력한 종이를 한 장 건넸다.

"여기 적힌 대로 일단 연락을 해보세요. 그런 다음, 아마 이력서를 지참하고 면접을 볼 겁니다."

미쓰코 쪽을 힐끔 봤는데 이미 그녀는 보이지 않았다. 아마 여기 종업원도 아니고 오너도 아니고 손님일 것이다.

사카이에게 간단히 인사하다가 또 그의 뒤에 있는 스테인드글라스가 눈에 들어왔다.

"가브리엘과 마리아예요."

"네?"

갑자기 익숙한 이름이 들려서 놀랐다.

"이거, 수태고지를 그린 스테인드글라스예요. 이 호텔을 지은 사람이 유럽에서 사서 가지고 왔지요. 꽤 비쌌다고 해요."

인사하고 밖으로 나오자, 한겨울인데도 땀이 잔뜩 났다. 오랜만에 사람과 말한 것 같다.

미쓰코가 언제까지 묵을지 몰라도 일하다 보면 뭔가 알 수도 있겠지. 게다가 일자리까지 얻었다고 생각하자, 드물게 집으로 가는 발걸음이 가벼웠다.

일을 시작하고 알았는데, 오미야의 호텔 프론은 호텔 프랜차이즈에 속하지 않는 오래된 비즈니스호텔이었다.

역에서 도보 7분, 8층짜리 건물. 거품 경제 시절에 세워졌을 때는 비즈니스치고는 비교적 고급이었다고 오래 일한 파트타이머들이 말하는데, 지금 그런 흔적은 없다. 단지 역에서 조금 멀고 오래된 비즈니스호텔이다.

그래도 각 방에 설치된 문은 목제여서 중후하고, 다른 호텔과 비교하면 복도가 넓어서 여유롭다. 방도 요즘 비즈니스호텔과 비교하면 넓은 편이다. 그런 만큼 오토로크 같은 첨단 시스템을 도입하지 못해 일일이 열쇠로 잠그고 열어야 했다.

가격은 저렴하다. 1박 4천 800엔부터로, 평일에 연박하면 3천 800엔에 묵을 수 있다. 이 지역 여행사가 돈을 제법 벌 때 부업으로 세웠다가, 도산하면서 매각했다고 한다. 민영 철도기업이나 지방 은행으로 경영권이 옮겨가다가, 지금은 이 지역의 땅부자 일족이 사서 어떻게든 영업 중이다. 그러니 항상 누군가가 "오너, 슬슬 팔려고 내놓지 않을까" "역시 망하는 거 아냐" "부숴서 주차장으로 바꾸는 편이 돈벌이가 되니까" 같은 소문이 도는데, 현재 수입과 지출은 균형 잡힌 듯하다. 세금 대책으로 경영하는 거라고 말하는 사람도 있다.

이런 건 휴게실이나 흡연실에 있으면 언제나 누군가가 말을 꺼내니까 엔젤의 귀에도 자연스레 들어왔고, 완전히 이해하진 못해도 내용만은 기억했다.

사카이의 음색이 '1층'이라고 말할 때 미묘하게 달라지는 것은 거기가 오랫동안 노인들이 묵고 있는 곳이기 때문이다. 다른 사람들도 그들을 '1층 사람들'이라고 부른다. 이 노인들의 존재가 호텔이 망하지 않는 이유 중 하나였다.

엔젤은 이번에는 107호실 초인종을 눌렀다. 아무 대답도 없다. '깨우지 말아 주세요'라는 팻말도 없으니까 청소해도 된다는 거겠지.

엔젤은 야마다에게 받은 쪽지를 유니폼 주머니에서 꺼냈다.

107호실 아베 사치코 – 여성, 84세. 움직임이 불편하지 않다. 오전 중에 산책하러 가는 습관이 있으니 그 시간에 청소한다. 별로 까다로운 면은 없는 사람. 욕실 청소와 수건 보충만 제대로 할 것. 책상 위의 물건은 건드리지 말 것.

시계를 보니 10시 40분이었다. 딱 괜찮은 시간 같다. 조금 안도하고 마스터키를 썼다.

사치코와는 복도나 프런트 앞에서 몇 번 스쳐 지난 적이 있다. 170센티미터, 나이 많은 여자치고는 키가 크고 늘 까맣거나 남색의 긴 옷을 입는다. 그 옷이 전신, 발목까지 뒤덮고 머리는 단발머리다. 염색하지 않아서 절반 이상이 새하얗다. 노인치고 제법 모던하고 세련되어 보인다. 복도에서 엔젤 같은 청소원과 마주치면 "좋은 아침이에요"나 "안녕하세요" 하고 인사를 건넨다. 그래서 모두에게 평판 좋은 손님인데, 엔젤은 그녀가 조금 거북했다.

"너는 한참 젊은데 왜 이런 일을 하고 있지?"

한번은 지하에서 올라오는 엘리베이터 안에서 엔젤에게 이렇게 물은 적이 있다. 호텔 프론의 지하에는 종업원들의 휴게실, 탈의실, 장기 투숙객을 위한 코인 세탁소가 있으니까 때때로 손님도 같이 탈 때가 있다.

"그건…… 그냥……."

쓴웃음 같은 표정을 짓고 대충 넘기려고 했는데, 그녀가 엔젤의 얼굴을 정면에서 빤히 쳐다봐서 놓아줄 것 같지 않았다.

"이런저런 일이 있어서요."

"이런저런 일이라니?"

"그러니까 그게."

그때 띵, 하는 소리와 함께 1층에 도착해서 다행이었다. "죄송해요, 실례하겠습니다" 하고 고개를 숙이고 얼른 도망쳤다.

그때 이후로 그녀가 싫고 무섭다.

대답할 수 없는 걸 묻는 것도 싫고, 놓아주지 않는 것도 무섭다. 붙임성 있어 보이면서 '이런 일'이라고 하는 건 청소 일을 낮게 보는 증거다. 자기들보다 하류 인간이라고 생각하니까 엔젤과 청소원에게 다정하다.

방은 비교적 정리가 잘 됐고 물건이 거의 없었다. 그녀뿐 아니라 여기 사는 노인들은 짐을 어느 정도 처분하지 않으면 들어오지 못하니까 정리 정돈은 깔끔하다. 너무 물건을 많이 꺼내두면 지배인이나 사카이가 넌지시 "청소할 때 방해됩니다"라고 주의를 준다. 그래도 말을 듣지 않으면 퇴거시킨다. 다들 달리 갈 곳 없는 사람들이니까 지시를 따른다.

음식물이나 일용품 쓰레기는 청소원이 바로 버리니까 어느 방이나 깨끗하다.

대부분 아무것도 없는데, 사치코의 방에는 책상 위에 오래된 잡지가 스무 권 정도 쌓여 있었다. 오래됐어도 먼지는 전혀 쌓이지 않았고, 표지도 접힌 구석 없이 소중하게 다룬다. 허가를 받았는지 지배인들도 이걸 두고 뭐라고 하지 않는 것 같다.

야마다의 메모대로 욕실을 꼼꼼히 청소하고(그래도 매일 청소하니까 별로 지저분하지 않았다) 방에서 나왔다.

그 옆 106호실도 장기 투숙이다. 이번에도 미리 메모를 봤다.

106호실 다와라 고조 - 남성, 78세. 조금 귀가 어둡다. 대부분 방에서 지내므로 방에 있을 때 청소. 말을 시작했다 하면 길어지는데 까다로운 사람은 아니다. 대답만 하면 되는데, 대답하지 않으면 화를 낼 수 있으니 요주의. 맞장구는 크게 칠 것.

기분이 무거워졌다.

엔젤은 모르는 사람, 특히 남자와 말하는 것이 싫었다. 노인은 그나마 나은데 젊은 남자가 특히 불편해서 물장사도 그리 잘하지 못했다.

나중으로 미룰 생각도 했다가, 어차피 오늘 중에 청소해야 하니 먼저 하는 게 좋겠다고 마음을 바꿨다.

또 초인종을 누르자 "네" 하고 기세 좋은 목소리가 들렸다.

"룸 클리닝입니다."

문을 열자, 다와라는 책상 앞에 앉아 신문을 읽고 있었다. 신문은 호텔에서 나눠주는 것이다. 근처 신문 판매점에서 매일 아침 팔다 남은 신문을 보내서 프런트에 쌓여 있는데, 누구든 공짜로 볼 수 있다.

"응, 처음 보는 얼굴이네."

확실히 귀가 잘 안 들리는 사람답게 목소리가 컸다.

"야마다 씨가 휴가 중이에요! 히무라라고 합니다!"

"그런가. 잘 부탁해."

"잘 부탁드립니다!"

기운 한번 좋네, 하고 다와라가 웃었다. 아니, 당신 귀가 어두우니까 배려하는 거잖아, 하고 속으로 욕했다.

그는 연분홍색 와이셔츠에 털실로 짠 조끼를 걸쳤다. 바지는 울로, 일단 각이 잘 잡혔다. 비즈니스호텔이라 다리미는 없는데, 모든 방에 팬츠 프레스•가 있다. 그걸 이용하나 보다.

노인들은 복장을 어느 정도 잘 갖춘 사람이 많다. 매일 누군가와 마주치고 돈도 있으니까 그렇겠지. 아무리 저가 호텔이라지만 한 달에 최소 12만 엔은 든다. 거기에 외식 비용이 들어가니까 더 필요할 것이다.

노인들은 아무도 일하지 않을 것이다. 연금을 넉넉히 받거나 그럭저럭 돈이 있는 사람만 살 수 있다.

• 호텔에 구비된 바지 전용 다리미

욕실을 청소하려고 가는데 다와라가 쫓아와서 "어제 쓰지 않았으니까 욕실은 안 해도 돼"라고 말했다.

"괜찮으세요? 고맙습니다."

"화장실만 해주게."

그런데 화장실 청소를 시작해도 그는 방으로 돌아가지 않고 문에 기대 신문지를 한 손에 들고 엔젤에게 말을 걸었다. 청소를 어떻게 하는지 지켜보나 싶어 조금 긴장했는데, 그건 아무래도 좋고 그냥 시시한 대화를 하고 싶은가 보다.

"자민당도 별로지만 야당도 형편없어. 젊은 사람이 보기엔 어떤고?"

"잘 모르겠어요."

"우리는 연금이 있지만 젊은 사람들은 앞으로 큰일이지. 아가씨는 어때, 연금 잘 내고 있어?"

"네, 어떻게든요."

"최근에 생긴 역 앞 햄버거 가게, 간 적 있나? 꽤 맛있더구면."

"몰랐어요."

"학교는 어디까지 나왔고?"

"고등학교요."

짜증 나네, 속으로 생각했다. 사실 엔젤은 고등학교에 반년만 다녔고, 연금 같은 것도 잘 모른다. 그저 손님의 심기를 거스르지 않으려고 적당히 대답했을 뿐이다.

바닥 카펫에 청소기를 돌리고 방에서 나왔을 때는 완전히 지쳤다.

치워야 할 장기 투숙 노인들의 방이 아직 더 남았다고 생각하면 맥이 빠진다.

처음에는 호텔 측도 노인들이 이렇게까지 늘 줄은 몰랐고, 모두가 장기 체재하겠다고 알리면서 들어오지는 않았으니까 그들의 방은 각 층에 뿔뿔이 있었다고 한다. 점차 장기 투숙하는 노인이 늘자, 한곳에 모아두는 편이 관리하기 편하겠다는 말이 나왔다.

"아래층이 여러모로 편리하죠" "불이라도 나면 바로 도망칠 수 있어요" 같은 이유를 대 노인을 1층에 모았다.

지금은 노인이 묵는다고 하면 평범한 여행객이어도 1층을 쓰게 한다.

"이 호텔에는 나이 든 사람이 많네요."

아무것도 모르는 나이 든 여행자가 그 말을 남기고 체크아웃했다고 프런트 담당들이 쓴웃음 섞어 말하는 것을 들은 적 있다.

당연하지.

사원들은 자조적으로 이곳을 '노인 호텔'이라고 부른다.

"방에 들여보내 주지 않으셨어요, 아야노코지 미쓰코."

미쓰코의 방을 청소한(정확히는 하게 해주지 않았던) 날의 다음다음 날, 여자 탈의실에서 옷을 갈아입는 야마다에게 말을 걸었다.

"어머나."

그녀는 뒤집어 쓴 티셔츠를 가슴께쯤에 내리고 멈춰서 돌아보았다.

회갈색 브래지어가 고스란히 드러났다. 묘하게 생생해서 엔젤은 시선을 피했다.

이런 사람들은 왜 너 나 할 것 없이 색이 촌스러운 속옷을 입을까. 어떤 색이든 가격은 같으니까 좀 더 예쁜 색을 고르면 될 것을…… 하고 이상하게 초조해졌다.

그런데 엔젤의 엄마가 늘 빨강이나 분홍, 연보라 속옷을 입었던 걸 떠올려도 기분이 나빠진다. 늘 머리를 당겨 묶고 40대인데 벌써 얼굴에 자잘한 주름이 있는 야마다가 부모였다면 얼마나 마음이 놓였을까.

"어머, 아이가 일곱 명이나 있다고요! 제일 큰 아이는 벌써 스물일곱 살이라니, 젊으시네요."

그런 소리를 듣는 걸 굉장히 좋아했던 엄마. 정반대로 야마다는 제 나이보다 오히려 늙어 보였다.

"미쓰코 씨, 까다로우니까. 미안해."

정말 미안하다는 듯이 사과하면서도 그녀의 입가가 올라간 것을 놓치지 않았다. 그런 할머니라도 그녀에게는 마음을 터놓으니까 자랑스럽겠지.

그러니까 한술 더 떠서 기쁘게 해주기로 했다.

"역시 야마다 씨 아니면 안 되네요."

"그렇다고 뭐 특별한 일을 하는 건 아니지만."

호텔 프론의 청소원 중에는 예순 넘은 노인들이 많으니까 야마다도 젊은 축이다. 머무는 인간도 일하는 인간도 노인뿐이다.

평생 청소만 한 사람도 있고, 예전에는 도쿄 도내 일류 호텔의 스태프였다고 자랑하는 노인도 있다. 그중 하나가 미카미 다미코라는 여자다.

다미코는 신주쿠 호텔에서 오랫동안 객실 담당자로 일하고

노인 호텔

(본인은 일류라고 하지만 실제로는 이류 중간쯤인 호텔이라고 다른 사람이 쑥덕거리는 걸 들었다), 퇴직한 뒤로는 룸 클리닝 담당으로 그 호텔의 자회사에 채용됐다. 예순다섯 살 때 청소하다가 다쳐서 산재 인정을 받아 쉬었는데, 그대로 잘렸다고 한다. 그래서 집 근처, 엔젤과 같은 청소 회사에 지원해 채용되었다.

다미코는 이상하게 자존심이 높고 엔젤을 아주 싫어했다.

막 채용되었을 때, 다미코가 지도 담당을 맡아 몇 번인가 같이 일했다. 다미코는 입만 열었면 "경험자인 젊은 사람한테 나 같은 게 뭐 가르칠 게 있겠어"라며 아무것도 가르쳐주지 않았다.

그랬으면서, 엔젤이 욕조를 청소할 때 뒤에서 얼빠진 비명이 들렸다.

"히이이익!"

놀라서 돌아보자 다미코가 엔젤을 가리키며 "그런 방법은 대체 어느 러브호텔에서 배웠어?"라고 호통을 치더니 이겼다는 듯이 큰 소리로 웃었다.

"네?"

엔젤은 손에 들고 있던 수건을 봤다. 욕조나 화장실 청소를 할 때는 손님이 다 쓴 수건이나 시트를 사용했다. 손님이 일단 내놓은 것은 어차피 업자가 세탁하니까 상관없다고 러브호텔에서 일하면서 배웠다.

"여기는 변두리 러브호텔이 아니야."

입 닥쳐, 할망구, 하고 화를 내고 싶었으나 사실이니까 반박하지 못했고, 몸이 움츠러들어 움직이지 못했다.

예전부터 엔젤은 상식이 없다는 지적을 받는 것에 약했다. 그런 말을 들으면 몸이 떨려 움직이지 못한다.

내가 이상한 걸까, 실은 내가 평범한 사람과 다른 걸까, 아무것도 모르는 걸까, 우리 가족이 평범한 집과 달라서……. 그런 생각이 들면 꼼짝도 못 한다.

엔젤이 말이 없자, 다미코는 방에서 나가더니 같은 층을 청소하는 동료에게 일일이 말을 퍼뜨리고 큰 소리로 웃었다.

지금이라면 안다.

아무리 변두리 비즈니스호텔이라고 일흔이 가까워지면 언제 해고돼도 이상하지 않은 다미코 무리에게 엔젤 같은 젊은 아르바이트생은 위협일 뿐이다. 무시하고 괴롭혀서 그만두게 하지 않으면 자기들이 위험해진다.

그러나 그때 엔젤은 그걸 모르고 어쩔 줄 몰랐다.

진정하고 생각해 보면 '그렇게 청소하는 건 러브호텔 방식이다'라는 걸 알고 있었으니 다미코도 거기에서 일했을 가능성이 있다. 이렇게 반박하면 좋았을 텐데.

엔젤 전에 비슷한 취급을 당한 사람이 야마다였다고 한다.

40대라지만 그녀들보다 한참 젊고 성실하게 일하는 야마다는 그녀들이 보기에 엔젤 이상으로 눈엣가시였다.

그러나 그녀가 그저 몸을 아끼지 않고 일하면서 모두가 싫어하는 일을 도맡고, 장기 체류하는 노인들의 마음에 들면서 어떻게든 상황이 해결되었다. 그녀는 1층에 사는 장기 체재하는 노인들의 청소를 전부 떠맡았다. 방에 사람이 있는 상태에서 청소하는 건 번거롭고 까다롭다. 게다가 다들 연령대 비슷한 손님의 방을 청소하기 싫어했다. 야마다는 그걸 솔선해서 하면서 노령 파트타이머 여성들에게 인정받고 호텔에서도 귀하게 여겨졌다.

그 야마다도 처음에는 엔젤을 서먹하게 대했다.

절대 괴롭히지 않았으나 친근하게 대하지는 않았다. 간신히 따돌림에서 벗어났는데 괜한 행동을 했다가 도리어 화를 당하기 싫을지도 모른다.

그래도 다미코에게 무시당한 다음 날, 엔젤이 혼자 욕조를 청소할 때 야마다가 사람들 눈을 신경 쓰면서 들어왔다. 의아해서 올려다보자, 그녀는 말없이 몸을 씻는 나일론 타월을 내밀었다.

"뭐예요?"

"이걸로 닦아."

"네?"

"욕조 때는 이걸로 하면 제일 좋아. 사람 몸에서 나온 때니까."

엔젤은 조심스럽게 욕조를 문질렀다.

"그리고 이거."

야마다는 보디샴푸를 가리켰다.

"세제로는 이게 제일이야."

"아, 그래요?"

"몸의 때니까."

같은 말을 반복하고, 그녀는 엔젤이 고맙다고 하기 전에 얼른 나갔다.

그때부터 야마다는 보는 사람 없는 곳에서는 엔젤에게 조금씩 말을 걸어줬다. 그녀의 말에 담긴 정보를 모아 보니, 아무리 엔젤과 친해져도 만약 금방 그만두면 또 자기가 괴롭힘을 당할 테니까 일단은 상황을 지켜보자……라고 생각했던 것 같다.

노인 호텔

그런데 엔젤이 의외로 진지하게 청소 일을 하는 것을 알고 그렇다면 젊은 사람끼리 친해져서 파트타이머 노인들에게 대항하는 편이 현명하다고 생각을 바꿨나 보다. 그렇다고 야마다가 엔젤과 편을 먹어 노인들에게 칼을 휘두르려고 한 건 아니고 겉으로는 평범하게 대했다.

엔젤도 야마다에게 접근했다. 그녀에게 자연스럽게 접근할 자신은 전혀 없었다. 그런 걸 제일 못하는 걸 스스로 안다. 그래도 엔젤은 무리해서 야마다에게 뭐든 "가르쳐주세요"라고 부탁하고 상담하고 싶다고 했다. 말이 서툰 엔젤이 어떻게든 야마다에게 말을 걸려고 하는 마음이 전해졌는지 야마다가 조금씩 엔젤을 받아들였다.

석 달쯤 지나자 야마다는 장기 투숙객의 방 청소 조수로 엔젤을 임명했다.

야마다가 호텔에 그렇게 해달라고 제안해도 수상하게 여기는 인간은 아무도 없었다. 엔젤은 제일 젊고, 조수는 사람들이 하고 싶어 하는 일도 아니니까.

그래도 뭐든 한마디 해야 직성이 풀리는 노인 집단은 "역시 젊은 사람이 좋지" "우리는 일을 잘 못하니까"라며 넌지시 빈정거렸다.

야마다는 웃으며 "어, 다미코 씨, 하고 싶으셨어요? 그러면 다미코 씨께 부탁하고 싶어요. 청소는 다미코 씨가 제일 잘하시니까요"라고 대답했다. 그러자 속으로는 하기 싫었던 다미코는 뭐라고 구시렁거리며 그 자리를 떴다.

야마다의 조수라지만 방 안까지 들어가는 건 침대 시트를 교체할 때 돕는 정도이고, 그 외는 밖에서 더러워진 비품이나 쓰레기를 받는 정도여서 노인들과 친해지거나 대화할 정도로 진전은 없었다. 미쓰코에게 접근하려면 야마다를 밀어내고 가능하면 그 임무를 강탈해야 하는데, 그럴 낌새도 보이지 않고 어떻게 해야 할지도 몰랐다. 엔젤은 점점 초조해졌다.

야마다가 독감에 걸렸을 때, 마침내 그 기회가 찾아왔다. 1층 청소를 부탁받은 것이다.

"괜찮으시면 한잔하지 않으실래요? 제가 살게요."

야마다의 독감이 낫고 며칠 후에 그렇게 말하자 그녀는 눈을 크게 떴다. 평소 말수 적은 엔젤이 갑자기 그런 소리를 하니까 많이 놀랐겠지. 엔젤에게 돈이 별로 없는 것도 알고 있으니까 그래서 놀랐을 수도 있다. 아니면 양쪽 다일까.

"……여러모로…… 가르쳐주시면 좋겠어요."

그렇게 말하자 야마다의 표정이 부드러워졌다.

"괜찮아, 나도 돈이 없으니까 비싼 곳은 못 가지만 더치페이 하자"라며 어깨를 툭 두드렸다.

"쉬는 동안 히무라 씨한테 도움을 받았으니까. 사실은 내가 사야 하는데."

"무슨 말씀이세요."

엔젤은 허둥거리며 같은 말을 반복했다.

"여러모로 가르쳐주시면 좋겠거든요."

오전 출근이어서 퇴근 시간도 일렀으니까 역 앞 라면 가게 해피 아워*가 좋겠다고 야마다가 알려주었다. 생맥주도 사와도 200엔, 술 두 잔에 간단한 술안주 두 개가 나오는 '원코인 세트'를 500엔으로 먹을 수 있다.

이쪽이 가자고 했는데 가게도 메뉴도 야마다에게 의지했다. 음식점에서 아르바이트한 적도 있으면서 엔젤은 그런 걸 잘 몰랐다. 친구와 술을 마신 적이 거의 없다. 아니, 애초에 친구가 없었다.

여러모로 가르쳐주면 좋겠다고 했으면서 엔젤은 거의 말하

---

* 특정 메뉴를 원래 가격보다 할인하는 시간대

지 않고 야마다의 사정을 듣는 데 전념했다. 그녀도 그걸 이상하게 여기지 않았다.

회사 불평을 한바탕 한 뒤, 그녀는 의심이라곤 전혀 없이 자기 반생을 말했다.

"……회사에서 퇴근한 남편이 갑자기 기분이 안 좋다고 했어. 지금까지 감기 한 번 안 걸렸던 사람이 드물게 얼굴이 새파래서 잠깐 자겠다고…… 나도 '도깨비 곽란霍亂●이네'라면서 웃었지. 그런데 다음 날도 몸이 나아지지 않아서 병원에 다녀오겠다고 하니까, 진짜 안 좋구나 싶어서 무서웠어."

"아하."

둘 다 생맥주를 마셨다. 야마다가 "이런 데서 파는 사와는 어차피 저렴한 공업용 알코올에 주스를 넣고 얼음으로 속이는 거야"라고 했기 때문이다. 그녀는 전에 술집에서도 일했다고 한다.

맥주가 빨리 동나지 않게 조금씩 마셨다.

"왠지 그때 이미 각오했던 것 같아. 이 사람은 이제 돌아오지 못할지도 모른다고."

● 병을 앓은 적 없는 사람이 갑자기 병이 났을 때 쓰는 비유

"흐음."

고개를 끄덕이며 조그만 땅콩을 먹었다. 술안주는 간장 종지 같은 그릇에 담긴 견과류와 얇은 차슈*에 파를 올리고 양념을 뿌린 것이었다. 차슈는 라면에 넣는 것을 자르고 남은 거겠지. 그래도 야마다는 그걸 젓가락 끝에서 5밀리미터 지점으로 집어 입에 넣고 "맛있네" 하고 좋아했다.

"남이 만든 건 뭐든 다 맛있어."

"맞아요."

요리를 거의 할 줄 모르는 엔젤은 맛있지 않다는 '내가 만든 요리'의 맛도 모른다.

"그랬더니 암이었어. 말기 암. 위에 커다란 게 생겨서. 검사, 입원, 수술, 또 검사, 방사선 치료…… 허둥거리느라 넋을 놓은 사이에 죽었어. 기분이 안 좋다고 하고 겨우 넉 달만에."

"아아."

이럴 때 뭐라고 말하면 되는지 엔젤은 모른다. 사실은 좀 더 올바른 말이 있겠지. 그래도 야마다가 자기 이야기에 열중하느라 그런 걸 전혀 신경 쓰지 않는 것 같아서 다행이었다.

• 간장과 설탕으로 달작지근하게 졸인 돼지고기

"그래서 전혀 몰랐어. 주택담보대출금 상환이 연체된 거. 돈과 관련해서는 전부 남편이 처리했고, 회사 월급이 들어오는 계좌랑 대출금이 나가는 계좌가 달랐던 것 같아. 뭐, 같았어도 입원한 뒤로 입금이 거의 없었고, 죽은 뒤에는 수입이 거의 사라졌으니까 어느 쪽이든 안 됐을 테지만. 아무튼 정신 차렸더니 몇 달이나 연체됐더라고. 남편이 죽으면 사망보험금으로 주택담보대출금을 상쇄하는 거였고, 나도 그런 줄 알고 심각하게 생각하지 않았어. 그야 남편이 죽었잖아. 그걸로 징계는 넘치도록 받은 거잖아. 그 이상 뭔가 빼앗길 거라고 상상도 못 했어."

징계라는 단어의 의미는 정확히 모르겠지만, 아마도 나쁜 거라고 짐작했다.

"은행에서 온 우편물이나 연락을 다시 확인할 기력도 없었고…… 간신히 장례식과 사십구재를 마치고 마음도 정리되어서 은행에 전화했더니 '연체가 계속되고 연락도 되지 않는 상황이 이어져서요……'라는 거야."

"그래서 어떻게 됐어요?"

처음에는 반쯤 흘려들었는데, 왠지 이야기가 비참한 쪽으로 흘러가서 자연스럽게 흥미가 생겼다.

노인 호텔

"대출금을 못 갚은 몇 달 분을 보증회사에 대위변제……라나? 그걸 했다는 거야. 그래서 단체신용 생명보험이 멋대로 해약됐어. 그러니까 대출금을 상쇄할 만한 액수의 보험금이 들어오지 않았어."

"허."

"그래서 주택대출금이 그대로 남았어. 어쩔 수 없이 친구에게 상담했더니 상속 포기라는 게 있다고 알려줬어. 남편의 상속을 포기하면 맨션도 사라지지만 대출금도 갚지 않아도 된다고……. 이런 아르바이트만 해서는 절대로 갚지 못할 테니까 그 길밖에 없다고 생각해서."

"그럼, 맨션을 포기했어요?"

야마다는 괴로워졌는지 그때까지 한 모금씩 마시던 맥주를 벌컥벌컥 마셨다. 그러지 않으면 말하지 못하겠지.

"그것도 바로는 연락 못 했어. 왜냐하면 지금 평범하게 살고 있는데 그 집에 살지 못하게 된다잖아? 왠지 믿기 어려워서, 현실도 직시하지 못했고, 또 무서워서 한동안…… 한 달 정도지만 꾸물거렸어. 그리고 간신히 신청하려다가 알았어. 상속 포기는 상속을 알고…… 그러니까 남편이 죽고 석 달 안에 해야 한대."

"네에에에?"

"결국 대출금이 그대로 남은 맨션은 팔았고, 집은 없어지고 빚만 남았어."

엔젤도 뭐라 할 말이 없었다.

"그러니까 나는 죽을힘을 다해 일할 수밖에 없어. 우리 아들, 고등학교만은 졸업시키고 싶고 가능하면 대학에도 보내고 싶어."

응, 하고 그녀가 한 번 고개를 끄덕였다. 어쩔 수 없지, 노력할 수밖에, 라고 중얼거렸다. 자기 자신에게 힘을 주려는 것처럼.

"나중에 들었어. 상속 포기는 비교적 사정을 고려해주는 면이 있다고. 그때 변호사한테라도 상담했다면 상속 포기를 할 수 있었을지도 모른다고."

"그거 누구한테요?"

"아, 그 손님, 할머니."

"아야노코지 미쓰코?"

"맞아, 잘도 알았네."

그럴 줄 알았다. 그 여자는 원래 빌딩주였으니까 부동산이나 그런 쪽 법률에 밝을 것이다.

"그 사람한테도 같은 얘길 했더니 알려줬어. 그래도 이미 집은 판 뒤였으니까 정말, 뭐 어쩔 수 없지."

또 아들의 학교 이야기 따위를 하는 야마다를 보며 생각했다.

이런 여자에게서 일을 빼앗아도 괜찮을까.

아니, 내가 할 수 있을까.

그렇지만 바로 생각했다.

별로 대단한 일도 아니다.

야마다는 거길 그만둬도 금방 다른 일을 찾을 것이다. 엔젤처럼 의사소통 장애도 없고 밝고 일도 금방 배우고, 금방 직장에 적응한다. 지금도 새벽에 도시락 가게에서 일하니까 거기 근무 시간을 연장해달라고 하면 된다.

남편이 죽은 것은 끔찍한 경험이지만, 그 전에는 전문대를 졸업했고 취직해서 남편과 만났고 아들도 낳았다.

엔젤처럼 끔찍한 가족 틈에서 자라지 않았다.

조금이라면, 괜찮지 않을까. 그 행복을 나눠 받아도.

대화하면서 역시 야마다의 제일 큰 약점은 아들이라고 생각했다. 그리고 빚. 둘 중 하나를 찌르면 야마다는 무너진다. 아마도.

엔젤은 머리를 굴리며 맥주를 다 마셨다. 그건 야마다에게

'이제 이 술자리는 끝났음'을 알리기 위해서였다.

야마다와 헤어진 뒤, 엔젤은 걸어서 집까지 돌아왔다. 오미야역에서 도보 4분인 맨션에 산다.

호스티스로 일하던 시절부터 쭉 이 집에 살았으니까 5년쯤 지났다. 지어진 지 10년쯤인 맨션이고 거실 있는 1.5룸이며 월세는 6만 5천 엔. 지금 자신에게는 너무 비싸지만 이사할 돈도 없어서 어쩔 수 없이 월세를 낸다.

야마다와 술을 마셨지만, 역시 그것만으로는 부족했다. 얼마 전이었다면 이대로 잤을지도 모르나 지금은 낮에 호텔에서 몸을 움직이니까 허기를 참기 힘들었다.

돌아오는 길에 편의점에서 산 마쿠노우치 도시락*을 스트롱제로 츄하이와 함께 삼켰다. 취기가 몸 전체에 도는 걸 느꼈다. 식사를 마친 뒤, 샤워를 하고 TV를 보다가 잤다.

사실은 인터넷 동영상 같은 걸 보고 싶다. 그러나 휴대폰 한 달 데이터 통신량을 다 써서 절약해야 한다. 호텔에는 손님용 프리 와이파이가 있으므로 동영상을 몇 개쯤 다운로드해 왔다. 원래 종업원은 프리 와이파이를 쓰면 안 된다고 하는데,

---

* 밥에 필수 반찬 3종과 마른 반찬이 들어간 전형적인 일본 도시락

융통성 없는 나이 든 파트타이머 이외에는 전부 쓴다.

시시한 뉴스 방송이 시작해서 엔젤은 TV를 끄고, 호텔에서 다운로드한 유튜브 동영상을 봤다. 지방 해안에서 젊고 얼굴도 잘생기고 피부가 가무잡잡한 남자들이 낚시를 즐긴다. 요즘 인기 있는 유튜버다. 별로 재치 있는 말을 하지도 않고 낚시를 잘하는 것도 아니다. 단지 그들이 어울려 노는 모습을 보면 아주 조금 기분이 편해지는 것 같다. 20분쯤 되는 동영상이 끝나자 더는 볼 것이 없어서 휴대폰 화면이 어두워졌고, 거기에 자기 얼굴이 비쳤다. 고개를 살짝 숙인 여자의 얼굴은 살이 아래로 처져서 추하고 고지식해 보였다.

어떻게든 아야노코지 미쓰코에게 접근해야 한다. 그러지 않으면 엔젤도 앞으로 부모와 똑같이 살게 된다. 그곳에 돌아가기 싫다.

그러려면 먼저 야마다를 그 호텔에서 배제해야 한다. 뭔가 좋은 아이디어가 없을까.

그걸 생각하면서 엔젤은 잠들 수 있었다.

다음 날 아침, 호텔에 도착하자 여자 탈의실에 이미 야마다가 와 있었고 엔젤을 보고 생긋 웃었다.

그건 "좋은 아침이야"로도 "어제 고마웠어"로도 보였는데, 그녀는 더는 말하지 않고 옆 사물함을 쓰는 노인과 대화를 나눴다.

조금 섭섭했다.

그녀에게는 깊은 의미가 없었을지도 모른다. 그러나 아직도 늙은 파트타이머를 신경 쓰는구나, 나와 친하게 보이기 싫은 건가, 하고 슬퍼졌다. 어제는 떠난 남편 이야기까지 했으면서. 자기는 그녀를 함정에 빠뜨릴 생각을 하면서 냉정하게 대하면 쓸쓸하다.

엔젤이 탈의실에서 나왔을 때, 그녀가 뒤를 쫓아왔다.

"어제는 고마웠어."

돌아보자 또 생긋 웃었다. 역시 친근하게 여겨준다 싶어 기분이 갑자기 밝아졌다.

"아니에요."

그녀는 앞장서서 최상층 세탁실로 가서 수건과 침대 시트 같은 리넨 용품이 담긴 청소용 카트를 밀어 꺼냈다.

도와주려고 손을 내밀자 "아니야, 아니야, 괜찮아" 하고 말했다.

"죄송해요."

야마다 뒤를 따라 걸었다.

종업원용 엘리베이터를 같이 타서 1층까지 내려왔다.

"오늘은 청소할 때, 히무라 씨도 안에 들어와."

"안? 방 안이요?"

"응."

"그래도 싫어할지도 모르는데……."

"조금씩 익숙해져야지. 미쓰코 씨도 나랑 같이 들어가면 괜찮을 거야. 해보지 않으면 계속 똑같잖아. 처음에는 내가 들어오는 것도 싫어했거든."

108호실 아야노코지 미쓰코의 문을 두드렸다.

"실례합니다."

대답은 없었는데 문을 벌컥 열었다.

미쓰코는 오늘도 침대에 앉아 있었다. 그녀도 역시 호텔에서 제공하는 신문을 펼치고 TV를 켜놓고 있었다.

야마다 뒤를 따라 들어온 엔젤의 얼굴을 보자 시선이 날카로워졌다.

"오늘은 히무라 씨에게 도와달라고 하려고요."

"무슨 소리야?"

"그냥 돕기만 하는 거예요."

"갑자기 그런 소릴 하면 어떡해. 제대로 된 인간인지 아닌지 모르잖아."

"저도 언제 아파서 못 나올지 모르고, 그럴 때 또 청소를 안 할 수는 없으니까요."

미쓰코는 한참 투덜거렸지만 야마다가 반드시 곁에서 관리할 것이고 화장실이나 욕실만 하겠다고 약속하자 간신히 받아주었다.

야마다에게는 한 수 접어주거나…… 귀여워하나 보다.

"그럼 변소라면 괜찮아."

"그럼 히무라 씨, 화장실이랑 욕실을 부탁할게."

엔젤은 고개를 끄덕이고 욕실로 들어갔다. 욕조를 나일론 타월로 닦는데, 야마다와 미쓰코의 목소리가 들렸다.

"날씨가 좋네요."

"방에 있으며 다 똑같아."

"그래도 커튼을 걷으면 햇빛이 들어오는걸요."

"눈이 부셔서 정신없어."

"그럼 다시 칠까요?"

"……그냥 둬도 돼."

미쓰코가 아무리 쌀쌀맞게 대답해도 야마다는 상관하지 않고 말을 걸었다. 저렇게 되고 싶다고 속으로 생각했다.

"열심히도 일하네."

이번에는 미쓰코가 불쑥 말했다. 부지런히 여기저기 쓸고 닦는 야마다를 칭찬하는 거겠지.

"가난하니까 먹고살아야죠."

"너는 남편이 잘못한 거야. 자기 사후 준비를 제대로 안 하고 덜컥 가버리다니."

엔젤은 조금 긴장했다. 실의 속에서 떠나보낸 남편을 저런 식으로 말하는데 야마다가 어떻게 반응할까. 화를 내진 않을까. 그런데 귀에 들린 것은 웃음소리였다.

"하하하하. 살아 있을 때는 다정한 사람이었어요."

"죽었으면 끝이지."

"미쓰코 씨 남편은 어떤 분이셨어요?"

순간 침묵이 흘렀다. 엔젤은 다시 손을 멈추고 다음 말에 귀를 기울였다.

"……구두쇠였지만 다정했어."

"구두쇠였어요?"

"구두쇠였어. 맞선으로 만났는데, 처음 같이 밥을 먹은 가게에서 제일 저렴한 우동만 시켰다니까. 그것도 하나만. 둘이 그걸 나눠 먹자는 거야. 나도 구두쇠였으니까 그건 그것대로 싫지 않았지. 우동 값은 자기가 냈고. 여자를 때리지도 않았으니까 그걸로 만족해야지."

"아하."

엔젤은 들고 있던 나일론 타월을 꽉 움켜쥐었다.

미쓰코는 이런 식으로 야마다에게만 정보를 흘렸을까. 야마다 덕분에 예상치 못한 형태로 이렇게 접근할 수 있었다. 그녀를 내쫓는 건 좀 더 기다려도 되겠지.

청소를 마치고 방에서 나오며 엔젤은 무심코 물어봤다.

"괜찮으세요?"

"응?"

"아까, 아야노코지 씨가…… 야마다 씨 남편을…… 나쁘게……."

"아아, 그거. 그 사람, 입이 험해서 늘 저런 식이야. 일일이 신경 쓰면 끝이 없어."

그런가, 그런 건 신경 쓰면 끝이 없으니까 신경 쓰지 않는 건가. 그래도 되는 건가. 엔젤은 뭔가 배운 것 같아서 고개를 살짝 끄덕였다.

그러자 야마다가 엔젤의 어깨를 탁 쳤다. 소리만큼 심하진 않아도 조금 아팠다.

"그런 걸 다 걱정해주고, 히무라 씨는 다정하네. 고마워."

그 뒷모습을 보며 엔젤은 어안이 벙벙했다.

내가 다정한가……. 그런 소리는 처음 들었다. 사실은 그냥, 그런 소리를 들었을 때 평범한 사람이 어떻게 반응하는지 묻고 싶었을 뿐이다.

생각지도 못한 감정이 솟구쳤다.

기쁨, 망설임, 부끄러움, 멋쩍음 그리고 거대한 안심감. 머리가 어질어질한 이 달콤한 감정 안에 계속 들어가 있고 싶어진다.

다정하다는 말을 듣거나 평범한 사람으로 보이는 건, 알고 보면 꽤 간단한 일일지도 모른다. 계속해서 비슷하게 '다정한 척'을 하면 다정해 보일지도. 어쩌면 정말로 다정해질지도 모른다.

하지만 그럴 순 없어, 하고 앞에 선 야마다를 보며 정신을 차렸다.

그녀의 푸석푸석한 머리카락에 흰머리가 몇 가닥 섞였다. 이런 여자가 되고 싶지 않다. 이런 초라한 여자는.

그렇다면 아야노코지 미쓰코 같은 할머니가 되고 싶은지

물으면, 그것도 잘 모르겠다.

야마다는 107호실, 아베 사치코의 방 앞에 섰다.

"룸 클리닝입니다. 야마다입니다."

또 같은 말로 일을 시작한다.

이걸 매일매일 계속할 수 있을까. 죽을 때까지.

도저히 못 할 것 같다. 일이 힘들거나 임금이 저렴해서가 아니다. 이렇게 매일 누군가의 방문을 두드리는 것을 견디지 못하겠다.

오늘 아침, 사치코는 아직 방에 있었다. 싱글베드에 앉아 신문을 읽고 있었다.

"안녕하세요. 아베 씨, 외출하신 다음에 할까요?"

"아니. 해도 돼."

엔젤을 보고도 사치코가 아무 말도 안 해서 야마다도 굳이 설명하지 않았다.

또 똑같이 화장실을 청소했다. 변기 안에 똥 부스러기가 들러붙어 있었다. 그곳을 브러시로 벅벅 문질렀다. 이건 저 여자의 똥일까. 침대에 앉아 점잔 빼며 신문을 읽고 있는 저 여자의. 그냥 청소할 때는 아무렇지 않았는데, 일단 생각하기 시작하자 구역질이 났다.

역시 싫다. 이런 일은.

그러나 청소 파트타이머로 일하는 노인들은 오히려 다들 이 일에 매달린다. 남을 괴롭히면서까지 자기 자리를 빼앗기지 않으려고 필사적이다.

그런 인간이 되기 싫다.

엔젤은 지금 사는 곳에서 전철로 40분쯤 떨어진 동네에서 일곱 번째 막내딸로 태어났다. 아빠 마사타카도 엄마 유코도 그 동네 출신이다.

엄마는 중학교를 졸업한 뒤 고등학교에 가지 않고 동네 주유소에 취직했다. 본인 말에 따르면 엄청난 미인이어서 주유소에 엄마를 노리고 온 불량배들이 줄을 설 정도였다고 한다. 지금은 몸무게가 70킬로그램에 가까운 본인의 발언뿐이어서 확인할 방법도 없는데, 뚱뚱해도 엄마의 이목구비가 또렷한 것은 사실이었다. 엔젤과는 하나도 닮지 않았다.

졸업과 동시에 집에서 나온 엄마는 주유소 월급만으로 먹고 살 수 없으니 밤에도 일했다. 그때는 도쿄까지 나가지 않으면 카바레 같은 게 없었으니까 고용해준 곳은 동네 스낵바*뿐이었다. 그러다가 가게 손님이었던 다섯 살 연상의 아빠와 알게 되어 임신하고 결혼했다. 엄마는 열일곱 살이었다.

장녀에게 미카엘이라는 이름을 붙였다.

이듬해 또 바로 임신해서 그다음 해에 장남 루시퍼가 태어났다. 엄마는 스물셋까지 차례차례 장남과 장녀를 포함한 네 명의 아이를 낳았다. 차남과 차녀는 라파엘과 가브리엘이라고 이름을 지었다.

넷째가 태어났을 때, 공사 현장에서 일하던 아빠는 허리를 다쳐서 일을 그만뒀다. 젖먹이를 안은 엄마도 일할 수 없어서 일가족은 기초생활 수급자가 됐다.

가브리엘이 초등학교에 들어가자, 엄마는 또 임신해서 서른 살에 삼남 아담을, 그다음 다음 해에 삼녀 이브를 낳았다. 서른넷에 낳은 막내가 엔젤이다. 그러니 삼남부터는 위의 네 남매와 나이 차이가 난다.

• 주로 마담이라고 불리는 여성 주인이 있는 주점

엄마가 아담을 낳은 이유는, 복지사무소의 담당자가 "이제 막내도 학교에 들어갔으니까 슬슬 일을 시작해보면 어떨까요?"라고 넌지시 권했기 때문이라고 한다. 법적으로 아이가 열여덟 살이 될 때까지는 기초생활보장 급여를 받을 권리가 있고, 초등학생 네 명을 돌보면서 얼마나 일할 수 있는지 의문이지만, 어쨌든 "일해라"라는 말을 제일 싫어하는 엄마는 임신을 선택했다. 그렇게 해서 어린 자식들이 다 컸을 때쯤에는 재취업이 어렵다고 주장할 수 있는 나이가 됐다.

기초생활보장 급여를 받기 시작한 이후로 30년 넘게 부모님은 일하지 않았다. 아마 지금도 일하지 않겠지.

엔젤이 크고 나서야 알았는데, 엄마의 부모님도 비슷한 상황이었다고 한다. 자식은 여덟 명이나 있고, 할아버지는 20대 중반에 허리를 다쳐 기초생활 수급자가 됐다.

엔젤의 오빠, 루시퍼와 라파엘도 지금은 비슷하게 산다. 아이는 많은데 본인은 몸 어딘가가 안 좋고 가족 모두 일하지 못해서 기초생활보장 급여를 받는다. 즉, 엔젤의 가족은 3대가 기초생활 수급자다. 당시 아빠가 정말로 허리가 아프긴 했던 건지 지금은 엔젤도 잘 모르겠다.

지역 사회나 학교에서 때때로 기초생활보장제도에 관해 언급하니까 엔젤도 초등학교 중간 학년쯤부터 알고 있었다.

"쟤는 생활보장을 받는대." "우리 엄마가 쟤는 세금 도둑이라고 했어." "엔젤이랑 놀면 안 된대."

엔젤은 자신이 남들과 다르다는 것을 항상 의식해야 했다.

기초생활 수급자여서만은 아닌데, 엔젤은 때때로 자기가 엉뚱하게 이상한 짓을 하지 않을지 걱정했다. 실제로 지금까지 학교에서나 아르바이트하는 곳에서, 친구나 파트타이머 아줌마나 점장이 몇 번이나 기막혀했다.

아침에 "안녕하세요"라고 인사를 못 한다, 젓가락을 이상하게 쥔다, 신발을 가지런히 정리하지 못한다…… 전부 사소한 일이다. 그러나 사람은 의외로 학력 같은 것보다도 부족한 가정교육을 잔혹하리만큼 냉혹하게 판단한다.

엔젤의 집에서는 고등학교를 졸업하기 전에 집을 나가야 한다. 공부하기 싫어서 고등학교에 가지 않을 거면 열여섯 살에 나가야 한다.

일할 나이가 되면 기초생활보장 급여가 중단될 수 있다고 엄마가 당당히 말했다.

"열여덟이 넘도록 집에서 빈둥거리면 관공서에서 무서운 아저씨가 온다."

그게 진짜인지는 모른다. 그래도 그 집에서 엄마가 하는 말은 절대적이었다.

또 집에서 나가 어디에서 사는지, 어디에서 일하는지 부모에게 알리면 안 된다고 했다. 그걸 알면 거기가 어디든 관공서가 찾아내서 부모의 기초생활 수급자 자격을 중단하고 자식에게서 돈을 빼앗는다고 한다.

"너희도 우리 생활비를 댈 수는 없잖니? 그러니까 도망쳐야 해."

히무라 집 아이들은 고등학교를 졸업하면 남들 모르게 가출해야만 한다.

그리고 "어디서든 결혼해서 아이를 낳고 생활보장을 받기 시작하면 연락해라"라며 방법을 알려주었다.

아이를 네 명 이상 낳을 것, 남편은 일하다가 허리를 다칠 것.

"이 정도까지 키워줬으니까 이제 됐지?" 엄마는 고등학생인 아이들에게 당당하게 말했다.

"아담이나 엔젤은 안 낳아도 괜찮았지만."

엄마가 아빠에게 말하는 걸 들은 적 있다.

"그때는 그 할망구가 일하라고 하도 시끄러워서 무리해서 낳았어. 그래도 이런 짓을 안 해도 계속 받는 사람이 수두룩

하고, 그쪽에서도 마음대로 지급을 끊을 수는 없으니까."

무리해서 손해를 봤다, 살이 쪄서 체형도 망가졌다며 불평한 다음, 헤헤헤 웃었다. 엄마는 관공서 사람을 할망구라고 불렀다.

"태어나는 장면을 TV로 내보냈으니까 뭐, 손해는 아닌가."

엔젤은 부모님이 일하는 모습을 본 적 없다. 그러나 자신이 태어나는 날은 본 적 있다.

엄마는 아담, 이브, 엔젤을 출산하는 모습을 방송국 카메라가 찍게 했다. 지금도 인터넷을 찾으면 어디 있을지도 모른다.

〈화목한 히무라 가족〉

그것이 엔젤의 가족에게 붙은 이름이었다.

엄마가 엔젤을 임신했을 때 이미 '히무라 가족'은 인기 콘텐츠였다.

일곱 번째 출산은 역시 큰일이었는지, 엄마는 임신중독증에 걸려 입원과 퇴원을 반복했다. 그때마다 방송국 스태프가 병원에 몰려와서 엄마나 아빠가 울고불고 소란을 떠는 걸 찍었다.

엔젤이 무사히 태어났을 때는 모두 울었다.

엄마는 분만실까지 카메라를 들여서 당시로서는 드물게 실제 출산 장면을 찍게 했다.

엄마는 오열하고 아빠도 울고 언니와 오빠도 울었다.

〈화목한 히무라 가족〉 중에서도 가장 높은 시청률을 기록한 회차다.

방송국 취재는 엔젤이 초등학교 2학년이 될 무렵까지 이어졌다.

호텔에서 집에 돌아와 샤워하고 TV를 보며 엔젤은 멍하니 생각했다.

어떻게 하면 야마다를 몰아내고 자신이 노인들 담당이 될 수 있을까.

저녁은 편의점에서 산 도시락과 츄하이다. 도수가 9퍼센트나 되니까 머리가 어질어질했다. 호스티스였던 시절, 손님이 테킬라를 억지로 먹었을 때보다 더 취하는 것 같은데 기분 탓일까.

야마다의 조수가 됐으니까 조금만 더 기다리면 아야노코지 미쓰코에게 가깝게 접근할 수 있을지도 모른다. 야마다의 "다정하네"라는 말이 엔젤의 결심을 흔들리게 한다. 계속 '다정한' 사람으로 보이고 싶었다. 이런 건 처음이어서 지금 마시는 술보다 엔젤을 더욱 현혹했다. 그래도 엔젤은 고개를 저었다.

아니다, 야마다가 있는 동안에는 미쓰코에게 접근할 수 없다. 화장실 청소 이외에는 시키지 않겠다는 의지가 확고하게 보였다.

야마다를 몰아낼 방법 자체는 몇 개쯤 떠올랐다.

청소 일에는 몇 가지 금지 사항이 있다. 처음에 간단한 연수를 받을 때 배웠다. 그런 금기를 저지르거나, 저질렀다고 주변이 생각하게 하면 된다.

'손님의 물건(특히 돈)에 손을 대는 일' '손님과 개인적인 관계를 맺는 일' '손님을 불쾌하게 하는 일' 등이다. 특히 제일 첫 번째가 치명적이어서 그런 의심을 사기만 해도 일은 잘리고 경찰에게도 연락해야 한다는 말을 들었다.

야마다가 손님 물건을 훔칠 리 없지만, 그런 뉘앙스를 풍기는 것은 쉽게 할 수 있는 범죄 같다. 예를 들어 야마다가 청소하러 들어간 방에서 "돈이 사라졌어"라고 떠들면 된다.

하지만 그걸 자신이 할 수 있을까.

"가토라도 쓸까……."

엔젤은 중얼거렸다.

가토 유타는 엔젤의 중학교 동창으로 지금도 유일하게 라

64 · 65

인 연락처를 아는 인간이다.

그는 모자 가정이었고 친구가 없었다.

공부를 못하고 운동도 못했다. 중키에 말랐으며, 불량한 그룹에 들어갈 만한 용기도 없었다.

머리가 나쁜지 어딘지 멍한 면이 있고 늘 실실 웃었다.

자연히 반에서 괴롭힘을 당했고, 엔젤이 가끔 말을 걸어주자 부하처럼 따랐다.

고등학교를 중퇴한 엔젤이 걸스 바*에서 일할 때, 길에서 우연히 만나 라인 ID를 교환했다. 그는 이런저런 아르바이트를 전전한다고 했다.

"밤에는 술집, 낮에는 택배에서 분류하는 일을 해."

그는 중학생 시절처럼 뺨의 여드름을 만지작거리며 말했다.

"흠."

엔젤은 이유는 모르겠지만 그가 직접 만든 명함을 받고 살펴보면서 고개를 끄덕였다. 거기에는 주소와 전화번호, 라인이나 엑스, 페이스북 계정만 있고 직함은 없었다.

---

* 여성 바텐더를 두고 그들과 대화를 즐기는 바

"히무라도 명함 있지?"

"응."

가게에서 만들어 준 명함을 보여주었다. 이쪽도 가게 전화
번호와 라인 ID, 예명만 적혀 있다.

"유미?"

"아니, 유우미야."

"본명이 더 화려한데?"

그가 웃어서 엔젤은 놀랐다. 학창 시절에는 이런 재치 있는
소리를 할 줄 모르는 사람이었으니까.

"가게에 갈게."

"안 와도 돼. 비싸니까."

"바가지 씌워?"

"아니야. 그래도 비싸. 한 사람당 2, 3만 엔은 써야 해."

"그럼 가게 밖에서 한번 만나자."

가토가 그런 소리를 하며 이쪽을 올려다보는 듯이 봐서 또
놀랐다. 이 녀석, 예전에는 절대로 이런 소리를 하는 인간이
아니었는데.

왠지 기분이 나빠져서 엔젤이 이만 가겠다고 하자, 뒤에서
"다음에 연락할게"라는 목소리가 따라왔다. 이후 몇 번쯤 라

인이 와서 한가할 때는 답을 보냈다.

제법 성장한 가토를 어떻게 써먹을 수 있을까.

그러나 그는 능숙하게 거짓말을 할 만큼 똑똑하지 않다. 만에 하나 엔젤이 주모자인 걸 흘리면 곤란하다.

그러면 어쩐담.

그렇다면 야마다의 아들에게 뭔가 일을 저지르는 쪽으로 생각해야 할지도.

그러나 아들에게 무슨 일이 생긴다고 그게 야마다가 호텔을 그만두는 것으로 이어질까, 엔젤은 뾰족한 생각이 나지 않았다.

엔젤의 가족이 어쩌다가 방송을 탔는지, 제대로 된 이유를 부모님에게 들은 적이 없다. 아니, 태어난 후로 1년에 두 번은 방송국 사람이 집에 오는 게 당연해서 의아하다거나 이상하다고 생각한 적도 없었다. 초등학교에 입학하기 전까지는 어느 집이나 방송국 카메라가 들어가고 촬영해서 TV에 나오는 줄 알았다.

위에 언니와 오빠에게 한 번 들은 적 있는데, 처음에는 아빠가 지역 낚시 대회에 나가 준우승했을 때 취재한 방송국 스태프가 아빠의 캐릭터를 재미있게 여긴 것이 이후 자택을 방문하게 된 계기였다고 한다.

당시 사회자가 "이 기쁨을 누구에게 전하실 거죠? 가족인가요?"라고 물었을 때, 아빠의 "아니, 가족에게는 말 못 하죠. 몰래 왔으니까" "그런가요?"라는 대화가 폭소를 일으켰고, "우리집, 애가 넷이라 애 엄마가 고생이에요"라는 말에 가족 취재를 하자는 말이 나왔다고 한다.

어쨌든 갑자기 집에 들이닥친 스태프들을 보고 엄마가 "당신 뭐야, 또 무슨 짓 했어?"라고 외쳐서 이게 또 잘 먹혔다.

이건 지역 뉴스 방송의 한 코너였을 뿐인데, 낚시 대회 이상으로 평판이 좋아서 '히무라 씨 가족을 더 보고 싶다'라는 메일이나 편지가 방송국에 쇄도했다. 그래서 이번에는 예능 방송을 만드는 스태프가 집으로 찾아와 새롭게 한 시간짜리 스페셜 방송을 제작했다. 그 후로 아담, 이브, 엔젤이 태어났고 그때마다 특집을 꾸려서 점점 인기가 생겼다.

순조롭게 진행됐는데, 엔젤이 일곱 살일 때 취재 스태프가 전부 바뀌었다.

그때까지 엔젤이 '아오키 오빠'라고 불렀던 20대 카메라맨이 집에 안 오고, 대신 40대 디렉터와 30대 카메라맨이 오기 시작했다.

"왜 아오키 오빠가 안 와?"

엄마에게 묻자, "그런 말은 저 사람들 앞에서 절대로 하면 안 된다"라며 입술 양쪽 끝을 잡아당겼다.

나중에 알았는데, 그때까지 방송을 제작하던 지역 방송국 '사이노쿠니 TV'에서 민영 주요 방송국으로 제작처가 바뀌었다나 보다.

아오키 오빠는 말수가 적고 무뚝뚝해서 절대 애들에게 알랑거리지 않았다. 그래도 잘생겼고 늘 덤덤하게 디렉터의 지시에 따라 엔젤 남매를 촬영했다.

엔젤은 아오키 오빠 옆에 있는 게 좋았다. 어렸을 때는 카메라를 든 그의 팔이나 손을 잡고 집에서 있었던 일이나 어린이집에서 있었던 일을 말했다. 조금 더 나이를 먹어서는 그러기 부끄러우니까 티셔츠나 셔츠 끝을 잡았다. 어쨌거나 거기 있으면 카메라에 찍히지 않는다. 너무 오래 그러고 있으면 아오키 오빠가 곤란한 듯이 엔젤의 손에서 자기 팔이나 셔츠를 빼면서 카메라 앞에 서라고 재촉했다.

하지만 그러면 엔젤이 곤란했다. 카메라 앞에서는 아무것도 말하지 못한다. 우물쭈물 몸을 꼼지락거리다가 결국 아오

키 오빠 옆으로 돌아갔다. 그래도 커서는 그런 모습이 귀엽다
는 평판을 들은 걸 알았다.

아오키 오빠는 엔젤이 그렇게 굴어도 말이 거의 없었고, 화
를 내거나 곤란해하지도 않았다. 그저 덤덤했다.

'사이노쿠니 TV'의 고다 디렉터는 아오키 오빠보다 조금
연상이고, 조금 더 말을 잘해서 엔젤 남매들에게 이런저런 것
을 물었다. 엔젤 가족은 그를 고다라고 불렀고, 방송이 유명해
지자 그 이름이 일반적으로 알려졌다.

"어제 아빠랑 엄마가 뭘 하셨니?"

"엄마가 무슨 말씀을 하셨어?"

"학교에서 힘든 일은 없었니?"

그들은 먼저 그런 것을 물어 엔젤 남매가 대답하기 쉽게 해
줬다.

"어제 아빠랑 엄마랑 싸웠어요"라고 엔젤이 대답하면 "왜
싸웠을까?" 하고 물었다.

"아빠가 돈을 써버렸어요." "어디에 썼어?" "어, 바다 이야
기?" "아아, 파친코구나. 얼마나 썼을까?" "몰라요." "엄마가 뭐
라고 화를 내셨니?" "파친코에서 잃을 거면 집에 들어오지 말
라고." "아빠는 뭐라고 하셨어?" "시끄러워, 암퇘지."

그들이 폭소해서 엔젤은 제법 좋은 일을 한 기분이었다.

"그리고?" "엄마가 집에서 나가겠다고 해서 언니가 울었어요." "어느 언니? 미카엘?" "아니, 가브리엘."

그러면 그들은 부엌에 있는 엄마에게 가서 "어제 남편분하고 싸우셨다면서요?"라고 물었다.

"싸워? 누가 말했어요?"

그들은 대답하지 않았지만 엔젤이 아오키 오빠의 티셔츠 끝에 매달린 것을 보고 엄마가 "너구나"라고 했다.

엔젤은 허둥지둥 고개를 저었다. 엄마 기분에 따라서는 한두 방 얻어맞아도 이상하지 않다. 그래도 지금은 카메라 앞이니까 조금은 안전하다.

"뭐, 됐어. 그랬어요."

"왜죠?"

"그 자식이 파친코에서 애들 급식비를 전부 날렸거든."

엄마가 프라이팬의 볶음국수를 젓가락으로 섞으며 대답했다.

옆에서 듣던 엔젤은 가슴이 아팠다. 그러면 언니와 오빠는 내일부터 급식을 못 먹나.

언제나 제일 어린 엔젤을 따돌리고, 무슨 일만 있으면 입술 끝이나 팔을 꼬집고 때리는 언니와 오빠지만 급식을 못 먹으면 불쌍하다.

"얼마나 날렸는데요?"

"3만 엔. 그러면서 사과도 안 하고는, 조금만 돈을 더 넣었으면 확률이 달라졌을 거다, 1만 엔이 더 있었으면 땄을 텐데 너희를 위해 돌아왔으니까 오히려 고맙다는 소릴 듣고 싶다고 하니까, 열받아서."

디렉터가 고개를 끄덕이자, 엄마가 계속 말을 이었다.

"그 자식은 장래? 미래? 그게 없어요. 우리는 지금 가진 게 아무것도 없잖아. 가진 건 우리 애들뿐이잖아요. 그러면 애들을 소중하게 여겨야 하잖아. 나한테는 애들밖에 없으니까."

놀랍게도 엄마는 볶음국수를 뒤섞으며 울기 시작했다. 카메라가 엄마 옆얼굴을 가깝게 찍었다.

아오키 오빠가 심각한 표정으로 엄마에게 다가가는 것을 보며, 엔젤은 기묘한 기분을 느꼈다. 그에게 이런 표정을 짓게 한 엄마가 자랑스럽기도 했고, 그를 끌어들이는 엄마에게 질투도 느꼈다.

"자식이란 집의 보배잖아. 집이란 건 인생 한가운데 있는 거예요. 그러니까 애들이 진짜 한가운데. 우리는 그 옆에 있기만 하면 충분하다는 거야. 우리 보배만 있으면 나는 아무것도 필요 없어요. 보석은 보배 보에 돌 석을 쓰잖아? 애들이야말로 소중한 보석이야."

같은 말을 반복하고 있을 뿐인 것 같은데, 엔젤은 이게 다음 특집의 중요한 장면이 되겠다는 걸 바로 알았다. 지금까지 몇 번이나 집에 와서 촬영하고 방송으로 만든 걸 봤으니까 어려도 대충은 짐작한다.

엄마가 울면서 말하면 그건 비틀스의 음악과 함께 흐르는 좋은 장면이 된다.

"그런데 그 자식은 보석을 그냥 돌이라고 하는 거야. 돌은 잘 연마하지 않으면 보석이 되지 않고, 연마하려면 역시 돈이 필요하잖아요. 그런데 그 자식, 파친코의 공도 반짝반짝 빛나는 보석이라면서……."

무슨 말인지 모르겠는데, 엄마는 그쯤에서 딱 적당하게 앞치마 주머니에서 꺼낸 휴지로 코를 풀었다.

"아무튼 나는 가족과 애들이 전부예요."

"남편을 사랑하나요?"

디렉터가 묘하게 심각한 표정으로 물었다.

"모르겠어. 이제 사랑 같은 건 없는지도."

엄마는 그걸 카메라를 보며 말했다.

"네, 알겠습니다."

"이 정도면 될까. 쓸 만하게 찍혔어요?"

"좋습니다! 완벽해요! 정말 고맙습니다!"

엄마가 한 번 더 코를 풀었다.

다음 날 108호 문을 두드리자, 미쓰코가 책상 앞에서 아침 같은 것을 먹고 있었다.

"아, 나중에 할까요?"

야마다가 바로 확인했다.

"상관없어."

미쓰코가 우물우물 먹으며 대답했다.

"그래도 먼지가 날릴 텐데 불편하지 않으세요?"

"이제 그런 걸 신경 쓸 만한 신분이 아니야."

웃지도 않고 말했다.

청소를 시작하자, 미쓰코는 허리를 구부린 자세로 비치된 소형 냉장고까지 걸어가서 열고, 시판하는 주먹밥을 꺼내 전자레인지로 데우지도 않고 먹었다.

엔젤은 그 씹는 느낌을 안다. 하룻밤 이상 냉장고에 들어 있던 밥은 차갑고 마르고 딱딱해서 입에 넣자마자 부슬부슬 흩

어진다. 씹다 보면 조금은 따뜻해지니까 단맛이 나지만, 그때는 이미 목구멍에 들어간 뒤다. 맛은 없을 것이다.

"데울까요?"

야마다도 같은 생각을 했는지 말을 걸었다.

방에는 전자레인지가 없지만 각 층에 하나씩 탕비실이 있고 제빙기, 전자레인지, 자동판매기 등이 놓여 있다.

제일 끝 코너인 미쓰코의 방에서 탕비실은 그다지 멀지 않아도 방에서 나가는 것 자체가 귀찮은지도 모른다.

"괜찮아."

"그래도 차갑잖아요."

"익숙하니까. 김이 달라붙는 것도 별로야. 위장에 들어가면 다 똑같아."

평소처럼 욕조를 닦기 시작했는데 미쓰코와 야마다의 대화가 계속 들렸다.

"아침은 늘 주먹밥을 드세요?"

"뭐, 그렇지. 장 보고 얼마 지나지 않았으면 빵도 먹지만……."

"주먹밥은 뭐 들어간 거 좋아하세요?"

"뭐든 다 같아. 가다랑어포든 매실이든……."

"일주일에 한 번만 장을 보시면 밥이 딱딱해지니까……. 미

노인 호텔

쓰코 씨, 이도 안 좋으시잖아요."

"어쩔 수 없지."

"뭐 좋은 방법이 없을까요."

엔젤은 허둥지둥 욕실에서 나갔다.

"……제가 사 올까요?"

두 사람이 놀라서 이쪽을 봤다. 엔젤의 얼굴이 빨개졌다.

"저…… 매일 아침, 여기 오기 전에 편의점이나 마트에 들러서 점심을 사요. 사는 김이니까…… 뭔가 사 올까요?"

미쓰코는 잠깐 생각했으나 고개를 저었다.

"됐어. 필요 없어."

"그래도 어차피 사는 거니까요."

"네가 가는 건 편의점이나 역 앞 마트지? 내가 가는 마트와는 가격이 달라. 편의점 주먹밥은 100엔부터지만 내가 가는 마트는 50엔부터 주먹밥이 있어."

"그럼 거기에 갈게요."

"머니까 정말로 괜찮아."

미쓰코가 희미하게 웃었다.

"이 세상에 공짜보다 비싼 건 없으니까."

"아이고, 미쓰코 씨도 말씀을 왜 그렇게 하세요."

야마다가 웃으며 타일렀다.

"진짜야. 공짜가 제일 무섭거든."

"물론 주먹밥 비용은 받을게요."

엔젤이 말을 보탰다. 그러자 뭐가 이상한지 미쓰코가 아하하하하, 하고 웃었다.

"그런 게 아니야. 네가 사다 주는 그 노력이 공짜라는 거야. 이런 호의가 제일 무섭다는 소리지."

그래도 그녀는 불쾌하진 않은지 또 크게 웃었다. 그녀의 이런 쾌활한 목소리는 처음 들었다.

"그래도 고마워."

고맙다는 말도 처음이어서 조금 놀랐다.

예전의 미쓰코가 그저 때때로 찾아오는 수수께끼 노인이자 빌딩주였다면 그다지 인상적이지 않아서 엔젤은 금방 잊어버렸을 것이다.

그래도 두 번째로 만났을 때는 조금 인상적이었다.

그날은 비 오는 화요일이라 손님이 적었다. 그녀는 여느 때처럼 구석에서 유산균 음료를 홀짝홀짝 마셨다. 평소에는 점장이나 오너가 자리에 앉아 비위를 맞췄는데, 그날은 둘 다 없었다. 아마 볼일이 있어서 둘 다 일찍 자리를 떴을 것이다. 그래서 그녀 곁에는 남자 종업원 두 사람과 호스티스 두 사람이 무료한 듯이 앉아 느릿느릿 잡담을 나눴다.

가게 전체가 좋은 의미에서도 나쁜 의미에서도 굼뜬 분위기인 날이었다.

그런데 심야 12시가 지났을 때, 분위기를 깨는 여자의 비명이 들렸다.

대기석에 앉아 있던 엔젤이 놀라서 돌아보자, 가게 중앙쯤에 남자 종업원이 우뚝 서 있고 그 발밑에 호스티스가 뺨을 감싸 쥐고 웅크리고 있었다.

저 남자가 저 여자를 때린 것이 일목요연했는데, 그런 일은 스태프 대기실에서도 있어선 안 될 일이고, 심지어 손님 앞에서라니 믿을 수 없는 상황이었다.

하지만 하필 점장도 오너도 없고, 손님은 단골뿐이었다.

남자 종업원은 사쿠라바 히카루라는 예명을 쓰고 극단 소속에 장래 배우를 꿈꾸는 사람이고, 여자도 지하 아이돌인가 뭔가를 한다고 떠벌렸다. 둘 다 실적은 중간 정도이면서 이상하게 '우리는 다른 인간들과는 달라'라며 모두를 얕봤다. 스태프 사이에서도 미움을 받아 고립됐다.

"료짱, 나 거짓말한 거 아니야!"

여자가 모두 앞에서 울기 시작했다. 료짱이라고 그의 본명을 부른 것에도 흥이 깨졌다.

"너, 내 선배랑 했잖아!"

혀가 잘 돌아가지 않는다. 이미 많이 취했나 보다.

"안 했다니까."

"시끄러워, 했단 소리 들었어! 사람 쪽팔리게!"

사쿠라바가 여자의 머리카락을 움켜쥐고 고개를 들게 해 또 때렸다.

엔젤은 한숨을 푹 쉬었다.

남자 종업원과 호스티스가 사귀는 것은 어떤 가게든 이 세계에서는 금기인데, 그것뿐 아니라 두 사람 사이에 흐르는 자기들 세상에 취한 분위기가 기분 나빴다. 저들이 사귀는 건 다들 전부터 알고 있었지만 '어차피 조만간 가게를 그만두겠지'라고 미적지근하게 체념하고 그냥 봐주고 있었다.

때리는 모습을 보며 엔젤도 '역시 이쯤 되면 둘 다 가게에 못 나오겠지'라고 생각했다. 누군가가 오너나 점장에게 보고할 테니까.

손님들도 놀란 것 같았는데, 다들 자리에 앉은 호스티스에

노인 호텔

게 이유를 듣고, 단골의 '여유'로 조금은 즐기는 듯한 분위기까지 보였다.

다만 그걸 보고 넘기지 않는 인간이 한 명 있었다.

"그만둬, 여자를 때리는 건."

그렇게 말을 건 사람은 미쓰코였다.

사쿠라바는 순간 멈칫했는데 이미 흥분할 대로 흥분했다. 아마 그도 이 가게에 더는 못 있겠다고 생각했을 것이다. 미쓰코를 노려보며 "닥쳐, 할망구, 얌전히 있으라고"라고 외쳤다.

이제 완벽하게 여기 못 있겠네, 하고 엔젤은 생각했다. 오너나 점장이 정중하게 대하는 손님, 빌딩주인 미쓰코한테 사람들 보는 앞에서 소리를 지르다니…….

"나는 이 가게가 어떻게 되든 상관없어. 이딴 시시한 가게, 내가 그만둘 테니까."

역시 그만둘 생각이구나, 그런 각오를 한 인간은 강하지 싶었다. 그때 미쓰코가 자리에서 일어나 그에게 성큼성큼 다가갔다.

"나는 가게가 어떻다고 한 게 아니야."

차분한 목소리였다.

"나도 전혀 상관없어. 이 가게가 어떻게 되든. 다만 나는 여자를 때리는 모습을 보는 게 싫어. 그게 다야."

그러더니 미쓰코는 한 손을 휘둘러 남자의 머리를 쳤다. 쾅, 둔탁한 소리가 났다. 놀라서 잘 보니, 미쓰코는 손에 유리 재떨이를 들고 있었다.

"이게, 무슨 짓이야!"

사쿠라바가 격분해서 미쓰코에게 달려들려고 했다. 그러자 가게의 보이가 달려와 그를 뒤에서 꼼짝 못 하게 붙들었다. 의욕도 없는 망한 아이돌 호스티스는 몰라도 빌딩주인 미쓰코를 다치게 할 순 없다.

말리는 종업원들에게 둘러싸여 꼼짝도 못 하는 남자를 보고 미쓰코가 웃었다.

"여자를 때리지 마. 내가 하고 싶은 말은 그게 다야. 그리고 할망구라도 너보다 강한 인간이 있다는 걸 알아둬라."

그러더니 한 번 더 재떨이로 머리를 후려쳤다. 또 쾅, 좋은 소리가 났다.

엔젤은 감탄했다.

남자를 때리는 여자는 처음 봤다. 게다가 알지도 못하는 여자를 지키려고 나서다니…….

대단한 사람이다.

아마 미쓰코도 계산했을 것이다. 자신에게 손을 대려고 하면 다른 점원들이 가만히 있지 않는다고. 시시한 남자 배우보다 이 가게에서는 자기가 훨씬 더 윗사람이니까.

그래도 엔젤은 놀랐다.

그로부터 며칠이 지나 107호 아베 사치코의 방을 야마다와 함께 청소하고 나가려고 했을 때, "잠깐" 하고 사치코가 불러 세웠다.

야마다가 "네" 하고 대답하자 "당신 말고 히무라 씨"라고 말했다.

"히무라 씨요?"

그녀가 크게 놀라며 엔젤과 사치코의 얼굴을 번갈아 살폈다.

"당신만 잠깐 남아줄래?"

사치코는 방 한쪽 책상 앞에 앉아 만년필을 쥐고 뭔가 적으며, 의자를 빙그르르 돌려 이쪽을 봤다. 일기 같은 두툼한 노트였다.

"무슨 일이세요? 뭔가 실수했나요?"

엔젤이 입을 열기 전에 야마다가 어쩔 줄 모르고 물었다. 만약 미쓰코가 상대였다면 야마다를 참견꾼에 시끄러운 인간이라고 생각했겠지만, 사치코였으니까 고마웠다.

"아니, 조금……. 그냥 조금 묻고 싶은 게 있어서."

사치코가 엔젤을 보고 방긋 웃었다.

"잠깐만 남아줘."

아이고, 싶었다. 지금까지 사치코를 볼 때마다 누군가와 닮았다, 이런 사람을 알고 있다고 줄곧 생각했는데, 초등학생 때 교장 선생님과 닮은 것을 지금 깨달았다.

그 교장은 엔젤의 얼굴을 기억해서 복도에서 마주치면 거의 매번 "잘 지내니?" "괜찮니?" 하고 말을 걸었다.

엔젤은 자기가 TV에 나오는 유명인이어서 그런다고 낮은 학년 때까지는 생각했다. 그러나 높은 학년이 되면서 그 여자가 집안 사정을 알고 마음을 쓴다……, 아니 마음을 쓴다고 주변이 알아주기를 바란다는 것을 알았다. 그 여자가 말을 거는 것은 늘 다른 누군가, 특히 어른이 가까이 있을 때였다.

자기가 학교 구석구석까지 신경 쓴다, 문제 있는 학생을 꼼꼼히 파악하는 선생이라고 남들이 알아주길 바란 것이다.

아무튼 그 교장과 사치코는 닮았다. 거들먹거리는 말투나 점잔 빼는 표정, 키가 크고 발목까지 숨기는 개성적인 옷차림과 단발머리가.

방에 남으려는 야마다를 무심하게 밖으로 내보내고, 사치코가 엔젤을 바라보았다.

"긴장 안 해도 돼, 그냥 조금 물어보고 싶은 게 있거든."

아아, 왔다, 왔어. 엔젤은 생각했다. 이런 사람들은 이렇게 말을 시작한다. 대체로 듣기 싫은 이야기를.

"너, 혹시 그 히무라 씨? 〈화목한 히무라 가족〉의."

"아."

놀랐다. 한동안 누군가가 그런 이야기를 꺼낸 적이 없었다.

"히무라 씨 가족의 엔젤이지? 응? 맞지?"

사치코가 조금 흥분해서 엔젤의 얼굴을 가리켰다.

부정해봤자 소용없겠지. 거기까지 알았다면, 본명도 알고 있으니까 도망칠 수 없다.

"어떻게 아셨어요?"

"어머, 알지. 사이타마현에서 히무라 씨라고 하면 다들 기억할 거야. 아, 그때 나는 도쿄에 살았고 TV도 잘 보진 않았는데…… 그래도 본가가 이쪽이어서, 공휴일마다 이쪽에 오면 엄마가 종종 보셨어. 너희가 귀엽다면서. 명절 때면 했으니까 싫어도 보게 되잖아. 그러다가 도쿄에서도 방송을 시작했고, 지방에서 제작한 인기 방송이라고 화제가 됐었지. 그러다가 민영 주요 방송국으로 제작이 바뀌고 잡지에도 많이 실렸잖아."

사치코는 생각보다 자신들을 자세하게 아는 것 같았다.

"네 얼굴을 보고 어디서 본 것 같다고 생각했어. 그러다가 히무라라는 성씨를 보고 감이 와서 프런트에 물었더니 이름이 엔젤이라고 해서 확신했지."

"여기 사람들한테도 말하셨어요!"

무심코 목소리가 커졌다.

"말 안 했어, 안 했어."

사치코가 허둥거리며 손을 저었다.

"괜찮아, 아무한테도 말 안 했고 다른 사람들도 모를 거야. 나는 당시 그런 업계에 있었으니까 유난히 인상에 남아서."

"업계요?"

"나는 출판 일을 했거든. 잡지 편집자나 프리랜서 작가. 그래서 매스컴 관련해서도 비교적 민감했고, 그때 일도 잘 기억해."

사치코는 책상 위에 올려놓은 수십 권의 잡지를 탁탁 두드렸다.

"이게 내가 편집하거나 기사를 쓴 잡지."

그래서 여기에 둔 거구나……. 엔젤은 그제야 이해했다.

"내가 쓴 서명 기사나 특히 인상 깊었던 건은 두게 해달라고 했어. 아무래도 버리지 못하겠더군."

사치코가 제일 위의 잡지를 집더니 "괜찮다면 읽어볼래?" 하고 엔젤에게 내밀었다.

"아니요."

"사양 안 해도 돼. 이걸 읽으면 내가 이상한 사람이 아니라 제대로 일했던 저널리스트라는 걸 이해할 테니까."

어라, 조금 전까지는 잡지 편집자나 프리랜서 작가라고 했는데 갑자기 저널리스트라고 주장한다. 그러나 차이가 뭔지 잘 모른다.

"오히려 읽어줬으면 좋겠어. 내가 뭘 썼고 무슨 주장을 했는지."

그러나 엔젤은 고집스럽게 고개를 저었다. 그래도 사치코가 자꾸만 잡지를 내밀어서 "뭘 읽는 걸 잘 못해서요……"라고 말하자, 그제야 이해했는지 잡지를 원래 위치로 돌려놓았다.

"뭐, 그러면 됐어. 아무튼 내가 수상한 사람이 아니란 걸 알아줘."

"……수상하다고 생각하지 않아요."

슬슬 바깥 상황이 신경 쓰였다. 야마다는 지금쯤 106호 다와라 고지의 방을 청소하고 있겠지. 혼자서.

"저는…… 저기……."

엔젤은 조금씩 물러났다. 빨리 이 방에서 나가고 싶다.

"그만 슬슬."

"아아, 미안. 그래도 히무라 씨가 엔젤인 걸 아니까 말을 걸고 싶어져서."

"다른 사람한테는 말하지 말아 주세요."

사치코가 또 목소리를 높였다.

"말 안 해, 말 안 해. 나를 그런 걸 재잘재잘 떠벌릴 사람으로 보지 마. 나는 개인 정보를 지키고, 취재 대상자를 허가 없이 밝힌 적이 한 번도 없는 인간이니까."

무슨 소리인지 전혀 모르겠지만 한 번 더 확인했다.

"절대로 말하면 안 돼요."

"물론, 다만……."

"죄송해요. 일을 해야 해서요."

사치코는 여전히 말하고 싶어 했으나 뿌리치듯이 방에서 나왔다.

"또 이야기를 들려줘."

사치코의 목소리가 등 뒤를 쫓아왔다.

노인 호텔

방에서 나왔더니, 야마다가 106호에서 막 나왔다.

"죄송합니다!"

그녀는 고개를 저었다.

"손님이 말을 걸었으니까 어쩔 수 없지. 괜찮았어?"

걱정스럽게 물었다.

"네."

"무슨 이야기였어? 혼나기라도 했어?"

이번에는 엔젤이 고개를 저었다.

"조금…… 예…… 아니, 열받는 일이 없는지 물어봤어요."

옛날 일을 물어봤다고 대답할 뻔해서 얼른 고쳐 말했다.

"열받는 일?"

"일하면서 열받은 적이 없는지."

"아아."

야마다는 고개를 끄덕이면서도 의아한 표정을 지었다. 그야 그렇겠지. 교장 선생님 같은 사치코가 '열받는' 같은 말을 쓰는 것 자체가 부자연스럽다.

"열받는다기보다 곤란한 일이 없는지, 좀 걱정해 주셔서."

"아하, 그런 거였구나."

야마다가 그제야 조금 웃었다.

"네가 마음에 들었나 보다."

"음, 글쎄요."

그녀와 나란히 다음 방으로 가며 생각했다.

절대로 과거를, 특히 TV 일을 여기 사람들에게 알리면 안 된다. 그걸 들켜서 괜찮았던 적이 없다. 처음에는 미주알고주알 그때 일을 캐묻는다. 혹시 친하게 지내주려나 싶어 최대한 열심히 대답하는데, 더는 들을 게 없어지면 다들 엔젤 곁을 떠났다. 그것만이라면 괜찮은데 때로는 주변에 떠벌렸고, 결국 따돌림을 당했다.

그런 일을 두 번 다시 반복하기 싫었다.

엔젤이 아오키 오빠를 좋아했던 이유는, 잘생긴 외모보다도 그들이 집에 있으면 부모님이나 언니와 오빠가 비교적 차분했기 때문이라고 지금은 생각한다.

방송국 카메라 앞에서는 아무리 그래도 열 살도 안 된 딸의 뺨을 후려치거나 한 시간 가까이 호통을 치는 일은 안 했고, 아빠도 파친코 출입이나 술을 조금은 자제했다. 아오키 오빠는 언제나 조용하고 안정적이었다. 오빠 곁에 있으면 항상 안심할 수 있었다.

촬영은 1년에 두 번, 상반기와 하반기에 한 달 정도에 걸쳐 이루어졌고 오본*과 연말쯤에 방송했다. 보통 상반기는 3월이나 4월쯤, 하반기는 9월이나 10월쯤이면 그들이 왔다.

처음에는 그들이 오면 '봄이네'나 '가을이네' 정도로 생각했는데, 언제부턴가 손가락을 꼽으며 기다렸다.

갑자기 오지 않게 된 것은 엔젤이 초등학교 1학년인 봄방학 때였다.

그즈음에 부모님이 뭔가 속닥거리는 듯하다가 갑자기 요란하게 싸우는…… 그런 일이 이어졌는데 별로 드문 일도 아니니까 신경 쓰지 않았다. 그러다가 갑자기 생판 모르는 사람들이 집에 왔다.

3월 마지막 일요일, 부모님이 아이들 모두 집에 있으라고 엄하게 말해서 동아리 활동을 하는 위에 언니와 오빠 이외에는 모여 있었다.

"안녕하세요~!"

말끝을 길게 늘이는 인사말과 함께 들어온 사람은 처음 보는 남녀 무리여서 엔젤 남매들은 멍하니 그들을 바라보았다.

---

* 양력 8월 15일에 지내는 일본의 최대 명절

그들은 아오키 오빠보다 조금 연상이었다. 30대 카메라맨과 40대 프로듀서, 디렉터…… 그리고 젊은 남녀 AD.

　그들은 민영 주요 방송국 자회사인 제작회사 사람이라고 이름을 댔다.

　아빠와 엄마는 그들과 만난 적이 있는지, 둘 다 전혀 동요하지 않고 "어서 오세요" 하고 집에 들였다.

　"이제부터 이 사람들이 취재하러 올 거야."

　엄마가 간단히 설명했다.

　아이들은 얼굴을 마주 보았다.

　"왜요? 아오키 오빠랑 안 와?"

　엔젤처럼 그들을 잘 따랐던 바로 위 언니 이브가 물었다.

　"다른 회사로 바뀌었어."

　제작회사 사람이 입을 열기 전에 엄마가 말했다.

　"앞으로 여러분이 매일 생활하는 모습을 찍을 다쿠마입니다."

　하얀 셔츠에 베이지 바지를 입은 40대 디렉터가 고개를 깊이 숙였다. 입은 옷이나 분위기는 '사이노쿠니 TV'의 디렉터와 별로 다르지 않았다.

　"최대한 자연스러운 모습을 찍고 싶으니까 우리는 신경 쓰지 말고 평소처럼 행동해 주세요."

다쿠마는 손을 뭔가 둥그런 것을 감싼 것처럼 움직이며 말했다.

"우리는 없다고 생각하면 돼요. 정말 평소 모습이면 되니까."

"없다고 하지만 있잖아요."

아담이 어깨를 움츠리며 웃었다. 오빠와 언니가 다들 깔깔 웃었다. 그런데 부모님은 어딘지 새치름한 얼굴로 아무 말도 없었다.

평소라면 "건방진 소리 하지 마"라며 아담의 머리를 후려쳤을 텐데.

웃으며 엔젤은 생각했다. 방송국 카메라가 들어오면 엄마는 우리를 때리지 않는다. 이거야말로 '평소 모습'이 아닌데.

"큰 자녀분들은 없나요?"

혼자 양복을 입은 프로듀서가 물었다. 그는 첫날 인사만 하고 다음 날부터는 집에 거의 오지 않을 거라고 처음 자기소개할 때 말했다.

"네, 동아리 활동을 하러 가서요."

엄마가 대답했다.

"그럼 돌아오면 인터뷰를 해도 괜찮을까요?"

그가 끈질기게 물고 늘어졌다.

〈화목한 히무라 가족〉은 초창기에 미카엘, 루시퍼의 성장이 흥행 포인트였기 때문이다. 거기에 집착하는 것도 무리는 아니다.

"최근 방송에 두 사람이 별로 출연하지 않았죠."

"걔들도 이제 컸다고 방송에 별로 나오고 싶지 않대요."

"그걸 어떻게 안 될까요."

"뭐, 물어보긴 할게요."

"꼭 잘 좀 부탁드립니다. 안 되겠다 싶으면 제가 설득하게 해주세요."

"······알았어요."

엄마는 뭐든지 직접 이끌고 싶은 사람이니까 조금 발끈했지만, 도쿄 방송국 사람이니까 더는 화를 내지 않았다.

이 교섭이 모든 것의, 종말의 시작이었다.

어렸을 때는 아오키 오빠와 한 번 더 만나고 싶다고 내내 생각했는데, 지금은 그런 일이 두 번 다시 없는 것을 안다.

엔젤이 '히무라 가족'인 걸 안 뒤로 사치코가 툭하면 말을 걸었다.

며칠에 한 번은 "히무라 씨, 잠깐 남아줘" 하고 불러 세웠다.

같이 일하는 야마다에게 과거를 들켰을까 봐 조마조마했는데, 사치코는 "괜찮아, 사람은 타인한테 별로 관심이 없으니까"라고 점잖은 척 말했다.

"아베 씨는 알아차리셨잖아요."

"그거야 내 일이 특수했으니까. 직업병이라 사람한테 관심이 있거든. 언제나 관찰해. 인간 관찰이 취미야."

어딘지 의기양양해 보였고, 어째서인지 현재진행형이었다.

실제로 야마다는 "아베 씨, 히무라 씨가 마음에 들었나 봐"라고만 하고 별로 신경 쓰지 않는 분위기였다. 그러나 '마음에 든다'라고 할 때의 말투가 조금 마음에 걸렸다. 조금 끈적끈적했다.

그래도 야마다는 그런 성격이니까 만약 뭔가 있으면 바로 물어보리라 예상했다. 마음을 터놓고, 일정의 신뢰를 얻었다고 믿었다.

사치코는 보통 책상에서 뭔가 쓰고 있었다. 야마다가 방에서 나가면, 이쪽을 휙 돌아보고 캔이나 상자에 든 과자를 내밀었다. 거기에는 마른과자나 쌀과자, 별사탕 같은 것이 담겨 있었다.

"이런 걸 후키요세라고 해."

처음에 먹으라고 권하면서 알려주었다.

"차를 마실 때 곁들이거나 축하할 일이 있을 때 선물용이야. 예전부터 있는 과자야."

먹으라는 듯이 내민 용기를 흔들었다.

"괜찮아요."

엔젤은 손을 저으며 거절했다.

"어머, 그래?"

사치코는 한 번 거절하면 더는 권하지 않았다. 그래도 일단 형식적이나마 매일 권했다.

사치코는 그 용기에서 과자를 딱 하나만 꺼내 입에 넣었다.

아마 그 과자는 그녀가 유일하게 부리는 사치라고 예상할 수 있었다.

여기 사는 노인들은 돈이 있어 보였고, 엔젤보다야 당연히 부자겠지만 앞으로가 걱정되는지 절대 낭비하지 않는다. 특히 미쓰코는 그 점이 철저했다.

엔젤은 그 후키요세가 사치코과 비슷하다고 생각했다. 언뜻 색색이 화려해 보이고, 껍데기는 대단하고 권위 있는 것 같은데 입에 넣으면 그렇게 맛있지 않다.

"나, 예전에 다도를 했었어."

후키요세 용기에서 꺼낸 마른과자를 입에 넣고 혀로 굴리며 사치코가 말했다.

"엄마한테 배웠거든. 일단 사범까지 갔었어."

"그래요?"

"후키요세, 우리 엄마가 좋아한 거였어."

사치코는 대체로 자기 추억을 말했다. 이유는 모르겠는데 엔젤에게 말하고 싶은가 보다.

"우리 엄마는 내가 좋은 아내가 되길 바랐어. 다도나 꽃꽂이를 잘하고 중매로 결혼해서 회사원 남편을 둔 전업주부로, 교외의 집에서 자식 둘을 키우는."

"네."

"하지만 나는 그런 말을 들을수록 반발해서…… 고등학교를 졸업하고 엄마가 가도 된다고 한 건 전부 여대였으니까, 열심히 공부해서 제일 좋은 여대에 들어갔어. 오차노미즈."

"대단하네요."

엔젤도 오차노미즈가 대단한 학교라는 것쯤은 안다.

"졸업하고 엄마 반대를 무릅쓰고 출판사에 들어갔어. 그런데 아무리 노력해도 엄마는 흡족해하지 않으셨지. 귀성하면 못마땅한 표정으로 '사치코, 얘야, 대체 언제 결혼할 거니?'라는 거야."

사치코는 깔깔 웃었는데 묘하게 소리가 날카로웠다.

"회사에서 아무리 출세해도 전혀 기뻐하지 않으셨어. 그러다가 너희 가족의 방송을 엄마가 정신 없이 보는 걸 보고 알았어……. 우리 엄마가 나한테 원한 건 사회적 성공이 아니고, 진심으로 바란 건 네 어머니 같은 인생이란 걸."

"네?"

갑자기 예상치 못하게 엄마가 나와서 놀랐다.

"야무지지 못해서 집안일도 대충, 그저 매일 필사적으로 살아갈 뿐인데 손주만큼은 잔뜩 낳아주지. 우리 엄마의 이상은 그런 여자였어. 그런 여자의 자식들에게 둘러싸여 사는 노후가 엄마의 소박한 꿈이었지. 당신이 나 하나만 낳았으니까 대가족을 동경했는지도 몰라……. 나도 알고 있었을 거야. 엄마가 그걸 바라는 걸……. 하지만 마음속으로는, 표면상, 입장이 있으니까 입으로는 결혼하라느니 손주 얼굴을 보여달라느니 해도, 노력하면 나도 인정해 줄 거라고. 아니, 지금도 본심은 분명히 인정할 거라고, 우리 엄마는 말이 험하니까 솔직하게 말하지 못하는 거라고 믿었어. 하지만 너희 가족을 비디오 녹화해서 몇 번이나 반복해서 보고 가끔은 방송국에 팬레터까지 쓰는 엄마를 보고, 그런 건 단지 나의 희망적인 관측일 뿐인 걸 알았지. 엄마는 정말 진심으로 나를 싫어했고, 내 일을 싫어했고, 나를 부끄러워했어. 나를 전혀 인정해 주지 않았어."

혼잣말처럼 말한 사치코가 고개를 들었다.

"도착했니?"

"네?"

"우리 엄마가 보낸 편지……. 팬레터."

"음, 글쎄요."

편지는 전국에서 왔다. 응원하는 편지, 각종 욕설이 적힌 편지, 때로는 썩어가는 음식이나 낡은 옷까지…… 별의별 것이 다 왔다. 보낸 사람 이름 따위 기억하지 못한다.

"우리 엄마, 많이 썼거든. 정말 몇 통이나. 도쿄에 살던 나한테는 한 번도 보내지 않았으면서."

"워낙 많이 와서요."

순간 사치코의 눈초리가 날카로워졌다가, 한숨을 한 번 쉬자 다시 원래 말투로 돌아왔다.

"그렇지. 인기였으니까. 히무라 가족은……."

"죄송합니다. 이제 가도 될까요? 야마다 씨가 혼자 청소하고 있어서요."

"아아, 응, 미안해. 이제 됐어."

사치코가 간신히 놓아줘서 엔젤은 도망치듯이 방에서 나왔다.

정말 지긋지긋했다. 하루라도 빨리 미쓰코에게 접근해서 이런 곳을 떠나야 한다. 하지만 그 방법도 모르겠다.

엔젤은 105호 앞에 식기나 리넨 용품이 담긴 카트가 놓인 것을 보고 얼른 다가갔다. 사치코와 대화하는 사이에 106호 다와라 고조의 방은 끝났나 보다.

105호는 거동이 불편한 곤노 요시후미의 방이다. 여든을 넘은 남자다.

곤노는 도쿄에 사는 가족들이 여기 들여보냈다고 들었다. 어떤 사람들인지는 모르는데, 같이 살 수 없는 사정이 있으나 노인 요양 시설에 들여보내기에는 아직 건강하니까 그를 여기 버렸나 보다. 가족들은 그 후로 한 번도 만나러 오지 않았다.

그는 엔젤와 야마다가 오면 청소 이외의 용건을 뭔가 말한다. 몸이 자유롭지 않으니 어쩔 수 없지만, 자신들을 하인처럼 여기는 것 같아 그리 기분이 좋지 않았다. 가끔은 제대로 일어나지도 못하는 그를 야마다와 같이 소파로 옮기고 침대를 정돈하기도 한다. 거의 간병에 가까운 일이다. 사람 손이 필요한 일이어서 엔젤이 제일 요긴하게 쓰이는 곳이기도 하다.

엔젤은 "야마다 씨, 죄송합니다!" 하고 최대한 큰 소리로 사과하며 방으로 들어갔다. 마침 야마다가 곤노의 양 옆구리에 손을 넣어 소파로 옮기는 중이었다.

"아니야, 괜찮아."

엔젤이 달려가 "아베 씨 말씀이 길어져서요"라고 말하며 돕자, 야마다가 곤노 뒤에서 가볍게 고개를 저었다. 손님 앞에서 다른 손님 이야기를 하지 말라는 뜻이겠지.

"그 할멈은 말이 기니까."

그런데 곤노에게는 들렸는지 우훅우훅, 기침하는 것처럼 웃었다. 몸이 이런데도 그는 생각보다 밝았다. 또 여기 사람들이 다른 노인의 악담이나 소문을 그리 싫어하지 않는 건 한참 전에 알았다.

"예전에 자기가 큰 회사에서 잘나갔다고 자랑만 해댄다니까."

엔젤이 뭐라고 대답할지 곤란해하는데 야마다가 웃었다.

"히무라 씨가 아베 씨 마음에 쏙 들었나 봐요."

"그래, 그거 귀찮겠구먼."

엔젤도 조금 늦게 쓴웃음을 지으며 야마다와 협력해 침대 시트를 벗겼다.

"곤노 씨, 오늘 몸은 어떠세요? 다리가 아프진 않으세요?"

야마다가 화제를 바꿨다. 노인이란 자기 몸이나 건강 이야기를 무엇보다 좋아하니까 험담의 화살을 돌리려면 이게 최고라는 걸 여기 와서 알았다.

"응? 다리? 음, 평소랑 똑같아. 항상 아프니까."

"큰일이네요."

"심하게 아픈지 평범하게 아픈지의 차이야. 의사는 수술해도 괜찮다고 하는데 이 나이에 수술하는 것도 좀. 아픈 건 싫고 귀찮고, 병원에 들어가는 것도 내키지 않고."

"그렇죠."

그들과 진심으로 대화해도 무의미하다. 매일 똑같은 소리만 반복해서 이야기에 진전이 없으니까 긍정적인 맞장구를 하는 것 말곤 할 게 없다.

"나는 서류가 싫거든. 그건 진짜 끔찍해. 병원 같은 데 가면 이것저것 써야 하잖아. 눈도 나쁜데."

곤노가 사실은 글을 읽지 못하고 쓰지도 못하는 것 같다고 호텔 종업원 사이에서 소문이 났다. 여기 왔을 때, 숙박장은 그의 가족이 썼고, 이후로 그가 직접 글을 쓰는 걸 본 사람이 아무도 없다. 게시판이나 호텔 알림에 적힌 것도 대부분 무시한다. 눈이 나빠서인지, 글자를 읽지 못해서인지, 칠칠치 못해서인지는 아무도 알 수 없었다.

청소와 침대 정리를 마치고, 그를 소파에서 다시 침대로 이동시키면 청소는 끝이다. 그는 침대에 누워 나가는 엔젤과 야마다에게 손을 흔들고 눈을 감았다. 저대로 잠들겠지.

그는 하루 한 번, 근처에서 음식을 시켜 식사한다. 때때로 다른 노인에게서 음식을 받는 모습도 봤다.

"곤노 씨, 요양원에 가는 게 좋지 않을까요."

복도에 나와 무심코 혼잣말처럼 말했다.

"그건 안 돼."

야마다가 두 손의 검지로 엑스 표시를 만들어 보여주었다. 틀림없이 또 손님 뒷담화를 한다고 경고하는 줄 알았는데 아니었다.

"지배인이 친척들을 불러서 한 번 설득했는데, 저 사람이 여기가 좋다고 했어."

"아하."

"여기에서 죽고 싶다고 몇 번이나 말했어. 여기서 돌아가시면 곤란하다고 지배인이 농담처럼 말했는데 얼굴이 굳었더라."

"야마다 씨도 있었어요?"

"응. 솔직히 호텔 입장에서는 슬슬 곤노 씨를 어떻게든 해야 하는데, 어떻게 하면 좋을지 몰라서 그냥 방치하는 거 아닐까. 뭐, 있는 동안에는 돈이 들어오니까. 지배인은 저 사람이 배변을 가리지 못하게 되면 가족과 상담해서 시설에 들여보낼 거래."

그렇게 말하며 야마다는 다음 방의 문을 두드렸다.

엄마라는 여자가 어떤 인간인지, 엔젤은 잘 생각해 본 적도 없다.

적어도 아베 사치코가 동경할 만한 여자는 아니었을 거고, 동경할 만한 가정도 아니었다.

집에 살던 시절, 엄마에게 거의 말을 걸 수 없었다. 엄마는 부엌에서 뭔가 만들거나 짜증을 내거나 아빠나 언니나 오빠를 야단쳤다. 말을 걸면 "시끄러워! 나중에 해!"라는 소리를 들었다.

평일, 어린이집이나 학교에서 돌아오면 엄마 기분이 좋을 때는 볶음국수나 볶음우동이 기다리고 있었다. 그걸 먹다 보면 언니나 오빠도 돌아왔다. 그쯤에는 밥이 다 되고 채소와 고기볶음과 된장국이 만들어졌다. 밥솥으로 쌀 한 되를 하루에 한 번만 앉혔으니까 한창 먹을 때인 아이들과 어른 두 사람이 있는 가정에서는 늘 부족했다. 동아리 활동을 마치고 온 언니와 오빠는 경쟁하듯이 음식을 쟁탈했고, 엔젤 같은 손아래 동생들은 "볶음국수 먹었잖아"라는 소리를 들으며 밥과 낫토만 먹을 때가 많았다.

볶음국수가 나오는 건 운이 좋을 때였다. 대부분 엄마는 기분이 나빠서 하루 내내 TV 앞에 누워 드라마 재방송이나 뉴스를 봤다.

배가 고프다거나 저녁이 뭐냐고 물으면 기분이 더 나빠져서 "누가 만드는데? 너야? 나야? 네가 만들 수 있으면 해 봐. 못 하면 입 다물고 있어"라고 말도 안 되는 분노를 터뜨리니까 엔젤이나 아담, 이브는 입을 꾹 다물고 엄마 발치에 앉아 주린 배를 안고 얌전히 견뎠다. 그러다가 운이 좋으면 엄마마음이 바뀌어서 뭔가 만들어 줄지도 모른다.

그러다 보면 동아리 활동을 마친 위에 언니와 오빠가 돌아온다. 그들은 엄마에게 좀 더 강하게 "밥 없어?" "저녁 뭐야?" 하고 물어본다.

그때 엄마 기분이 괜찮아졌으면 냉장고를 들여다보고 뭔가 만들어 주고, 아직 괜찮아지지 않았으면 무시하거나 "냉장고에 있는 걸로 뭐든 만들어. 어린애도 아니니까"라고 말했다.

언니들도 기분이 나쁘면 "밥쯤은 만들어, 엄마니까!"라고 화를 내고 그때부터 가족 싸움이 시작된다.

"까불지 마. 누가 널 키워주는 줄 알아! 건방진 소리나 하고. 어디 자식이! 엄마가 얼마나 힘든지 모르지! 엄마는 지쳤어! 아침부터 계속 일했다고! 너희처럼 놀러 다니는 게 아니야!"

"료코네 집도 마리나네 집도 엄마가 밥을 만들어 줘! 우리 집처럼 엄마가 맨날 누워만 있지 않는다고!"

"그 집에는 자식이 일곱이나 있지 않잖아!"

"알 게 뭐야! 내가 좋아서 이런 집에 태어난 게 아니야!"

"잘도 그런 소리를 하네. 그럼 다른 집에 가."

"갈 거야, 갈 수 있다면 당장 간다고. 갈 수 없으니까 어쩔 수 없이 돌아오는 거야."

"그럴 거면 당장 집에서 나가. 지금 당장 나가라고. 그 낯짝도 보기 싫어. 죽어! 죽어! 죽어!"

죽으라는 말까지 들으면 언니도 입을 다물거나 울기 시작했다.

노인 호텔

이 시간은 엔젤에게 가장 괴로운 시간이었다. 언제 끝날지 모르는 싸움을 목을 잔뜩 움츠리고 견뎠다. 왜 미카엘이나 가브리엘은 순순히 엄마한테 사과하지 않지, 하고 생각했다.

싸움이 끝나고 운이 좋으면 미카엘이나 가브리엘이 볶음국수나 볶음우동을 만들어서 동생들에게도 나눠주었다. 그러나 보통은 양이 아주 적었고, 아무것도 없을 때도 있었다. 그럴 때는 엄마나 언니와 오빠에게 들키지 않게 부엌이나 냉장고를 뒤져 먹을 수 있는 것을 뭐든 입에 넣었다. 밥솥을 열어 조금 남은 쉰내 나는 맨밥을 먹기도 했다.

모두 같이 밥을 먹는 일은 거의 없었다. 애초에 부엌에 모두가 앉을 만한 식탁이 없었다. 나이 차이도 나서 다들 조금씩 시간이 달랐으니까 평소에는 별로 불편하지 않았다. 거실에 소파와 테이블이 있으니까 부엌 식탁이 꽉 차면 거기에서 밥을 먹기도 했다.

엔젤도 언니와 오빠도 젓가락이나 밥그릇을 드는 방법이 이상했다. 다들 아무렇게나 대충 움켜쥐었다. 아무도 가르쳐주지 않았고 주의를 준 적도 없었다. 그걸 안 것은 집에서 나온 뒤였지만.

방송국이 와서 전원이 밥 먹는 장면이 꼭 필요하면, 방송국

돈으로 밖에서 밥을 먹거나 식탁과 테이블로 나눠 앉아서 먹었다.

방송국 촬영이 시작되면 엄마가 명색이나마 매일 밥을 해줬으니까 그것만으로도 기뻤다.

어느 정도 커서 엄마가 『히무라 대가족의 따끈따끈 밥』이라는 요리책을 낸 걸 알았다. 대체 엄마가 그런 걸 어떻게 냈는지 전혀 모르겠다. 그 사람은 볶음국수나 볶음우동이나 고기와 채소볶음 정도만 만들었을 텐데.

엄마가 안 한 건 요리만이 아니다. 청소나 빨래도 그랬으니까 집은 늘 지저분했다. 아침이면 오빠나 언니의 체육복과 실내화를 빨지 않았다며 매일 같이 누군가의 울음소리나 고함이 들렸다.

엔젤이 초등학교에 들어갔을 때, 세탁건조기를 산다는 주제로 방송을 만든 적이 있다. 아빠가 엄마를 위해 그걸 사려고 자기 용돈을 모으는 내용이었는데, 그래서 일단 대형 세탁건조기가 있었다. 세탁이 끝난 것을 누군가가 건조기에 넣으면 잘 말라서 나왔다. 그러나 빨래는 대부분 덜 마른 채로 복도나 거실에 내동댕이치듯이 방치됐다. 다들 자기 것을 골라 방으로 가지고 갔다.

노인 호텔

집안일 전반이 그런 식으로 대충이었으므로 방도 부엌도 언제나 먼지가 수북했다.

"히무라 씨, 잠깐 남아줘."

사치코가 이렇게 말을 건 게 벌써 몇 번째인지 기억도 못하겠다.

야마다도 이젠 적응해서 말없이 고개만 살짝 숙이고 밖으로 나갔다. 그 뒷모습에 대고 "야마다 씨, 정말 죄송합니다"라고 말하고 아주 깊이 고개를 숙였다. 그녀는 '괜찮아, 괜찮아'라는 것처럼 손을 흔들었는데, 엔젤은 사치코 들으라고 한 소리였다.

그러나 뒤를 돌아보자, 사치코는 전혀 알아차리지 못했는지 평소처럼 멀끔한 표정이었다.

"무슨 일이세요."

"……그걸 알려주면 안 될까?"

"그거요?"

사치코는 의미심장한 표정으로 고개를 끄덕였다. 그렇게 말하면 엔젤이 이해할 거라고 의심 없이 믿나 보다.

"그게 뭔데요?"

"그거……라기보다 그때 일을. 〈화목한 히무라 가족〉이 끝 났을 때, 이런저런 소문이 있었잖아……. 집이나, 어머니에 대 해서."

"아……."

"실제로는 무슨 일이 있었어? 주간지에서 말이 많던데."

저절로 힘이 빠졌다.

그때…… 사치코의 말처럼 각종 소문이 오갔다. 그 중심에 있었던 엔젤 가족도 정말로 무슨 일이 있었는지, 누가 말했는 지, 누가 뭘 했는지 제대로 아는 것이 없었다.

"너는 잘못한 게 없었을 거야. 아직 어렸고 가족 중에서 네 가 제일 막내였지. 몇 살이었어?"

"끝났을 때는…… 일곱 살이었어요."

"일곱 살! 그럼 아직 어린애였네. 무슨 일이 있었어?"

엔젤이 사치코를 바라보자, 그녀는 고개를 살짝 끄덕이며 웃어 보였다. 동요라곤 전혀 없이, 오히려 자기가 좋은 일이라 도 하는 것처럼.

"모르겠어요."

"내가 뭘 묻는지 모르겠어? 그러니까 방송이 끝났잖아. 지 방 방송국에서 민영 주요 방송국의 제작회사로 제작이 바뀌고 얼마 지나지 않아서."

"아니요, 무슨 일이 있었는지 모른다는 거예요."

"아아."

사치코는 갑자기 무표정이 되어 책상에 앉아 턱을 괬다. 그러더니 볼펜을 손에 들고 이와 이 사이에 넣어 딱딱 소리를 냈다.

"저는 어렸으니까……."

또 자연히 고개가 수그러졌다. 별로 잘못했다고 생각하지 않는다. 이 사람에게 말해야 하는 의무가 없는 것은 엔젤도 잘 알고 있다. 어차피 그녀의 하잘것없는 호기심을 충족하기 위한 건데.

그래도 가족에 관해 질문을 받으면, 엔젤은 왠지 모르게 해야 하는 일을 해야만 한다, 뭔가에 대해 사죄해야 한다, 이 세상에서 숨어야만 한다는 기분이 든다.

"……떠올려 볼까?"

"네?"

고개를 들자, 사치코가 이쪽을 살피듯이 바라보았다.

"나랑 같이 떠올려 보지 않을래?"

"뭐를요. 방송이 왜 종료됐는지를요?"

"아니, 그게 아니야."

사치코가 또 자기 앞에 놓인 잡지를 들었다. 펼쳐서 엔젤이 볼 수 있게 내밀었다.

"여기 내 서명 기사가 있어."

"서명 기사?"

"내 이름을 내고 쓴 기사야. 기사 마지막에 내 이름이 있어. 봐, 아베 사치코라고 적혀 있지?"

갑자기 무슨 소리를 하는지 이해가 안 됐지만 그녀가 가리키는 곳을 힐끔 봤다. 정말 서명이 있었다.

"전에 우리 엄마 이야기를 했었지. 엄마가 너희 가족에게 푹빠진 걸 알고 나는 회사에서 퇴직했어. 그만두자고 생각했어. 어차피 아무리 노력해도 엄마는 기뻐하지 않으니까. 그러니까 내가 퇴직한 건 너희 때문이기도 해."

그녀가 엔젤의 얼굴을 빤히 바라보았다.

그러니까 뭐 하자는 거지. 불평이라도 할 생각인가.

"그래서 프리랜서 작가가 됐어. 수입은 몇 분의 일로 줄었고 안정적이지도 않았지. 그래도 어느 정도 저축한 게 있고 맨션도 샀으니까. 쓰고 싶은 걸 쓰면 된다고 생각했고, 책도 몇 권인가 냈는데……."

사치코가 살짝 입술을 깨물었다.

"상도 받지 못했고 책도 별로 팔리지 않았어. 그러다가 엄마가 돌아가셨어. 그때 비로소 깨달았어. 결국 프리랜서로 전직한 것도 엄마에게 인정받고 싶었던 마음일지 모른다고. 회사 내의 성과나 출세는, 회사 생활을 한 적 없는 엄마는 몰라. 그래도 베스트셀러를 내거나 상을 받으면 엄마도 알 테니까."

도대체 무슨 말을 하고 싶은 걸까.

"그런 생각이 드니까 전부 다 싫어져서 맨션도 일도 다 정리하고 여기로 옮긴 거야."

"그랬군요."

그제야 이야기의 결말이 보인 것 같아서 엔젤은 맞장구를 쳤다.

"너를 보니까 예전 일이 생각나서."

"흠."

"나, 다시 책을 쓰고 싶어졌어. 이번에는 진짜 책, 내가 정말 하고 싶은 거, 쓰고 싶은 걸 쓰겠어."

그녀가 살피듯이 이쪽을 봐서 엔젤은 허둥지둥 고개를 끄덕였다.

"괜찮은데요?"

"네 이야기를 쓰게 해 줘."

"네?"

이야기가 상상도 못 한 쪽으로 또다시 굴러갔다.

"네 이야기를 들려주면 좋겠어."

뭐라고 대답하면 좋을지 몰랐는데, 아무튼 귀찮은 일이 벌어진다는 것만은 알았다.

화목한 히무라 가족의 정체 모를 수입원과
불량한 유코 엄마의 분방한 하반신

또 이 계절이 돌아왔다. 그 방송을 기대하는 독자도 많을 것이다. 본가에 귀향해서 이 방송을 보는 것이 습관인 사람도 있으리라.

방송국 관계자: 개편 시기에 으레 방송국에서 특집 방송을 내보냈는데, 요 몇 년간 연말과 오본 시기는 〈화목한 히무라 가족〉의 독무대였죠. 처음에는 제작처인 사이타마 방송국에서만 방송했다가 입소문과 인터넷으로 알려져서 5년 전부터 민영 주요 방송국에서도 방송을 시작했습니다. 과거 편도 줄줄이 재방송됐고,

전부 높은 시청률을 기록했어요.

설명할 필요도 없이 조금 불량하고 말투는 난폭하지만 마음 따뜻한 아빠와 엄마의 보호를 받는 일곱 명의 아이들의 성장을 밀착 취재한 〈화목한 히무라 가족〉은 대단한 인기 콘텐츠다. 또 '사이노쿠니 TV'의 고디, 즉 고다 디렉터와 카메라맨 아오키 오빠의 캐릭터, 그들과 아이들의 관계도 좋아서 그걸 기대하는 시청자도 많을 것이다.

그런데 이번 가을, 이 인기 방송에 큰 이변이 일어났다.

방송국 관계자: 오랫동안 가족의 촬영을 담당한 '사이노쿠니 TV'에서 민영 주요 방송국 A로 제작이 바뀌었어요. 그것도 '사이노쿠니 TV' 계열의 B가 아니라 전혀 관계없는 방송국이니까요. 이 기획을 꾸준히 키워낸 '사이노쿠니 TV'도 B도 아주 화가 났어요. 스태프가 바뀌면 방송의 색이 달라진다고 걱정하는 시청자도 있습니다.

그런데 그들을 발견하고 이때까지 인기 콘텐츠로 키워준 지역 방송국을 배신하고 민영 주요 방송국으로 옮긴 이유가 뭘까.

방송국 관계자: 이유는 정확히 밝히지 않았어요. 어머니이자 방송의 중심인물이기도 한 유코 엄마는 블로그를 했는데, 수십만 명이나 독자가 있는 인기 블로그지만 거기에서도 전혀 설명하지 않았습니다. 그때까지 가족 일이라면 뭐든 감추는 것 없이 털어놓은 유코 엄마인데 이 침묵은 부자연스러웠죠.

그런데 우리 취재팀은 히무라 씨 가족을 취재하다가 이 '전격 이적'과 관련한 수상쩍은 소문을 접했다.

소식통: 당연히 돈 때문이죠. 일설에 수백만 엔의 출연료를 히무라 씨 가족에게 제시했다고 들었어요. 지금까지 '사이노쿠니 TV'에서도 일종의 감사료로 몇십만 엔을 지급했다는 소문은 있었는데 그게 단숨에 열 배 이상으로 뛰니까 히무라 씨는 웃음이 멈추지 않았다는 거죠. 게다가 시청률에 따라 가족에게 일정액의 성공 보수를 준다는 소문도 있습니다.

이거 엄청난 소문인데, 돈 문제라면 히무라 가족은 줄곧 돈과 관련한 소문이 있었다.

바로 '아이가 일곱 명이나 있는 히무라 가족의 수입은 어떻게 될까?'라는 수수께끼다.

아버지 히무라 씨는 일단 낮에는 집을 비우고 저녁에 돌아오는 모습이 몇 번이나 촬영됐다. 아이들도 "안녕히 다녀오셨어요" 하고 말을 걸어 일가족의 가장이 일을 마치고 오는 모습처럼 보이는데, 대체 어디에서 일하는 것일까.

취재팀은 10년 이상 진행된 방송 기획을 전부 시청했다. 그러나 히무라 씨가 자기 일을 언급하는 장면은 거의 없었다. 제1회 방송에서는 '건축 관련'이라고 했고 또 제2회에서 디렉터가 자세하게 물어보려고 하자 "일하는 곳에 폐가 되니까"라고 말을 흐렸고 이후로 일절 언급하지 않는다. 또 집에 돌아온 히무라 씨에게 유코 엄마가 "또 파친코하고 왔지!"라고 화를 내고 싸우는 장면이 몇 번이나 나오고, 평일 낮에 파친코에 다니는 모습도 보인다. 아이러니하게도 이 싸움이 또 방송의 명장면이다.

그럼 히무라 씨는 지금도 여전히 건축 관련 일을 하고 있을까. 취재팀은 지역 건축회사를 전부 찾아갔으나, 어디도 히무라 씨를 고용했거나 고용한 회사를 안다고 대답한 곳은 없었다. 우리 취재가 닿지 않는 회사에서 일하는 걸까.

히무라 씨의 동네 친구: 아니에요, 그 사람이 건축회사에 다닌 건

10대와 20대 후반까지예요. 아이가 네 명이 됐을 때 허리를 다쳐서 그만뒀다고 들었어요. 다시 취직했다는 소리는 아직 못 들었고요.

과연, 그렇다면 다른 업종의 일을 할지도 모른다. 그래서 그의 친구나 또 다른 친구를 찾아 물어보았으나 아는 사람은 없었다. 유코 엄마가 화를 낸 것으로 보면, 설마 파친코를 생업으로 하는 것은 아닐까.
조사하던 도중에 우리는 또 새로운 정보를 알았다. 가족을 잘 아는 동네 지인이 익명을 절대 조건으로 대답했다.

익명의 지인: 그 가족은 기초생활 수급자예요. 예전부터 그랬어요. 다들 알아요. 일곱 아이들 동급생 중에 모르는 사람은 없을걸요.

놀랍게도 히무라 가족은 넷째 아이가 태어났을 무렵, 히무라 씨가 허리를 다치고 나서 줄곧 기초생활보장 급여를 받는다고 한다. 게다가 히무라 씨도 유코 엄마도 회사에서 근무하거나 일한 적이 한 번도 없다고 한다.

익명의 지인: 그것 때문에 큰 애들은 질 나쁜 녀석들한테 많이 괴롭힘을 당했어요. 그러니까 틀림없어요. 그래도 방송에 나오기 시작하면서 아무도 손을 대지 않았죠. 방송에서 누가 괴롭힌다고 말하면 곤란하니까(웃음).

방송에 나온 덕분에 괴롭힘을 당하지 않은 것은 좋은 일이지만 기초생활 수급자가 되려면 일정 조건이 있다.

수입이 있으면 매달 받는 지급액에서 그 액수를 제해야 한다. 히무라 가족은 아버지와 어머니, 그리고 자식이 일곱인데, 열여덟 살 이상인 아이에게는 기초생활보장 급여를 지급하지 않는다. 또 현재 고등학교를 졸업한 아이들은 집을 나갔으므로 일곱 명의 몫을 받는 것은 아닐 것이다. 어쨌든 부부와 아이 네 명분으로 계산하면, 최소 30만 엔 이상의 돈이 매달 히무라 가족에게 지급된다. 연간 360만 엔으로, 이건 민영 주요 방송국에서 그들에게 지급했다는 금액과 거의 같다. 이건 어떻게 된 일일까.

관할 복지관: 프라이버시 문제도 있으므로 답변할 수 없지만, 수입이 있다는 사실을 알면 사무소에서 개별적으로 대처합니다.

문의한 복지관에서는 쌀쌀맞은 답변만 돌아왔다. 그런데 앞의 소식통은 목소리를 낮춰 이렇게 말했다.

익명의 지인: 가족의 수입원을 놓고 계속 소문이 있었어요. 다른 주요 방송국도 몇 군데 같이 일하자고 했는데, 수입원 때문에 사전 '신체검사'에서 아웃되었다고 들었어요. 지금까지처럼 지방 방송국에서 만든 방송을 내보내는 체제였다면 집요하게 추궁하지 않을 문제라도 주요 방송국에서 제작하게 되면 사람들 눈초리도 날카로워지니까요. 그러니까 A는 위험을 무릅쓴 거죠. A는 몇 년이나 시청률 삼관왕*과 거리가 멀었으니까 초조했나 봅니다. 또 '생활보장 제도를 이용하는 게 뭐가 나쁘냐'라고 강하게 나갈 수도 있고요. 다만 이게 부정 수급이라면 이야기가 달라지죠. 모 예능인의 부모가 예능인에게 충분한 수입이 있는데도 기초생활보장 급여를 받아서 사죄했던 소동도 있어서 최근 생활보장 제도를 바라보는 시선이 예전보다 엄격합니다.

히무라 씨의 수입 관련해서 다른 소문도 있다.

* 일정 기간에 한 방송국이 세 가지 시간대에서 평균 시청률 1위를 기록하는 것

노인 호텔

익명의 지인: 유코 엄마의 블로그 수입입니다. 이것 또한 수십만 페이지 뷰를 기록하면 연간 수십만, 아니 수백만 엔의 수입을 기대할 수 있다는 게 세상의 정설이니까요. 블로그를 운영하는 인터넷 관련 회사 C 측은 표면상으로 그 사실을 부정합니다만, 어떤 보상이 있을 가능성은 확실히 있습니다. 그렇지 않다면 유명인이나 예능인이 C 블로그 사이트에만 모이는 게 부자연스럽잖아요.

여기까지가 히무라 가족의 수입에 관한 소문인데, 그들에게는 또 문제가 있다.

익명의 지인: 이건 방송국 쪽에서 예전부터 있던 소문인데, 유코 엄마와 고디가 사귄다, 불륜 관계라는 그럴듯한 소문이 돕니다.

일곱 명이나 아이가 있는 여성이 불륜이라니 바로는 믿을 수 없는데…….

익명의 지인: 유코 엄마, 그 일대에서는 유명한 불량 청소년이었어요. 10대 때는 워낙 예뻐서 교문 앞에서 사람들이 기다렸다는

전설도 있어요. 지금도 미모는 건재해서, 몸은 뚱뚱하지만 이목구비가 또렷하다고 시청자에게 인기가 있어요. 또 그녀와 직접 대화해 본 사람의 말을 들어 보면 뭔가 설명할 수 없는 색기가 있고 남자에게 기대는 걸 잘한다나. 방송국에서 그녀와 접촉한 남자들 모두가 푹 빠진 것은 아니겠지만, 팬이 되어 그녀를 위해서라면 뭐든지 해주고 싶어질 정도로 신비한 매력을 지닌 여성입니다.

또 그녀를 어려서부터 알았다는 여성은 이렇게 말한다.

유코 엄마의 동네 친구: 근방에서 제일 강한 남자와 사귀고 싶다면서, 싸움에서 이긴 남자로 차례차례 갈아탔다는 소문도 있어요. 예전부터 자유분방한 사람이었죠. 첫 경험은 초등학생 때라고 본인이 말했어요. 상대는 담임선생님이었대요.
그러나 그런 여성이 방송국 사원과 사귈까.

유코 엄마의 동네 친구: 그럴 만해요. 예전부터 도쿄에 가고 싶다, 도쿄에서 더 멋진 남자와 사귀고 싶다고 말했어요. 기세등등하고 자존심이 강한 여자예요. 이 동네 남자는 머리가 나빠서 싫다나. 꿈을 이루지 못한 건 장녀를 임신했기 때문이라고 들었어요. 고디는 와세다대학 출신이잖아요. 그 여자가 그에게 받은 반지를 동네 스낵바에서 기분 좋게 자랑했다는 소문을 들은 적 있어요. 또 촬영 중에는 '사이노쿠니 TV' 밴을 타고 장 보러 가는 모습을 이 근처에서 볼 수 있는데, 그 차가 러브호텔에 서 있는 걸 본 사람이 몇 명이나 있어요.

그런데 그녀의 남편이자 일곱 남매의 아버지인 히무라 씨는 그걸 두고 뭐라고 말하지 않을까.

유코 엄마의 동네 친구: 히무라 씨도 예전에 이 일대에서 유명한 불량 청소년이었어요. 지역을 좌우하는 '총장'이라고 불린 적도 있었죠. 그 남자도 젊었을 적에는 꽤 인기가 있었어요. 지금은 살이 쪄서 그런 흔적도 없는데 유코 엄마도 남편 바람기 때문에 많이 고민했을 거예요. 지금도 동네에는 그 남자를 좋아하는 여성이 있어요. 섹스 파트너는 아쉽지 않을걸요. 참 신기한데 그 부부, 서로 바람을 피우면서도 꽤 잘 지내요. 유코 엄마, '그이는 인기가 있으니까'라며 자랑한다나 봐요.

게다가 이번 민영 주요 방송국으로 전격 이적한 배경에는 유코 엄마의 이 '분방함'이 관련되었다는 이야기도 있다.

익명의 지인: 말 그대로 갈아탄 거죠. 도쿄에서 온 주요 방송국 제작회사의 디렉터와 사귄다고 들었어요. 물론 돈을 위해서기도 하겠지만 그게 제일 크대요. 전 남자는 와세다대였는데 이번에는 도쿄대라고 떠벌렸다고 해요.

몇 가지 의문점에 관해 히무라 가족, 방송국 A, '사이노쿠니 TV' 앞으로 질문을 보냈으나 기한까지 답은 오지 않았다.
올해도 이미 연말 금요일 7시부터 3시간 스페셜 방송이 잡혀 있다고 발표된 상태다. 히무라 가족은 이 의문에 어떤 답변을 할 것인가.

⊹ **3** ⊹

사치코의 제안에, 바빠서요…… 하고 우물쭈물 대답하자,
사치코는 "그럼 언제면 괜찮아? 네 시간에 맞출 테니까" 하고
물고 늘어졌다.

"바빠서 무리예요, 안 되겠어요."

그렇게 말하며 뒷걸음질 쳐서 손을 뒤로 돌려 문을 열고 도
망쳤다.

이미 104호 방 앞에 리넨 용품이 담긴 카트가 있었다. 방으
로 뛰어 들어가 숨을 몰아쉬자, 바닥을 청소하던 야마다가
"왜 그래? 괜찮아?" 하고 물었다.

"괜찮아요, 아무 일도 아니에요."

무뚝뚝하게 그렇게만 대답하고 욕실로 들어갔다.

그날은 체크인이 시작하는 3시에 일을 마쳤다. 그 시간에 집에 돌아가면 덥기만 하고 좋을 게 하나도 없다. 그러느니 에어컨이 들어오는 곳에 있다가 객실에 무슨 일이 있을 때 달려가거나 복도나 프런트 청소를 하는 편이 감사할 정도다.

집에 돌아와 에어컨을 켜고 땀에 푹 젖은 옷을 벗고 샤워를 했다. 욕실에서 나와 냉장고에 넣어 둔 스트롱제로를 한 모금 마시고 그제야 한숨 돌렸다.

알코올이 돌아 멍한 머리로 사치코의 제안을 생각했다.

도대체 새삼스럽게 자신에게서 뭘 듣고 싶은 걸까……. 방송이 끝났을 때 엔젤은 일곱 살, 초등학교 2학년이었다. 주변이 웅성거리는 건 알았지만 그게 뭔지 하나도 몰랐다.

부모님은 매일매일 서로 탓하며 싸웠는데, 그게 무서웠다. 바로 위 언니 이브는 "아빠랑 엄마, 이혼하면 어쩌지?" 하고 겁을 먹었는데, 엔젤은 그것도 잘 몰랐다.

정말 괴로웠던 것은 그 후다.

후속 기사가 잔뜩 나오자, 엔젤의 엄마는 취재하러 온 기자들에게 반론 기사를 쓰게 했다. 그러나 일이 생각한 대로 돌

아가지 않았다. 그 자리에서는 엄마 말에 동조했던 기자들의
기사 속에 엄마의 변명은 무엇 하나 실리지 않았고, 오히려
우스꽝스럽게 말꼬리를 잡았다. 안달이 난 엄마는 결국…….

그때를 떠올리던 엔젤은 견딜 수 없어 고개를 저어 기억을
날려 보냈다.

게다가 초등학교 3학년, 4학년으로 올라가자 동급생들도
엔젤의 집안 사정을 알았고 그중에 부모님이나 기초생활 수
급자인 점을 대놓고 언급하는 사람도 나타났다. 그보다 더 크
자 대놓고는 말하지 않아도 사람들이 자신을 멀찌감치 둘러
서서 구경하는 분위기가 생겼다.

중학생이 되자…….

낮고 자그마한 테이블 옆에 누워 있던 엔젤은 또 견딜 수
없는 기분이 덮쳐 와서 눈을 꾹 감았다.

그때는 어린 시절과 다른 의미로 떠올리기 싫다. 매일 끔찍
한 일의 연속이었다. 그때까지는 동급생 대부분이 어려서부
터 아는 사이였는데, 중학생이 되자 학구가 넓어져서 주변의
세 군데 초등학교에서 학생이 들어왔다. 입학 당시, 일부러 엔
젤의 교실까지 얼굴을 보러 와 손가락질하고 뭔가 속닥속닥
자기 무리끼리 말하는 학생이, 동급생뿐 아니라 2, 3학년 중

에도 있었다. 친구는 한 명도 생기지 않았다.

사치코는 이런 걸 전부 "말해달라" "떠올려라"라고 하는 걸까.

죽어도 싫었다.

문득 정신을 차리자 밖이 어두워지기 시작했다. 생각하는 사이에 해가 졌다. 생각에 잠긴 줄 알았는데 어쩌면 꾸벅꾸벅 졸았는지도 모른다. 일어나서 불을 켜려고 했는데 몸이 무겁고 귀찮아서 못 하겠다. 손이 닿는 곳에 TV 리모컨이 있어서 대신 켰다.

TV 화면의 빛으로 방이 어렴풋이 밝아졌다. 오후 뉴스 방송이 슬슬 끝날 시간이다. 오늘 뉴스의 하이라이트와 내일 일기예보를 봤다. 내일도 더워지나 보다.

내일…… 또 청소하러 사치코의 방에 가야 한다. 남으라고 하면 어쩌면 좋지. 야마다도 최근 들어 표정이 별로 좋지 않다. 이러다가 그녀에게도 알려질지도 모른다…….

거기까지 생각하자, 야마다가 알게 될 가능성이 있으면 그녀뿐 아니라 호텔의 다른 사람들에게도 알려지는 건 시간문제라는 생각이 들었다. 게다가 미쓰코에게도……. 그건 정말 위험하다. 가능하면 피하고 싶다. 적어도 그녀에게 좀 더 접근하기 전에는…….

노인 호텔

자신에게 시간이 별로 남지 않았다는 것을 비로소 깨달았다.

엔젤은 몸을 일으켰다. 이렇게 불을 켜는 수고도 귀찮아하며 시간만 보내다가는 정말 모든 것을 잃을지도 모른다.

엔젤은 일어나 천장 전등에 달린 끈을 당겨 불을 켰다. 방이 순식간에 밝아져서 잠깐 눈을 깜박였다.

눈을 감으려던 엔젤은 밝은 빛을 바라보았다. 너무 밝아서 괴로워도 계속 바라보았다. 이제 도망칠 수 없다. 밝은 곳으로, 밝은 곳으로…… 그걸 견디지 못하면 그곳에 도달하지 못한다.

딱 한 번 빛 속에, 그 한가운데에 엔젤이 있었던 적이 있다.

"예이! 예이! 예이! 예이!"

"간다! 간다! 간다! 간다!"

"어떡해!"

"꺄악!"

그날, 다양한 목소리가 자신을 에워쌌다. 가게 전체가 흥분의 도가니로 변한 것을 잊지 못한다.

그 중심에 있는 것은 엔젤 자신이었다. 그 한심하고 수수했던 자신이.

가게에서 입을 드레스도 마련하지 못했다. '호스티스 체험용'인 대여 드레스를 대충 입었다. 미네아폴리스를 비롯한 동료들이 뒤에서 비웃는 것도 알고 있었다.

　그래도 그날은 가게의 중심에 있었다. 그런 일은 '마야카시'에서 일한 몇 년간 한 번도 없었다.

　소란 속에서 엔젤은, 가게 한가운데에서 미나요와 마주 앉아 있었다. 앞에 둥근 테이블이 있고 쇼트 글라스 두 개가 놓였다.

　"괜찮은 거지?"

　옆에 선 가게 보이가 확인하는 것처럼 물었다. 두 사람의 얼굴을 번갈아 바라보았다. 미나요가 고개를 힘차게 끄덕였고, 엔젤도 질쏘냐 끄덕였다.

　쇼트 글라스에 테킬라가 찰랑찰랑 채워졌다. 가게 안이 뒤흔들릴 정도로 흥분으로 들끓었다.

　손을 뻗으려는데 보이가 말렸다.

　"아직이야."

　"서두르면 미움받지! 남자도 여자도."

　저질스러운 말에 엔젤은 무심코 그쪽을 힐끔 봤다. 그 눈빛이 날카로웠나 보다.

"으헥, 무서워."

그가 또 말하자 와아, 하고 환성이 일었다.

그래도 보이가 손을 들자, 자연히 고요해졌다. 서른, 마흔 명
쯤 되는 손님, 보이, 아가씨들의 시선이 아플 정도로 꽂혔다.

이거구나, 하고 엔젤은 생각했다. 모두에게 주목받는다는
것이 이런 거구나.

"간다!"

그런 생각을 하는데, 갑자기 구호가 들렸다.

허둥지둥 글라스를 쥐고 테킬라를 마셨다. 목이 화르르 불탔
다. 가슴이 뜨겁다. 위장에 술이 쏟아지는 것을 똑똑히 느꼈다.

쿵, 글라스를 놓고 손바닥으로 입술을 훔치자 와아, 하고 환
성이 더욱 커졌다.

"더 할 수 있어?"

고개를 끄덕였다. 미나요 역시 고개를 끄덕였다. 한 잔으로
이기리라 생각하지 않았지만 조금 실망했다.

이 일의 시작은, 가게에 온 '청년 실업가'라고 주장한 그룹
이었다.

평소에는 도쿄 에비스 근방에서 마신다는데, 오늘은 상담
이 있어서 오미야에 왔다고 했다.

명품 티셔츠나 폴로셔츠, 볕에 잘 탄 피부, 비싸 보이는 시계……. 디테일이 마치 쌍둥이처럼 닮은 남자들. 무슨 일을 하는지 모르겠으나, 주머니 사정만은 놀랄 만큼 좋은가 보다. 지갑을 벌렸는데 지폐가 가득했다, 카드는 플래티나와 블랙이었다, 라는 소문이 순식간에 가게 스태프 룸까지 들렸다. 보이도 아가씨도 귓속말을 속닥였다. 단골이 되진 않겠지만 최대한 쥐어 짜내자고, 가게 전체가 연대했다.

"시원찮은 가게네."

그중 제일 기세등등한 남자가 중얼거리자, 자리에 앉은 미네아폴리스의 안색이 바뀌는 것이 웨이팅 자리에서도 보였다.

"멘토, 가게 바꿀까요?"

아첨꾼 같은 젊은 남자가 곧바로 말을 받았다. 그는 멘토라고 불리나 보다.

그러면 될 텐데, 하고 엔젤은 속으로 생각했다. 저런 시건방진 남자가 가게에 있고, 모두가 돈다발을 섬기는 분위기에 숨이 막혔다. 어차피 자신에게 순번이 돌아올 리도 없다.

하지만 이유는 모르겠으나 그들은 가게에 우물쭈물 머물렀다. 얼마쯤 지나자 그들은 완전히 자기들끼리만 말했고, 자리에 앉은 아가씨들은 할 일이 없어서 얼굴에 미소를 그리고 엉

거주춤하게 있었다.

그러다가…… 어쩌다가 그렇게 됐을까, 새벽 1시를 지났을 무렵, 그들 사이에서 이런 말이 나왔다.

"그거 할까."

"괜찮네, 하자."

갑자기 그들이 활기를 띠더니 박수까지 일었다.

"괜찮죠?"

아첨꾼이 멘토의 안색을 살피듯이 묻자, 그는 느릿느릿 고개를 끄덕이고 지갑에서 지폐를 꺼냈다.

"어, 뭐야, 뭐예요?"

멘토가 귓속말하자 미네아폴리스가 "꺅" 하고 비명 같은 소리를 질렀다. 가게 전체의 시선이 거기로 모였다.

그들이 제안한 것은 '테킬라 원샷'이었다.

지금부터 아가씨들끼리 원샷 게임을 해서 1위를 차지한 사람에게 30만 엔을 현금으로 주겠다, 라고 소리 높여 선언했다.

"할 사람?"

아첨꾼이 외치자, 아가씨들은 서로 얼굴을 마주 보았다. 그때 손을 든 사람은 결국 엔젤과 미나요뿐이었다.

그들은 그 두 사람이 가게 최하위 호스티스인 걸 한눈에 알

아봤을 것이다. 구석에 있고, 드레스는 몸에 맞지 않는 대여품
이다. 그게 또 그들의 마음에 불을 지폈나 보다. 다시 오지 않
을 변두리 업소다. 뒤탈 없이 데리고 놀 대상을 찾았다고 생
각했을지도 모른다.

"유우미, 미나요, 힘내!"

지금까지 아무도 거들떠보지 않았는데, 갑자기 그들이 엔
젤과 미나요를 응원하기 시작했다. 그래서 엔젤은 물러날 수
없었다.

아니, 물러날 생각이 없었다. 30만 엔이 필요했다.

당시 엔젤은 집세를 밀리고 있었다. 다음 달에도 못 내면 집
에서 나가달라고 관리회사가 통보했다. 가방도 새로 사고 싶
고, 드레스도 슬슬 하나쯤은 장만해야 한다.

아무튼 돈이 필요했다.

또 잔에 테킬라가 철철 채워졌다. 조금 넘쳐서 테이블이 젖
었다. 미나요 앞의 글라스는 넘치기 전에 병 입구가 떨어졌다.
따라주는 사람은 플로어 서브 매니저다. 전부터 은근히 미나
요 편을 든다. 단순히 넘치지 않게 따랐을 뿐인지도 모르나
왠지 짜증이 났다. 이게 끝나면 미나요에게 사귀자고 할지도
모르지.

"간다!"

구호가 들렸다. 비슷하게 잔을 들어 위장에 쏟아부었다.

다 마시고 히죽 웃었다. 모두의 주목을 받아 멋쩍은 마음을 감추려고 한 건데, 대담해 보이기도 했겠지. "오, 멋진데"라는 소리가 어디선가 들렸다. 몸이 둥실둥실했다. 이게 꼭 알코올 때문만은 아니겠지.

"어때? 한 잔 더 가?"

"할게요!"

정신 차리자 큰 소리로 외쳐서 또 다들 웃었다. 평소에는 큰 소리를 내지 않는 자기 목소리가 가게에 울렸다. 이미 취했다.

"나도 할래!"

미나요도 외쳤다.

테킬라가 따라지고, 이번에는 구호 전에 마셔버렸다.

눈앞의 미나요도 잔을 내려놓았다. 그녀 역시 클리어했나 보다. 이걸로 둘 다 석 잔째다. 미나요의 몸이 휘청 흔들려서 비명이 들렸는데, 그녀는 간신히 테이블을 붙잡고 몸을 일으켰다.

"괜찮아?"

서브 매니저가 물었다. 미나요는 고개를 끄덕였다.

정말일까. 어느새 그녀의 안색이 새하얗게 질렸다. 불빛에 그렇게 보일 수도 있는데, 아무도 말릴 생각이 없나?

넉 잔째, 다섯 잔째가 비슷하게 이어졌다. 미나요는 조금 비틀거리면서도 패배를 인정하지 않았다. 이제 여섯 잔째가 따라졌다.

점점 잔과 잔 간격이 빨라지는 것 같다. 처음에는 흥분하던 가게 분위기도 어딘지 느슨해졌다. 다들 조금씩 지겨워하는 것을 느꼈다.

글라스를 든 손이 조금 떨렸다. 그래도 시선을 들자, 미나요 쪽은 부들부들 떨고 있었다.

그때였다.

"그만둬!"

가게에 여자의 노기등등한 소리가 울렸다.

"엥?"

"그만둬. 그만두라고 했지!"

고개를 들고 놀랐다.

전혀 몰랐는데 거기에 그 늙은 여자…… 아야노코지 미쓰코가 서 있었다. 오오, 하고 한숨 같기도 환성 같기도 한 소리가 사람들 사이에서 흘러나왔다.

지금 이 자리와 제일 어울리지 않는 것이 늙은 여자다. 늙은 남자라면 괜찮다. 카바레에서 돈을 쓰는 할아버지는 많으니까. 그러나 할머니 쪽은……. 이렇게까지 어울리지 않는 존재도 없다.

미쓰코는 거기에 마치 마법처럼 나타났다.

어쩌면 우연히 뒷문으로 들어왔을지도 모른다. 그녀는 빌딩주니까. 아마 월말이라 월세를 받으러 왔겠지.

"누구야?"

멘토가 의아해하며 호스티스와 보이, 점장을 둘러보았다. 어딘지 불안해하는 기색이 느껴졌다. 전혀 예상하지 못한 일이 벌어져서 화가 나기보다 일단 놀랐나 보다.

점장이 달려와 미쓰코를 제지했다.

"아야노코지 씨, 저기 죄송합니다. 지금은……."

"그만두라고 말하잖아. 여긴 내 가게야."

그건 여길 운영한다는 의미의 '내 가게'가 아니라, 아마도 점포 빌딩주라는 의미의 '내 가게'겠지.

"내가 소유한 곳에서 이런 일을 시키게 두진 않아."

"……아니, 이쪽이 하겠다고 한 거야."

체면이 구겨진 멘토가 일어났다. 미쓰코와 대적했다.

"할망구는 물러나."

그러자 그들 무리가 아하하 웃었다.

"……아야노코지 씨, 지금은 좀…….."

점장이 그림과도 같이 손을 비비며 미쓰코 앞에 섰다.

"오너에게 말해 둘 테니까요."

미쓰코가 미나요를 가리키며 말했다.

"이런 건 용납 못 해. 저 애, 이미 비틀거리잖아. 이런 짓을 계속하면 사람이 죽을 거야."

"너, 그만둘 거냐?"

멘토가 미쓰코를 무시하고 미나요에게 말했다.

"네가 그만둔다면 돈은 이 녀석 건데 괜찮아?"

멘토가 엔젤을 턱으로 가리켰다.

"싫어. 할 거야" 하고 미나요가 선언했다.

그는 의기양양하게 미쓰코에게 말했다.

"한다잖아. 이 녀석이 한다고 했어. 개인의 자유야."

"좋아."

미쓰코가 고개를 끄덕였다.

"지금 여기에서 그만두면 내가 두 사람에게 20만 엔씩 주지."

"어?"

그 소리를 자기가 낸 것인지 미나요가 낸 것인지 모른다. 어느 쪽이든 상관 없이 똑같은 소리를 냈다.

가게도 술렁였다.

"두 사람 각자 20만 엔씩이야. 지금 여기에서 그만두기만 하면. 죽지 않아도 돼."

"할망구, 당신."

멘토가 거칠게 말했으나, 이번에는 미쓰코가 그를 무시했다. 그녀는 가만히 엔젤과 미나요를 바라보았다.

"어쩔래? 여기에서 끝내고 20만 엔을 받을래, 누구 하나가 죽을 때까지 마시고 30만 엔을 받을래."

멘토, 보이, 점장의 시선이 험악해졌다. 오싹할 정도였다. 그들은 자기 체면을, 나아가 남자의 체면을 구기지 말라고 주장했다. 그때, 그 시점에서 세 사람은 공범자였다. 난입한 늙은 여자에게 대항했다. 엔젤은 미나요의 눈을 봤다. 그녀는 매달리는 듯한 눈빛이었다. 그걸 보고 자신은 한 잔쯤 더 마실 수도 있겠다고 생각했다. 다시 점장을 보자, 여전히 험악한 눈초리로 이쪽을 보고 있었다. 그는 처음 찾은 손님을 배려하는 것이리라. 그래도 엔젤은 거기에서 시선을 피했다.

"20만 엔, 받을래요."

와아아, 하고 가게가 들끓었다. 웃음, 조소, 어딘지 안심한 듯한 다양한 목소리가 뒤섞였다.

미나요는 대답하지 않았는데 그저 고개를 끄덕였다. 긍정인가 보다.

"내 가방을 가지고 와."

미쓰코가 오른손을 들자, 보이가 구르는 듯이 달려와 그걸 건넸다.

비즈로 만든 은색 가방이었다. 옛날 할머니가 결혼식에 들고 다닐 법한, 낡고 오래된 가방이었다.

미쓰코는 거기에서 지폐를 꺼내 천천히 스무 장씩 세고 엔젤과 미나요에게 건넸다. 그리고 점장에게 눈짓하고 돌아갈 채비를 시작했다. 축제가 끝난 것을 알아차린 사람들의 "아아" 하는 한숨이 가게 안에 자연스럽게 흘렀다.

"할망구, 재미있었어."

어떻게든 만회할 생각인지, 멘토가 일어나더니 가게에서 나가려는 미쓰코에게 악수를 청했다.

그녀는 그 손을 가볍게, 어쩔 수 없다는 듯이 쥐고 "깔끔하게 놀아, 형씨"라는 말을 남기고 나갔다.

다음 날 오전, 미쓰코의 방을 청소하고 평소처럼 107호 사치코의 방 앞에 야마다와 함께 섰다.

야마다가 문을 두드리자 사치코가 "들어와" 하고 말했다. 문손잡이를 찰칵 돌리고 들어갔다. 야마다의 몸이 완전히 방으로 들어가고 엔젤이 뒤따라 들어가야 할 때…….

"죄송합니다."

엔젤이 앞에 가는 야마다에게 속삭였다.

"화장실 세제가 얼마 안 남아서 가지고 올게요."

용기를 손에 들고 보여주려는 듯이 흔들었다. 실제로 그건 바닥에 조금 고인 정도만 있었다.

"어머, 그거밖에 안 남았어?"

야마다가 고개를 갸웃거렸다. 그녀는 성실하니까 아침에 일을 시작하기 전에 늘 양을 주의 깊게 살핀다. 그러니 놀랐겠지.

"네."

시치미를 뚝 뗀 얼굴로 끄덕이고, 그녀의 대답을 기다리지 않고 나왔다.

이 순간밖에 없다고 생각했다. 사실 세제를 비운 건 엔젤 자신으로, 미쓰코의 화장실을 청소하는 동안 그런 것이다.

107호실 문이 완전히 닫힌 것을 확인하고 108호실 앞에 섰다. 똑똑, 문을 두드리고 대답이 들리기 전에 문손잡이를 쥐었는데, 찰칵 열렸다. 청소를 마친 직후니까 아직 열려 있었다. 몸을 미끄러뜨리듯이 안으로 들어갔다.

"뭐야? 누구야?"

방 안에는 어리둥절한 표정인 미쓰코가 책상 앞에서 빵을 움켜쥐고 있었다.

"뭐 두고 갔어?"

"저……."

엔젤은 순간 망설였다. 뭐부터 말하면 좋을까, 어디서부터 말하면 좋을까…….

"저를 기억하세요?"

"뭐?"

미쓰코가 어리둥절해서 이쪽을 바라보았다.

"너를……?"

"저, '마야카시'에서 일했어요. 유우미라고 해요."

"마야카시……."

"오미야의 가게요. 카바레."

"……가게 이름은 기억해. 그렇게까지 노망나지 않았으니까. 내 빌딩에 있었던 가게지."

"마야카시에서 아야노코지 씨와 몇 번쯤 대화한 적 있어요."

"그래, 호오."

처음에는 놀랐으나 금방 이해했는지 미쓰코는 빵을 먹었
다. 속에 뭔가 들어간 것 같지 않다. 달콤한 향이 나니까 안에
잼이 발렸는지도 모른다.

"그게 뭐 어쨌는데? 옛날이야기라도 하고 싶어?"

"아니요……. 그 빌딩, 어떻게 됐어요? 지금도 아야노코지
씨 소유인가요?"

"몇 년 전 일이잖아……. 이미……."

미쓰코는 순간 말을 더듬었고 눈은 허공을 헤맸다.

"너랑 전혀 상관없지. 설명할 필요도 없어."

"죄송합니다."

아니, 이런 옛날이야기를 할 시간이 없다. 엔젤에게 남은 것
은 세제를 가지고 돌아오는 시간뿐이다.

"기억하세요? 저, 아야노코지 씨 테이블에 앉은 적이 있는
데."

"그러니까 몇 년 전 이야기잖아. 젊은 여자 얼굴은 다 똑같
으니까 몰라."

"아니요, 그게 아니라, 제 얘기가 아니라……. 그때 아야노코지 씨가 말씀했어요. 여기 있는 젊은 애들도 부자가 될 수 있다, 누구든 그럴 수 있다, 방법을 알고 있다고……."

"그런 말을 했었나."

"정확하게 그러셨어요. 그래서 저도 될 수 있나요, 하고 물었더니 그렇다고 하셨어요. 그래서 몸을 팔라는 건가요, 라고 물었더니 깔깔 웃고 그런 게 아니라고, 그저 조금은 노력해야 하는데 그런 수상한 짓을 할 필요는 없다고."

"흐음."

"기억하세요?"

"글쎄, 술자리였으니까 별로 기억은 안 나지만, 그런 소리를 했을지도 모르지."

미쓰코는 시시하다는 듯이 고개를 끄덕였다.

"그거 정말인가요?"

"뭐가."

"부자가 될 방법을 안다는 거."

미쓰코가 그제야 고개를 들고 엔젤의 얼굴을 빤히 바라보았다.

"그렇다면 어쩌려고?"

"가르쳐주시면 안 될까요?"

"뭐?"

"저에게 그 방법을…… 가르쳐주세요. 저, 알고 싶어요. 부자가 되고 싶어요."

어느새 엔젤은 세제 용기를 움켜쥐고 외치고 있었다.

"부탁입니다, 그걸……."

"싫어."

미쓰코는 냉담하게 말했다.

"하지만 그때는 가르쳐줘도 된다고 하셨잖아요."

"그럼 그때는 그런 기분이었겠지. 그때 물어봤으면 됐잖아. 그래도 지금은 아니야."

"왜요? 왜 지금은 아니에요?"

"이제 나도 젊지 않고 귀찮아."

"그건……."

"또 무엇보다 일하는 중에 빠져나와서 불시에 침입이라도 하는 것처럼 오는 애는 별로거든."

미쓰코는 진심으로 귀찮다는 듯이 손을 저었다.

"나가 봐."

"그건 사과할게요. 그래도 따로 말을 걸 방법이 없어서. 계속 말을 걸고 싶었는데 기회가 없어서."

"⋯⋯혹시 너, 나한테 접근하려고 호텔에 왔어? 나한테 이걸 물어보려고 이 일을 시작했어?"

엔젤은 입을 다물었다. 만약 그걸 들켜서 지금 일을 그만두게 되면 곤란하고, 미쓰코와 접점도 사라진다.

"기가 막히네, 기분 나빠. 당장 나가. 그러지 않으면 지배인한테 이 얘길 할 거야."

엔젤의 약점을 순식간에 판단해 협박하는 점이 대단했다.

"애초에 편하게 돈을 벌려는 인간한테 내 방법을 알려줘도 할 수 있을 리가 없지."

미쓰코가 빵을 먹으며 조용히 중얼거리는 소리가 들렸다.

"부탁이에요. 저는 다른 방법이 하나도 없어요. 지금 인생에서 빠져나올 방법이요."

순간 미쓰코가 시선을 피했다. 뭔가 생각하는 것 같았다. 그러나 역시 고개를 저었다.

"자, 당장 나가. 내가 큰 소리를 내기 전에."

어쩔 수 없이 엔젤은 마지못해 방에서 나왔다.

다음 날 아침, 8시에 호텔 정면 현관으로 출근하자, 아직 운영하지 않는 프런트 옆에 아베 사치코가 서 있었다.

아직 무더위가 이어지는데 호텔 안은 에어컨을 틀어 시원했다. 사치코는 큼지막한 카디건을 입고, 앞섶을 여미듯이 두 손으로 잡고 있었다. 이쪽을 알아본 듯한 눈초리에 가슴이 철렁했다.

"안녕."

그녀는 엔젤을 바라보며 말했다. 자신을 기다렸다는 걸 딱 봐도 알았다.

어제는 그녀의 방에 들어가지 않았다. 미쓰코의 방에서 대화하고 세제를 가지고 왔더니 이미 끝난 뒤였다. 그걸 노리기도 했다.

그녀가 여기 있는 것은 어제 청소하러 가지 않은 것과는 관계없을지도 모른다. 도대체 무슨 소리를 들을지 두려워하며 이어지는 말을 기다렸다.

"나중에 내 방에 좀 와 줘."

"나중에…… 청소하러 가는데요……."

사치코는 단호한 느낌으로 고개를 저었다.

"그게 아니라 청소한 다음에, 일이 끝나면 와 줘."

"……오늘은 용건이."

곧바로 거짓말을 할 수 있었다.

사치코는 그 말을 예상했는지 카디건 앞섶을 겹쳐 쥐던 손을 떼더니 엔젤에게 다가와 손을 잡고 뭔가를 쥐게 했다. 손을 펼치자, 네 번 접힌 1천 엔 지폐가 있었다.

"이게 뭐예요?"

엔젤이 물어도 말해주지 않고, 그저 빤히 이쪽을 보더니 발걸음을 돌려 자기 방으로 걸어갔다. 그녀가 떠난 뒤, 고개를 들자 거기에는 평소처럼 가브리엘과 그 앞에 무릎 꿇은 마리아의 스테인드글라스가 있었다. 엔젤은 두려워져서 빠르게 거길 벗어났다.

탈의실에서 옷을 갈아입으며 손에 쥐고 있던 1천 엔 지폐를 가만히 펼쳤다. 그녀가 계속 쥐고 있었는지 꾸깃꾸깃했고 조금 축축했다. 이유는 잘 모르겠지만 이걸 준다는 건가 보다. 1천 엔이 있으면 오늘 저녁은 어디 가게에서 조금 호화로운 정식쯤은 먹을 수 있다. 패밀리레스토랑에서 햄버그스테이크도 먹을 수 있다. KFC에서 오랜만에 치킨 세트도 먹을 수 있다. 그렇게 생각하자 대박인 것 같았다.

지갑에 넣으려다가 손을 멈췄다. 이걸 넣어버리면 사치코의 말을 뭐든지 들어야 할까. 고작 1천 엔에 그런 일을 해야 할까. 조금 전까지 매력 넘치는 1천 엔이었는데, 갑자기 초라해 보였다. 엔젤은 그걸 유니폼 주머니에 넣었다. 뭔가 일이 생기면 바로 돌려줄 수 있게.

그 후, 야마다와 함께 청소하러 갔을 때도 사치코는 책상 앞에 앉아 뭔가 쓰고 있었는데, 청소해도 되는지 묻자 "그럼"이라고 대답하고 다른 말은 하지 않았다.

엔젤은 1천 엔 지폐의 위력 이상으로 그녀의 알 수 없는 각오를 느꼈다. 야마다 모르게 돈을 돌려줄 타이밍은 없었다. 일을 마친 뒤, 싫어 죽겠지만 찾아갈 수밖에 없었다.

오후 3시 체크인이 시작되면 그날 일은 거의 끝났으므로, 엔젤은 유니폼을 사복으로 갈아입고 어쩔 수 없이 사치코의 방문을 노크했다. 물론, 1천 엔 지폐는 유니폼에서 사복 청바지 주머니에 옮겨두었다.

"들어와!"

기다렸다는 듯이 사치코가 문을 열었다. 평소에는 의자에 앉아 이쪽이 문을 열게 했는데, 그녀는 문 앞에 서 있었다.

"⋯⋯아."

사치코는 노인인데도 키가 커서 압도된다. 그러나 그녀는 엔젤의 기분을 전혀 모르는지, 당장 손을 잡아당길 기세로 다급하게 안으로 끌어들였다.

"와줘서 고마워. 자, 여기 앉아. 차라도 마시겠어?"

마치 사치코의 자택에라도 초대한 것처럼 의자를 권했다.

"아니요."

"그럼 나는 커피를 마실게. 많이 만들 테니까 마시고 싶으면 말해."

사치코는 방에 자기가 산 커피메이커를 뒀다. 작고 간이한 것인데, 때때로 아침에 좋은 향이 난다.

"저기…… 무슨 일이세요."

의자 옆에 서서 엔젤이 물었다.

"저는 바쁜데요."

"잠깐만 기다려. 자, 앉으라니까."

"아니요……."

1천 엔을 받았다면 시급 한 시간만큼은 여기 있어야 할지도 모른다. 하지만 그건 사치코가 멋대로 준 돈이다.

반드시 여기 남아라, 이야기를 들려달라, 이러면 돌려주면 된다. 그렇게 생각하자 마음이 조금은 진정됐다.

이유를 들을 때까지 앉지 않겠다. 그런 결의로 사치코의 얼굴을 바라보았다.

그녀는 커피잔을 손에 들고 책상 앞에 앉았다. 다리를 꼬고 엔젤을 봤다.

"시급을 줄게."

"네?"

어느 정도 예측했던 전개인데도 말로 들으니 역시 놀랐다.

"일을 마치고 한두 시간, 여기에서 말해주면 돼. 예전 일을."

"엇, 그러니까."

기억이 안 난다고 대답하려고 했는데 사치코가 손을 들어 막았다.

"잡담을 나누면서 같이 생각해 보자. 떠오르는 게 있을지도 몰라. 나는 거기에 시급을 줄 테니까."

돈을 받는다는 것에 생각보다 마음이 흔들렸다.

지금 청소 시급은 1천 엔 정도다. 쉬는 날은 일주일에 한 번. 하루에 대충 9시부터 15시까지 일하는데 한 시간 점심 휴식을 제외하면 5시간, 주에 절반은 15시 이후에도 저녁까지 복도나 프런트 주변 청소, 손님이 부를 때를 대비해 남는다. 대량 한 달에 160시간에서 170시간쯤 일하고 시급은 1천 엔 이니까, 10퍼센트를 제하고 15만 엔 전후를 받는다.

거기에 얼마간 더해지는데 고맙지 않을 리 없다.

"아무리 그래도 한 시간에 1천 엔은 낼 수 없지만, 가끔 일을 마치고 여기에 와주면 일단 1천 엔은 줄게. 그걸로 한 시간 반이나 두 시간쯤 말해주면……."

한 달에 다섯 번쯤 이 여자의 대화에 어울리면서 5천 엔이나 받을 수 있는 건가. 분명 세금이 나가지도 않겠지.

"응? 어때? 생각해 줄래?"

엔젤은 작게 고개를 끄덕였다.

"그리고…… 네가 오지 않으면 나, 다른 사람한테 이 일을 물어볼지도 몰라."

"물어본다? 네? 그게 무슨 의미예요?"

"이 일, 누구 기억하는 사람 있어요? 예전에 히무라 가족이라는 TV 방송이 있었는데 기억해요? 이렇게 호텔 사람한테라도 물어볼 거야."

"그건."

이 사람은 협박하는 거다, 나를.

"그야 책으로 내려면 다른 사람한테 이야기를 들어야 하니까. 그런데 너는 말해주지 않을 것 같고."

그러더니 사치코가 싱긋 웃었다.

"그래도 네가 잘 말해주면 그런 짓은 안 할게."

노인 호텔

"······떠올리기 싫은 것도 있어요."

엔젤은 간신히 말을 짜내는 것처럼 말했다.

"떠올리기 싫은 거?"

"말하기 싫은 것도 있어요. 사치코 씨 같은 사람은 잘 모르겠지만."

그러자 사치코가 놀란 표정을 지었다. 엔젤의 말이 예상 이상으로 정곡을 찔렀나 보다.

"미안해······ 나, 그럴 생각은."

"사치코 씨는 몰라요. 사치코 씨 같은 엘리트는······."

그렇게 말하자 사치코는 재미있을 정도로 당황하며 사과했다.

"미안해, 정말 미안해."

사치코를 비교적 쉽게 다룰 수 있다는 걸 알고 엔젤은 마음을 바꿨다.

"······떠올리기 싫은 거나 말하기 싫은 건 안 해도 된다면······."

적당히 말 상대를 해서 1천 엔이나 받는다면 나쁘지 않다.

"물론이지! 오히려 나는 처음부터 그럴 생각이었어!"

사치코는 기다렸다는 듯이 힘차게 고개를 끄덕였다.

"말하고 싶은 것만 하면 돼. 절대로 강요하지 않을 테니까."

"……알겠습니다."

마지못해서 응한다는 티를 내며 수락했다.

엔젤은 입으로 말하는 것처럼 자신이 싫어하지 않는 걸 알았다.

"지난번에는 감사했습니다."

5년 전, 엔젤이 미쓰코 옆에 앉았을 때, 그녀가 힐끔 시선을 줬다.

"무슨 일이 있었나?"

"지난달에…… 도와주셨어요……. 테킬라 원샷."

"아아."

미쓰코가 깔깔 웃었다. 그때는 그녀도 조금은 밝았다. 까다로운 면은 비슷할지 모르나 훨씬 활기 있었다.

겨우 5년밖에 안 지났는데.

"꼭 두루미 같네."

"두루미?"

"……그때 도와주셨던 두루미랍니다, 라는 얘기. 몰라?"

또 웃었는데, 거기 있던 점장도 보이도 잘 모르는지 멀뚱한 표정이었다.

그들의 얼굴이 재미있는지 그녀는 또 깔깔 소리를 높였다. 그날 밤은 기분이 좋아 보였다.

"이 애…… 유우미는 항상 의욕이 없는데 오늘은 꼭 아야노코지 씨 옆에 앉게 해달라고, 고맙다고 말하고 싶다면서 스스로 지원했어요."

점장이 알랑거리는 것처럼 미쓰코에게 설명했다.

"흐음, 그래?"

"맞아요!"

유우미, 즉 엔젤은 헤드뱅잉하듯 힘차게 고개를 끄덕였다. 사실은 물어보고 싶었다. 왜 그때 자신들을 구해줬는지, 왜 20만 엔이나 줬는지, 또 어떻게 그렇게 강한지, 여자이면서…….

"그거 특이한 일이네……. 그런데 너, 의욕이 없니?"

갑자기 물어서 엔젤은 거짓말을 하지도 못하고 무심코 고개를 끄덕였다.

"호오, 그래. 솔직하네, 그건 좋아."

미쓰코는 또 크게 웃었다. 그날은 정말 기분이 좋았다.

"왜 의욕이 없어? 의욕을 가지면 꽤 벌 수 있잖아? 이 업계도."

엔젤이 입을 열려고 했는데 점장이 가로막는 듯이 말했다.

"호스티스는 대부분 유우미 같은 애들이에요. 그냥 시급만 받으면 된다고 여기고 가게에 모이죠."

"그래? 다들 넘버원을 경쟁하지 않아?"

"그러면 좋을 텐데요. 드라마나 만화 같은 일은 없네요."

미쓰코는 엔젤을 보고 "그러니?" 하고 물었다.

엔젤은 점장과 미쓰코의 얼굴을 번갈아 보며 또 고개를 끄덕였다.

"돈이 필요하지 않아? 돈이 필요하니까 그때 목숨을 걸고 술을 마셨잖아?"

"뭐…… 그렇긴 한데."

"유우미, 말투."

점장이 주의를 줬다.

"괜찮아. 돈이 필요한데 왜 노력을 안 하지?"

"남자랑 말하는 게 서툴러서."

"남자와 말하는 게 서툰데 왜 이 가게에 왔어?"

"달리 일할 곳도 없어서……."

"말을 잘 못한다면 몸을 파는 건?"

유우미는 고개를 저었다.

노인 호텔

"싫은 사람이 몸을 만지면 토할 것 같아요."

"……나도 그래."

작은 소리로, 엔젤에게만 들리게 속삭였다.

"해본 적 있으세요?"

미쓰코는 웃기만 하고 대답하지 않았다.

"의외네요, 아야노코지 씨가 유우미와 말이 잘 통한다니."

두 사람이 소곤거리는 것을 보고 점장이 끼어들었다.

미쓰코는 그를 보며 소파에 편하게 몸을 기댔다.

"……내가 이 애들 정도로 젊었다면 무일푼에서도 얼마든지 부자가 될 수 있을 텐데."

"네?"

점장이 반응하기 전에 엔젤의 목소리가 새어 나왔다.

"그런가요! 뭐, 아야노코지 씨라면 얼마든지 하실 수 있죠."

점장이 간살을 부리며 가게 안으로 시선을 보냈다. 자기 눈이 닿지 않는 곳에서 무슨 일이 벌어지지 않는지 걱정하는 것처럼.

"정말이야. 젊으면 뭐든지 할 수 있어. 누구든 할 수 있어. 나도 실제로 그랬고."

"아니죠, 아야노코지 씨만 하실 수 있어요."

"나도 학교도 제대로 나오지 않았고, 애를 떠안고 여기까지 왔으니까."

"……저도 할 수 있나요?"

엔젤이 미쓰코에게 말했다.

"응?"

"……그, 부자가 되는 거, 저도 할 수 있나요?"

미쓰코는 엔젤을 가만히 바라보았다.

"할 수 있지."

크게 고개를 끄덕였다.

"정말요?"

"정말이야. 젊다고 말했지만, 몸이나 얼굴의 젊음이 아니야. 세월이 필요하다는 거지. 시간을 들여 노력하면 누구든 어느 정도는 부자가 될 수 있으니까."

"정말요! 그걸 가르쳐주세요! 저…….."

"어서 오세요!"

그때 미나요가 끼어들었다. 그녀는 몸에 반동을 주면서 미쓰코 옆에 앉았다.

"저번에는 감사했습니다! 무슨 말씀 나누고 계셨어요? 저도 알려주세요."

점장이 예리한 시선으로 가게를 둘러본 것은 미나요를 찾기 위해서였다. 엔젤과 같이 앉혀서 지난 일의 감사 인사를 하게 하려고.

어쨌든 미쓰코는 미나요와 대화를 시작했다. 지금 사는 곳이 비교적 가깝다는 걸 알고 그쪽으로 이야기가 흘러갔다.

그대로 부자가 되는 방법에 관해 말할 기회는 오지 않았다. 왜 도와줬는지도 듣지 못했다.

사치코와 이야기를 나누기로 하고 사흘 뒤, 3시를 지나 그녀 방의 문을 두드리자, 커피 냄새가 났다.

그때 이후로 청소를 마치고 그녀가 의미심장한 얼굴로 "히무라 씨, 남아 봐"라고 말하지 않았다. 덕분에 확실히 스트레스가 줄었다. 늘 언제 "남아 봐"라고 말할지 몰라 움찔움찔했다.

사치코와는 라인 아이디를 교환했다. 오늘 3시 지나서 갈게요, 라고 보내자 'OK'라는 간단한 답변이 돌아왔다.

그녀는 창가에 있던 작은 테이블과 의자를 침대 옆으로 가지고 왔다. 자기가 책상 앞에 앉아 옆을 보면, 엔젤과 테이블을 사이에 두고 마주 앉을 수 있다.

"늘 유니폼만 봤는데 사복은 그런 느낌이구나."

사치코가 눈을 살짝 가늘게 뜨며 엔젤을 봤다.

엔젤은 자기 옷차림을 새삼스레 위에서부터 내려다보았다. 슬슬 밑단이 헤질 것 같은 청바지에 지퍼 달린 분홍 후드는 언제 샀는지 기억 못 할 정도로 오래 입었다. 오늘 아침은 조금 쌀쌀해서 가까이 있는 것을 걸치고 왔다. 손에는 장바구니 겸용 캔버스 재질 토트백.

여기에서 일한 뒤로 도착하면 유니폼으로 갈아입고 주위에는 주부나 나이 든 파트타이머뿐이니까 패션에 전혀 신경을 쓰지 않았다. 이건 젊은 남자를 의식하는 심리와는 다르다. 비슷한 나이의 여자가 있었다면 조금은 신경 썼을 것이다. 요는 성별이 아니라 나이가 중요하다.

이 분홍색 후드, 대체 언제부터 입었더라, 직접 산 기억도 없네…… 하고 생각하는데 달그락, 소리가 났다. 사치코가 커피를 바로 앞 테이블에 내려놓았다. 책상 앞 의자에 앉은 그녀가 말했다.

"우선 이름을 뭐라고 붙이면 될까?"

"이름? 무슨 이름이요?"

"이거. 지금 이거 말이야. 이 시간을 뭐라고 부를까……. 미팅? 인터뷰? 디스커션? 아니면 카운슬링?"

"뭐든 좋아요."

"뭐, 미팅이라고 할까. 말하기 쉬우니까."

그녀는 조금 들뜬 것 같았다. 그래서 엔젤은 조금 불안했다.

사치코는 책상에 노트를 펼치고 이쪽을 봤다. 몸을 비틀어야 하는데 별로 상관없나 보다.

한동안 둘 다 입을 열지 않았다.

"어떻게 하면 되나요? 이럴 때는."

참지 못하고 엔젤이 물었다.

"물어보고 싶은 게 있으시죠."

그런 이유로 불렀을 텐데 사치코가 아무 말도 안 하니까 불안하고 초조했다.

"미안해, 그러네."

사치코도 조금 생각하는 것 같았다. 그녀가 솔직하게 사과해서 마음이 놓였다.

"뭐부터 말하면 되나요?"

"그러게."

그녀는 필기도구를 또 입에 넣고 이와 이 사이에 부딪히며 달그락달그락 소리를 냈다.

"전에 TV 방송이 사라진 이유를 묻고 싶다고 했는데 너는 아무것도 기억 못 한다고 했지."

"네."

아무것도 기억 못 한다기보다 그때 벌어진 일 자체가 적은 느낌인데, 이걸 제대로 설명하지 못할 것 같으니 입을 다물었다.

"그러면 우선은 뭐든 기억하는 것부터 말해주면 돼. 뭐든 이것저것 기억하는 것부터 말하고, 내가 의문이 생기면 질문할게."

"제가 말하고 싶은 거면 되죠?"

"응, 지금은. 그러다 보면 다양하게 생각나는 경우도 흔하니까. 뭐든 솔직히 말해줘. 이해가 안 되면 물어볼게."

"네."

"녹음도 할게."

"네? 녹음?"

사치코는 어느새 엽서 크기의 기계를 꺼내 테이블 위에 놓고 스위치를 눌렀다.

"그거, 꼭 녹음해야 하나요?"

왠지 불안해져서 물었다. 녹음이나 녹화는 오래 남으니까 인터넷에 올라가기라도 하면 지울 수 없다. 그건 짧고 얄팍한 인생 경험 중에서 엔젤이 배운 몇 안 되는 교훈 중 하나였다.

"응, 취재는 그런 거니까."

그렇게 대답하더니 사치코는 엔젤의 표정을 보고 다급하게
말했다.

"그래도 나는 녹음에 그렇게 기대지 않는 쪽이야. 지금 들은
이야기 중에 인상 깊은 걸 메모해 두고 나중에 다시 보면서
문장을 생각해. 녹음은 자세한 사항을 확인할 때만 쓰니까."

"그런가요……."

그 정도라면 괜찮겠다 싶어 받아들였다. 기계 옆에 작은 점
이 빨갛게 반짝이는 것을 보며 엔젤은 생각했다.

뭐든 말해도 좋다니. 그런 말을 들은 건 처음 아닐까.

아니, 그렇지도 않다. 방송국 사람도 그런 비슷한 말을 했으
니까. 어쨌든 뭐든 말하라고 해도 잘 말하지 못하겠다. 말하고
싶은 것…… 그런 소리를 들으면, 말이 뇌에서 전부 날아가서
새하얘지는 기분이다.

엔젤은 계속 말이 없었다……. 절대로 게으름이 아니라 정
말로 말할 게 없어서 고민하는 모습을 보고 사치코가 조금 웃
었다.

"정말로 말하고 싶은 게 뭔지 모르겠나 보네."

"네."

"그럼…… 말하기 쉽게 내가 물어볼까? 어린 시절에 뭐가 제일 즐거웠어? 제일 좋아했던 일이 뭐였지?"

질문을 마친 사치코는 자기가 한 말에 웃었다.

"왜 그러세요?"

"아니, 왠지 처음 데이트하는 커플이 하는 질문 같아서. 첫 데이트를 하면 어렸을 때 뭘 좋아했는지 물어보잖아. 그래서 말이 잘 통하면 서로 특별한 상대라고 여기고……"

아하하하, 하고 이번에는 본격적으로 웃었다.

"그런 기사를 잔뜩 썼어. 음식 취향이 잘 맞는 사람과 사귀는 게 좋다, 같은 거."

"……쇼핑하러 가는 게 좋았어요."

"어, 응? 쇼핑?"

여전히 입가에 웃음의 조각을 단 채, 사치코가 되물었다.

"네."

"쇼핑? 무슨 쇼핑?"

"밥이요. 먹을 거. 마트, 집 근처 이온에 가는데 가족이 많으니까 다 같이 못 가서……요."

"동네가 사이타마 안쪽이었지. 그럼 쇼핑은 차를 타고 갔니?"

노인 호텔

사치코는 펜을 내려놓고 이쪽을 봤다.

"말투는 신경 쓰지 마. 하기 편한 말로 해도 돼. 반말도 괜찮고 난폭한 말을 써도 나는 신경 안 써. 오히려 그러는 편이 좋아. 네 생생한 감정을 들을 수 있으니까."

엔젤은 다시 끄덕이고 대답했다.

"아니, 집에 차가 없었어요."

사치코는 뭔가 생각났는지 퍼뜩 놀라더니 아무 말 없이 펜을 움직였다.

"이웃집에 빌려달라고 한 적도 있는데, 그럴 때는 더 특별했어요. 차에 탈 수 있으니까…… 평소에는 자전거로, 그때 제일 착하게 군 애가 같이 갈 수 있어요. 그건 엄마가 정하고. 어렸을 때는 엄마 자전거 뒤에 타야 했으니까, 그러면 저나 이브나 아담 중 누구 하나니까 매번 싸움이 났어요. 그래도 너무 심하게 싸우면 아무도 데리고 가지 않으니까 엄마가 안 보는 곳에서 싸웠어. 쇼핑은 다들 가고 싶으니까. 그래도 갈 수 있는 건 세 명 정도. 위에 언니랑 오빠는 중학생이 되면서 저녁때까지 집에 안 왔으니까 쉬는 날에만 갈 수 있죠. 나머지 사람끼리 싸움이 났어요. 엄마가 '쇼핑하러 갈까, 누구 갈 사람?' 하고 물으면 다들 '저요, 저요, 저요' 하고 손을 들었어요.

자전거에 혼자 탈 수 있게 되면 쇼핑할 때 자주 데리고 갔으니까 빨리 자전거를 타고 싶었어."

"즐거웠니?"

"즐거웠어요. 엄마가 제일 커다란 카트에 바구니를 두 개 놓고 먹을 걸 팍팍 담아요. 그걸 보기만 해도 즐거웠어."

"뭔가 사주시기도 했니?"

"아니, 그런 적은 거의 없는데…… 과자를 살 때 좋아하는 걸 고르라고 한 적은 있었나. 과자는 다 같이 나눠 먹을 수 있는 거여야 해. 가끔 엔젤, 이거랑 이거 중에 뭐가 좋니, 하면서 감자칩 종류를 묻기도 하고……."

"이온에서는 먹을 것만 샀니?"

"그리고 드러그스토어에서 화장실 휴지도 샀는데, 대부분 먹을 거였어요. 그리고 엄마가 배고프거나 기분 좋을 때면 이온 식당 코너에서 소프트크림을 먹기도 하고."

"아아, 그런 게 즐거웠겠네."

"가끔이지만 정말 기뻤어요. 하지만 사람이 많이 있으면 못 가요."

"그건 왜?"

"엄마가, 우리는 너무 사치를 부리면 안 된댔어요. 사치하는 모습을 누가 보면 관공서에서 무서운 사람이 온다고."

사치코가 작게 숨을 들이쉬었다. 조금 망설이는 것 같았는
데 다짐한 듯이 물었다.

"그런 이야기를 평소에 자주 들었니?"

"응."

"아이들이 그렇게 많은데 차가 없는 것도 그래서인가."

"아마, 그럴 거예요. 사실은 차를 가질 방법도 뭔가 있긴 했
는데, 절차가 너무 어렵고 동네 사람이 보면 또 무슨 소리를
들으니까 살 수 없다고 엄마가 말했어요."

"부모님이 일하지 않는 건 어떻게 알았니?"

"어떻게라니…… 모두 알고 있었는데."

"모두라면, 가족 모두?"

"응, 모두. 친구도 이웃집 사람도."

"히무라 씨는 그걸 언제쯤 알았을까?"

"글쎄, 계속 알고 있었어요. 어려서부터. 집에 민생위원*이
오니까."

---

* 사회 복지를 살피기 위해 지방 자치 단체에서 민간인에게 위촉해서 임명한
  지위

"아아, 그렇구나. 아빠랑 엄마는 그걸 감추려고 하지 않았어?"

엔젤은 자기도 모르게 웃었다. 여기 와서 처음 웃은 것 같았다.

"감추다니…… 다들 알고 있었으니까."

대화를 시작한 뒤로 사치코는 때때로 뭔가 노트에 메모했다. 부모님 이야기를 하면 사치코의 펜이 격렬하게 움직이는 것 같았다.

1층에 노인이 한 명 더 있다.

104호에 오키 도시하루라는 일흔세 살의 주식 트레이더가 산다. 그는 좋은 의미에서도 나쁜 의미에서도 제일 손이 안 가는 손님이었다. 아침에 청소하러 들어가면 책상에 둔 데스크톱 컴퓨터 세 대에 뭔가 계속 입력하거나 빤히 들여다보고 있었다.

"안녕하세요. 청소해도 될까요?"

"그럼."

9시부터 11시 반까지가 오전 주식 시장이 열리는 시간이고, 11시 반부터 12시 반까지 쉬는 시간에 점심을 먹는다. 그러니 오전 11시 반까지 청소를 마쳐달라는 것이 그의 부탁이었다.

11시 반을 지나면, 그는 호텔에서 나가 근처 오래된 카페에서 점심을 먹고, 식후 커피를 마시고 돌아온다. 12시 반부터 오후 3시까지가 후장後場이라고 불리는 오후 시장이고, 3시부터 심야 11시까지는 자니까 무슨 일이 있어도 깨우지 않는 것이 규칙이었다. 그 정도 시간부터 미국 주식 시장이 열린다나 보다. 또 아침까지 거래하고 일본 시장이 열리는 9시까지 잠깐 잔다. 점심 이외에는 다른 사람들처럼 사 온 음식을 먹는데, 양은 많지 않은 듯했다.

그는 키가 아주 작다. 등도 굽었으니까 나이를 먹으면서 줄어들었을 수도 있다. 그러나 등을 곧추세워도 아마 150센티미터가 안 될 것이다. 긴소매나 반소매 폴로셔츠에 슬랙스, 늘 똑같은 옷차림이다. 밖에 나갈 때는 그 위에 재킷을 걸친다.

가끔은 후장이 끝나고 외출해 도서관에 가서 책을 빌려 온다. 책상 위에 놓인 책을 보면, 대부분 경제 관련 책과 시대물 소설이었다.

이곳에 사는 노인 중에서 그가 제일 멀쩡할지도 모른다. 기분이 좋아 보이진 않지만 나빠 보이는 때도 거의 없다. 밥도 밖에 나가서 먹으니까 호텔 내부 사람들 이외에도 접점이 있을 것이다.

"제일 돈이 많지 않을까" 하고 청소하는 노인들이 그를 두고 속닥거렸다.

그녀들처럼 대놓고 말하진 않지만, 야마다도 오키의 돈을 놓고 "지금도 돈을 버니까 밖에 나가서 밥을 먹을 수 있네"라는 말로 표현했다.

"매일 열심히 하시네요."

엔젤이 화장실을 청소하는데, 야마다가 하는 말이 들렸다.

"이게 내 일이니까."

달칵달칵 컴퓨터 키보드를 두드리는 소리도 겹쳐서 들렸다.

"컴퓨터를 잘하세요."

"이건 그저 증권사 페이지에서 하는 거래일 뿐이야. 잘하고 말고도 없어."

전에 들었는데, 호텔 안에는 고객이 쓸 수 있는 인터넷 환경이 있어서 평범하게 휴대폰을 쓰는 정도라면 문제없다. 그런데 오키만큼은 지배인에게 전용 회선을 깔아달라고 부탁했다고 한다. 조금 옥신각신했다는데, 오키의 부탁은 비교적 순조롭게 받아들여졌나 보다. 어쨌든 호텔 안에서만 쓸 수 있는 안정적이지 못한 회선으로는 주식 거래가 안 되는 모양이다.

"지금 주가가 올랐잖아요. 저도 배울까 봐요."

그 질문에 대한 오키의 대답이 듣고 싶어서 화장실 휴지를 찾는 척하며 화장실 밖으로 나와 그들을 봤다.

그는 희미하게 웃었다. 아마도 그런 소리를 자주 들어서 익숙할 테고, 야마다가 별로 진심이 아닌 것을 알고 있겠지.

"지금 저축한 게 있어? 저축도 자식 교육 자금이 아니라 없어져도 되는 돈, 여유 자금……."

"있을 리가 없잖아요. 여유 자금은커녕 학자금도 걱정이에요."

아하하하하, 야마다가 웃었다.

"그럼 안 하는 게 좋아."

오키는 단호하게 말했다.

"그렇죠. 저 같은 사람은 안 되겠죠."

그의 말투에 기분 나빠하지도 않고 야마다는 손을 움직였다.

"……안 될 건 없지만, 어떤 투자든 전부 잃을 가능성이 있으니까."

오키의 말투가 다시 부드러워졌다. 야마다의 느긋한 목소리에 기분이 풀렸는지도 모른다.

엔젤은 화장실로 돌아와 화장실 휴지를 예비로 쌓았다. 대화가 여전히 들렸다.

"오키 씨는 부자시죠? 매일 깔끔한 셔츠를 입고 외식도 자주 하시고요."

"외식이라 봤자 점심만이야. 옷은 주주 우대*로 살 수 있는 걸 입을 뿐이고."

"주주 우대, TV에서 가끔 나오던데요."

"야마다 씨 그런 것도 알고 있나? 제법이구먼."

"오키 씨도 많이 가지고 계세요?"

"아니, 한때는 다양하게 갖고 있었는데 지금은 아주 조금. 여기에서 쓸 수 있는 정도만. 근처 소고기덮밥 가게나 역 앞 양복점이나 카페나."

"그 정도라도 대단한데요. 주식은 몇십만 엔이나 하잖아요. 오키 씨는 부자시네요."

"돈은 있지만 전부 종잣돈이라, 주식으로 벌기 위한 돈, 어떤 의미에서 도구 같은 거니까 자유롭게 쓰는 돈이 아니야. 인터넷상의 숫자일 뿐이지. 그러니까 없는 거나 마찬가지야."

"그럼 언젠가 주식을 그만두고 그 돈을 쓰는 날도 오나요?"

"아마 그만두진 않겠지. 소액 거래만이라도 꾸준히 할 것 같

● 자사 주식을 매수한 투자자들을 위한 일본 기업만의 답례 방식

아. 그게 없으면 삶의 보람이 없으니까."

여기에서 막 일을 시작했을 무렵, 그가 주식 투자를 한다고 듣고 만약 미쓰코에게 접근하지 못하면 그에게 주식을 배우면 어떨지 생각한 적도 있다. 그러나 들으면 들을수록 주식 같은 건 자신에겐 어려울 것 같았다.

오늘도 사치코의 방에 가야 하네……. 아침, 이부자리에서 일어나며 엔젤은 그 사실을 떠올렸다.

"귀찮네."

중얼거리며 이부자리를 대충 개켰다. 슬슬 침대를 사도 되지 않을까.

방 한쪽에 놓인 서랍 달린 수납 박스 제일 아래를 열었다. 거기에서 은행 봉투, ATM 옆에서 가지고 온 것을 꺼내 안을 확인했다.

"하나, 둘, 셋, 넷…… 4천 엔인가……."

사치코에게 받은 돈이다. 오늘 가면 5천 엔이 된다.

청소 아르바이트비는 입금으로 받으니까 현금으로 받는 돈은 오랜만이다. 이 정도 있으면 저렴한 싱글 침대 정도는 살 수 있지 않을까.

"하지만 침대는 이사할 때 힘들지."

이사할 계획도 돈도 없는데, 전에 카바레 동료에게 들은 이야기가 생각났다. 그때는 그런 말에 넘어가 사지 않았다. 마음 어딘가에서 좀 더 돈을 벌거나 연인이 생겨서 좋은 집으로 옮길 날이 올지도 모른다고 생각했다. 또 현실적으로 돈이 없기도 했다.

침대라면 이부자리를 따로 깔지 않아도 되고, 집에 오면 바로 누울 수 있다. 이부자리도 계속 깔아놓은 적도 많다. 단지 침대가 있으면 조금은 방이 방다워지고 어수선한 느낌이 사라질 것 같았다.

역시 조만간 침대가 얼마쯤 하는지 보러 가야겠다.

오늘은 사치코의 방에 가야 하니까 안 되지만.

"어휴."

한숨을 쉬며 이를 닦았다.

그래도 그녀와 만나는 걸 그리 싫어하지 않는 자신을 알고 있었다. 말하기 싫은 내용은 안 해도 되니까 오히려 돈을 받을 수 있어서 좋다.

기사가 나온 어린 시절은 잘 기억이 안 난다고 둘러대며 말하지 않았다. 그래도 사치코가 재촉해서 드문드문 몇 가지만 말했다.

"초등학교, 중학교, 유치원……."

그저께 사치코가 엔젤의 기억을 자극하려는 것처럼 두서없이 중얼거렸다.

"유치원이 아니에요. 어린이집이에요."

"아, 그랬어?"

말은 그렇게 했으나 어린이집의 기억은 전혀 없다. 엔젤은 어린이집 통원용 가방의 끈을 움켜쥔 채 새하얀 어린이집 앞에 서 있는 기분이었다. 상상 속에서 자신이 움켜쥔 끈…… 가방을 내려다보았다. 그것도 후드와 마찬가지로 분홍색이었다. 연분홍색 바탕에 꽃이나 곰이나 고양이 무늬가 프린트된 비닐 가방이다. 그걸 보니까 자연히 미소가 지어졌다.

"가방을 사줬어요."

그제야 떠올랐다.

"가방?"

"어린이집 가방이요."

"아하, 어떤 가방이었어?"

엔젤은 색과 무늬를 설명한 뒤, "정말 귀여웠어요" 하고 덧붙였다.

"그래. 그 가방을 아주 좋아했구나."

가방을 좋아한다? 그런 생각은 별로 한 적 없다.

"그럴지도 몰라요. 아주 귀여웠으니까."

"어머니가 사주신 거니? 어머니랑 같이 골랐어?"

"아니, 아마 그날은 쇼핑하러 못 가고 다른 언니나 오빠가 갔을 거예요. 그래도 엄마가 사 와서 '자, 이거' 하고 건네줬어."

"그래?"

"어린이집 가방, 다른 남매는 물려받았어요. 이브도 아담도 오빠랑 언니 걸 물려받아서 썼는데 저 때는 괜찮은 게 없어서. 아마 물려받은 게 전부 너덜너덜해졌을 거예요. 그래서 새걸 사줬어요. 이브가 되게 부러워했는데…… 아니, 거의 증오했어요. 몇 번이나 훔쳐 가려고 했고, 저를 속이고 몰래 아침에 들고 가기도 했고. 되찾느라고 정말 힘들었어요."

"멋대로 가지고 간 거야?"

"네, 밤에 제가 잠들면 안에 든 걸 바꿔치기했어요."

"그러면 바로 알아차리잖아."

"그렇죠. 하지만 제가 일어났을 때는 옷도 갈아입고 가방을 어깨에 메고 있으니까. 낡은 게 제 쪽에 있어서. 제가 돌려달

노인 호텔

라고 해도 이게 자기 거라고 주장해요. 아무렇지 않은 얼굴로 거짓말을 했어요. 이브는 그런 면이 정말 싫었어요. 마지막에는 울면서 가방을 양쪽에서 잡아당겼는데, 가방끈이 끊어지면 안 되니까 걱정해서 제가 손을 놓으면 역시 이게 자기 거라면서."

"오오카 에치젠 같네."

사치코가 조금 웃었다.

"그게 뭐예요?"

사치코가 설명해 줬다. 전처와 후처가 아이를 두고 다투며 양쪽에서 잡아당겼는데, 아이가 아파하는 걸 보고 생모인 전처가 손을 놓아서 생모인 것을 알았다……

"그렇지? 가방을 진심으로 걱정하는 면, 진짜 주인이 히무라 씨니까."

"진짜네."

엔젤도 웃었다.

"그런데 가방은 어떻게 됐어?"

"마지막에는 언니들이나 부모님이 이브에게서 빼앗아서 저한테 돌려줬는데, 이브가 몇 번이나 훔쳐서 매일 같이 싸움이 나니까 엄마가 '그럼 그건 이제 이브한테 주자'라고 말해서……."

"세상에, 빼앗겼어?"

엔젤은 고개를 세차게 저었다.

"그건 절대 받아들일 수 없어서 저요, 큰 소리로 울었어요. 그 정도로 운 건 정말 그때뿐이에요. 그것도 계속 몇 시간이나. 마지막에는 목소리가 쉬어서 안 나오는데 그래도 울었어요."

"어머나, 불쌍해라."

"부모님도 역시 불쌍하다고 생각했는지, 다시 이브한테서 가방을 빼앗아서 돌려줬어요. 하지만 그때…… 제가 우는 동안 이브가 기뻐하며 제 주위를 폴짝폴짝 뛰면서 '해냈다, 해냈다' 하고 기뻐했어요. 그때부터 줄곧 이브를 싫어해요."

그때, 엔젤은 오랜만에 기억이 되살아났다고 생각했다.

두 살 위인 언니 이브를 싫어했던 것, 나이를 먹은 뒤에도 언니와 도저히 마음이 맞지 않아서 초등학교 고학년부터 중학교 때까지 같은 방에서 자고 일어나야 하는 것이 정말 고통스러웠다는 것. 어쩌면 가방을 훔쳐 간 게 싫어하는 원인일지도 모른다.

"그래도 결국 이브한테도 새 가방을 사주기로 했어요. 너무 싸우기만 한다고. 이브는 기뻐서 생글생글 웃었어요. 진짜 얄

미워. 지금도 그 얼굴을 생각하면 열받아요."

"그건 어쩔 수 없지."

사치코가 끄덕이며 동의했다.

"사러 간 이온에서도 캐릭터가 그려진 비싼 게 좋다고 하다가 엄마한테 혼났는데, 또 울어서 결국 그걸 사고……. 그때 저까지 '이브랑 엔젤이 싸우니까 쓸데없이 돈을 썼잖아'라며 혼나서……. 이브는 가방을 받았으니까 아무렇지 않았지만요. 정말 제멋대로이고, 억지를 부리면 결국 부모님이 꺾이니까 자기 하고 싶은 대로 했어요."

"지금은 어떻게 지내? 이브 씨는."

"모르겠어요……. 아마 결혼했을 거예요. 그때도 부모님이 반대했는데 자기 마음대로 결정하고 나갔어요. 아마 결혼했다면 지금도 거기 있지 않을까요."

"히무라 씨 부모님이 반대하다니 어떤 사람이었어?"

"이혼 경력이 있고, 전처와 사이에 자식이 셋 있고 나이가 한참 위인 상대……. 열다섯 살쯤 연상이에요. 카바레를 운영한다고 했는데, 사실은 윤락 업소 아닐까. 아무튼 엄청난 부자라고 그 사람한테 받은 반지를 자랑했어요. 아빠도 그 사람이 야쿠자일지도 모른다고 두려워했어요."

진짜였구나 싶었다. 사치코가 이야기를 들어주니까 예전 일이 점점 생각났다. 또 그게 그다지 싫지 않았다.

기분이 조금은 후련하고 편해지기도 했다.

"아아, 귀찮아라."

그래도 엔젤은 이를 닦으며 중얼거렸다. 뭔가 수지 타산을 맞추는 것처럼.

주간 ○○에 본사 사원이 〈화목한 히무라 가족〉 촬영 현장에서 아동에게 성적 괴롭힘을 했다고 의심하는 보도가 있었습니다만, 그런 사실은 없습니다. 방대한 촬영 테이프를 조사하고 해당 사원을 포함한 관계자에게도 질의 조사를 했는데, 그런 의심을 살 장면은 단 하나도 없고, 해당 사원도 강력하게 부정하고 있습니다. 현재 주간 ○○에는 엄중히 항의하는 동시에 기사 정정과 사죄문 게재를 요구했습니다. 이를 받아들이지 않는다면, 명예 훼손으로 여겨 법적 수단도 불사하겠습니다.

-사이노쿠니 TV

✢ 4 ✢

가을에 접어든 무렵, 호텔 프론에 아야노코지 미쓰코의 상
태가 이상하다는 소문이 돌았다. 험담하기 좋아하는 파트타
이머 노인들이 휴게실에서 매일 같이 떠들기 시작했다.

"낮에는 아무 데도 안 가면서 밤에 말이지, 호텔을 배회한
대."

"전에는 일주일에 한 번 장을 보러 가서 싸구려만 사다 먹
었는데, 지금은 매일 배달이라네. 하루에 한 끼만. 그것도 방
문 앞에 놓게 하고 다 먹으면 용기만 내놓는다나. 돈은 한꺼
번에 낸대."

"드디어 왔나."

"뭐가?"

"그야, 그거지."

그러면서 얼굴을 마주 보고 웃었다. 분명 치매나 노화라고 말하고 싶은 거겠지. 까다롭고 야마다와 엔젤만 방에 들이는데 돈은 갖고 있다…… 그런 미쓰코를 이들은 몹시 싫어했다. 하기야 원래 이들은 호텔에 사는 노인들을 별로 좋아하지 않는다.

그 마음은 좀 알 것 같다. 자기들은 남편이나 자식, 가족이 있다. 그 점은 여기 사는 노인들보다 우위다. 다만 돈은 없다. 연금도 얼마 안 된다. 죽을 때까지 여기서 일해야 하고, 만약 쓰러지거나 치매가 와도 자식들이 돌봐준다는 보장이 없다.

여기 노인들은 적어도 돈이 있는 손님이다. 그 점이 그녀들은 마음에 안 든다.

물론 엔젤과 야마다는 소문이 돌기 전부터 미쓰코의 이변을 알아차렸다. 이유는 간단한데, 미쓰코가 두 사람을 방에 전혀 들여보내지 않았기 때문이다. 계속 "Don't disturb(깨우지 마시오)" 팻말을 걸어두었다.

"괜찮아."

그녀가 이상해진 첫날, 야마다가 팻말을 확인하고도 문을 두드리자, 미쓰코가 문을 아주 조금, 5센티미터 정도만 열고 말했다.

"괜찮다니요?"

야마다가 되묻자 "청소는 안 해도 돼"라고 대답하고, 말 그대로 코앞에서 문을 쾅 닫았다.

그런 날이 며칠간 이어지고 나중에는 문도 열지 않았다.

"아야노코지 씨? 미쓰코 씨? 괜찮으세요?"

야마다는 초인종을 몇 번이나 누르고, 그래도 나오지 않자 손바닥으로 문을 두드렸다.

"미쓰코 씨? 청소는 필요 없어도 얼굴만이라도 보여주세요! 그러지 않으면 프런트에서 마스터키를 빌려서 문을 열어야 해요. 미쓰코 씨!"

그 말을 듣고 미쓰코는 간신히 문을 열고 얼굴을 보여주었다. 그것만으로도 헉헉 숨을 몰아쉬었다.

"큰 소리 내지 마. 시끄럽긴."

"괜찮으세요? 숨을 헐떡이시는데요?"

"그야 네가 열쇠로 억지로 연다고 하니까 당황해서 그렇지."

"최소한 생존 확인은 해야 해서요. 그러지 않으면 정말로 위에 보고해야 해요."

그렇게 말하자 미쓰코는 반드시 얼굴만은 보여주었다.

"저기, 조금만요. 저만이라도 들어가면 안 될까요? 쓰레기 수거만 할게요."

야마다가 애원해도 우울한 표정으로 고개를 젓고 문을 닫았다.

물론 프런트나 사원에게 최소한의 보고는 했지만, 그 이상은 야마다가 엔젤에게 "사람들에게 너무 알리진 말자"라고 일러두었다. 단둘이 유니폼을 사복으로 갈아입을 때 했던 말이다. 야마다는 여전히 갈색 브래지어를 했다.

"괜찮은데 그건 왜요?"

엔젤이 물었다.

"……안됐잖아. 만약 여기에서 쫓겨나면 그 사람, 갈 곳이 없을 테니까."

"아, 그러네요."

야마다는 휴게실에서 소문이 돌기 시작해도 그 틈에 끼지 않았다. 파트타이머 노인들이 물어도 "특별히 달라진 점은 없어요"라고 대답했다.

"히무라 씨한테 도와달라고 부탁하길 역시 잘했어."

야마다가 브래지어 차림으로 생긋 웃었다.

"……왜요?"

"이럴 때, 다정한 사람이니까 바로 알아차리고, 입이 무거워서 괜한 말을 안 하잖아."

"야마다 씨 이외에 말할 사람이 없을 뿐이에요."

속으로 사실은 그 아베 사치코와는 열심히 수다를 떨지만, 하고 생각했다. 그러나 사치코와의 대화에서 미쓰코 일은 전혀 화제에 오르지 않는다. 그녀는 지금 자신과 엔젤 이외에는 관심이 없었다.

"그러면 돼. 그게 제일 좋아."

있지, 괜찮으면 오늘도 조금 마시지 않을래? 차를 마셔도 좋고, 하고 야마다가 말했다.

엔젤은 고개를 끄덕였다. 다행히 오늘은 사치코와 미팅이 없는 날이었다.

"그때랑 같은 가게면 될까?"

호텔에서 나왔을 때 야마다가 물어서 엔젤은 또 고개를 끄덕였다.

라면 가게는 여전히 해피 아워의 원 코인 술안주 세트가 있었다. 또 500엔으로 맥주와 안주를 받아 둘이서 대화했다.

"미쓰코 씨가 밤에 호텔을 돌아다닌다는 건 진짜인가 봐."

도대체 왜 마시자고 했나 궁금했는데, 역시 야마다도 미쓰코 이야기를 하고 싶었나 보다. 말로는 믿는다고 해도 엔젤에게 거듭 다짐받아 두고 싶었겠지. 게다가 야마다도 아무와도 그녀 얘기를 하지 못하는 건 답답했을 것이다. 입막음한 사이끼리는 말할 수 있다.

"그래요? 누가 봤어요?"

"야간 근무하는 직원들. 그러니까 확실해. 미쓰코 씨, 1층 주변뿐 아니라 다른 층 복도를 걸어 다닌대. 마침 순찰하던 직원이 어둑어둑한 복도에서 미쓰코 씨와 딱 마주쳐서 유령인 줄 알고 숨이 멎을 뻔했대."

"뭐 하는 걸까요?"

"너무 무서워서 물어보지도 못했대. 게다가 자기가 사는 층 이외에는 가면 안 된다는 규칙도 없잖아. 그만두라고 할 수도 없다더라."

"그렇죠."

"원래 다른 사람과 잘 어울리지 않는 사람인데 갑자기 심해졌지."

"네."

"무슨 일이 있었을까? 우리가 뭐 잘못한 건 없나?"

야마다가 걱정스럽게 엔젤의 표정을 살폈다.

"글쎄요?"

생각해 본 적도 없었다. 자신들이 잘못했을지도 모른다니. 어쩌면 야마다는 그걸 제일 걱정하는 것 아닐까. 미쓰코가 변화한 이유가 자신들에게 있을지도 모른다고.

"나, 자꾸만 생각하게 돼. 마지막으로 청소하러 들어간 날을."

야마다가 미간에 주름을 잡았다.

"뭔가 미쓰코 씨를 화나게 하거나 겁먹게 한 건 없을까."

"글쎄요……."

문득 자신이 미쓰코를 찾아가 "가르쳐주세요"라고 부탁했던 일이 생각났다. 혹시 자신이 그 이유가 된 건 아닐까. 그에 생각이 미치자, 야마다 앞에서 안색이나 표정이 바뀌지 않게 애를 썼다.

그러나 그녀의 이야기를 들으며 생각해 보니, 아무리 계산해도 미쓰코가 달라진 시기와 자신이 방문한 일은 일주일이나 열흘 이상 차이가 났다.

내심 안도했다.

"쓰레기는 어떻게 하고 있을까요."

배달해서 먹는다지만, 쓰레기가 전혀 나오지 않을 리는 없다. 야마다의 수다가 일단 끝났을 때 물어보았다.

"아, 그거 아마 직접 버리고 있을 거야. 우리가 다른 방을 청소할 때, 살그머니 나와서 카트 쓰레기통에 넣는 것 같아. 나, 한번은 미쓰코 씨가 쓰레기를 버리고 급하게 방으로 들어가는 뒷모습을 봤어. 닌자처럼 살그머니."

"흐음."

"청소를 안 한 지 2주일이나 지났지."

"아마도요."

"나 혼자만이라도 좋으니까 한 번은 방에 들어가게 해주면 좋겠는데. 어쩌면 끔찍한 상황일지도 몰라."

야마다는 자기만이라면 방에 들여보낼 가능성이 있다고 생각하나 보다.

아니, 내가 들어가고 싶어, 하고 엔젤은 생각했다. 도대체 그 미쓰코에게 무슨 일이 있는지 알고 싶다. 이미 머리가 이상해져서 엔젤에게 그 '방법'을 가르쳐줄 수 없다면 더는 여기 있을 필요도 없다.

"……끔찍한 상황?"

노인 호텔

"쓰레기를 버리는 건 할 수 있어도 화장실이나 욕실은 청소를 안 할 거 아니야. 물때 같은 거, 제거하기 힘들잖아."

"그러면 역시 저도 들어가는 게 좋지 않아요? 화장실이나 욕실 청소는 혼자서 힘드니까."

"역시 다정하네, 히무라 씨."

또 야마다가 말해서 엔젤은 마음이 흔들렸다.

다정하다고 말해주는 사람은 세상에 아마도 야마다 한 명뿐이리라.

야마다를 쫓아내 자신이 1층 청소 담당이 되고 싶다고 줄곧 생각했는데, 그녀가 이렇게 말할 때마다 결심이 흐려져서 요즘은 거의 잊고 있었다.

"우선 내가 어떻게든 들어간 다음에 설득해서 히무라 씨도 들어오게 하는 게 좋을지도."

둘이서 어떻게 해야 미쓰코의 방에 들어갈 수 있을지 대화했다. 그러나 말하거나 제안하는 건 대부분 야마다였다.

야마다의 생각은 '일단 다정하게 달랜다' '몸 상태가 나쁘지 않은지 조금이라도 좋으니까 확인하게 해달라고 부탁한다' '뭔가 선물을 들고 방문한다' '장을 봐주겠다고 제안한다' 같은 것이었다.

"너무 약하지 않아요?"

엔젤은 무심코 말했다.

"……역시 이대로는 여기 있지 못한다고 협박하는 게 최고 아닌가요?"

야마다의 생각은 전부 미적지근하다. 일단 틀어박힌 인간, 고집을 부리는 인간은 그런 걸로는 쉽게 움직이지 않는다.

오빠 아담이 중학생 때 방에 틀어박힌 적이 있었다. 이삼일이 지나 아빠가 끌어내 몇 방 후려치자 학교에 갔다. 대신 아담은 중학교를 졸업하자마자 집에서 나가서 지금은 뭘 하는지 모른다. 부모님도 별로 신경 쓰지 않는 것 같다.

"협박?"

야마다는 얼빠진 소리를 냈다.

"그런 짓을 하면 미쓰코 씨가 무서워서 문틈으로 얼굴을 보여주는 것도 그만둘지도 몰라."

"그러면 정말로 지배인이나 매니저를 부르면 돼요."

"헉."

야마다는 모른다. 사람이란 조금은 겁을 주거나 화를 내게 해야 문제가 빨리 해결되는 법이다.

분명 야마다는 그런 식으로 사람과 어울린 적도, 자신이 그런 일을 당한 적도 없겠다고 생각했다.

"그러면 미쓰코 씨가 불쌍하잖아."

야마다는 거부했고, 그 후로도 이러쿵저러쿵 한 시간 반 정도, 5시 전까지 대화하다가 가게에서 나왔다.

"즐거웠어, 또 오자."

야마다가 기뻐하며 말했다. 둘 다 계산대에서 500엔씩 냈다.

또 가슴이 욱신거렸다. 자신과 대화해서 즐거웠다고 말해주는 사람도 거의 없다.

"어라, 야마다 씨와 히무라 씨잖아!"

가게에서 나왔는데 갑자기 남자의 목소리가 불러 세웠다. 돌아보자 106호 다와라 고지가 서 있었다.

"둘이 같이 무슨 일이야?"

"히무라 씨한테 부탁해서 같이 조금 마셨어요."

야마다가 기쁘게 웃으며 다와라의 어깨를 쳤다.

"스트레스 해소로."

"그거 좋군. 다음엔 나도 같이 가지. 역 앞에 단골 가게가 있어. 종일 문을 열고, 낮에도 마실 수 있어. 다음에 셋이 가자고. 내가 살 테니까."

"그럴까요."

야마다가 웃으며 엔젤을 봤다. 엔젤은 "좋아요"라고 대답하는 대신 가볍게 고개를 끄덕였다.

"고맙습니다. 그럼 다음에요."

"정말로 살 테니까, 약속이야."

서로 역 쪽과 호텔 쪽으로 손을 흔들며 헤어졌다.

"괜찮겠어? 히무라 씨."

노인의 모습이 사라지자, 야마다가 옆에서 얼굴을 살피며 물었다.

"네. 조금 마시는 정도라면요."

"가끔은 괜찮겠지. 사주겠다고 했고, 맛있는 것 좀 먹자. 저 사람도 말만 하고 잊어버릴지도 모르지만."

"흐음."

모호하게 대답했다. 생각보다 그들과 어울리는 것이 싫지 않다. 호스티스 시절에는 손님이나 동료와 어울리는 게 무거운 짐이었는데…… 그런 자신이 의외였다.

가을이 되자 사치코가 대접하는 과자가 '후키요세'에서 생과자나 만주로 바뀌었다.

"이건 쓰루야 요시노부라는 유명한 과자점에서 파는 달토

끼야."

사치코가 작은 접시에 과자를 소중히 담아 테이블에 놓았다. 정말 하얀 만주에 귀와 빨간 눈이 달렸다.

"다도 세계에는 말이지, 가을에는 가을, 겨울에는 겨울의 과자가 있어."

"흐음."

엔젤은 사치코가 우려준 전차*를 마시며 하얗고 쫄깃한 만주를 먹었다.

"그건 일반적인 찹쌀로 만든 만주와는 달라."

"그래요?"

"죠요만주라고 해서, 참마로 만드는 만주의 일종이야. 찹쌀만주의 쫄깃한 식감과는 조금 다르지."

"……그러네요."

얼마 전까지는 후키요세를 하나만 먹으라고 권했으면서 왜이러는 거지 싶었다.

"마침 이케부쿠로에 용건이 있어서 사 왔어."

"그러셨어요?"

---

* 중급 정도의 차

"신기하지, 다도를 했을 때는 이런 걸 억지로 외웠는데, 너처럼 손님이 오니까 왠지 같이 먹고 싶다는 생각이 들어서 샀어."

"과자는 아무거나라도 괜찮은데요."

엔젤은 조금 미안한 마음에 말했다. 이것도 제법 비쌀 것이다. 두 개로 사치코의 한 끼 식대쯤은 될지도 모른다. 그 증거로 엔젤은 입에 툭 던져넣었는데, 사치코는 하나를 아까운 듯이 소중히 먹었다.

자신과 만나기 위해 한 번에 1천 엔을 내고, 거기에 과자까지 사면 지출이 상당하다.

"괜찮아, 내가 하고 싶어서 하는 거니까."

사치코는 어딘지 쓸쓸하게 말했다.

"……자, 저번에 어디까지 말했더라."

두 사람의 대화는 어린 시절부터 시작해서, TV 방송의 취재가 지방 방송국에서 민영 주요 방송국으로 이전한 시점까지 왔다.

전에는 사치코의 말대로 뭐든 하고 싶은 이야기를 했는데, 어린이집에 다닐 적 바로 위 언니 이브와 사이가 안 좋았다는 얘기를 한 뒤로 자연스럽게 엔젤의 성장과 시간 축에 맞춰서 이야기를 진행했다.

요즘은 줄곧 TV 취재가 왔던 때 이야기를 했다. 때때로 사치코가 말을 머뭇거리거나 의미심장한 눈빛을 보내는 것은 모르는 척했다. 그녀가 뭘 묻고 싶은지는 알고 있다.

엔젤은 숨을 한 번 내쉬었다.

"사이노쿠니 TV에서 취재하러 오던 때의 이야기요."

"그랬지. 너희는 취재가 오는 게 싫지 않았다, 오히려 즐거운 일도 있었다고 했지."

"네."

"······싫은 일은 하나도 없었어?"

엔젤이 바로 대답하지 않자, 사치코가 급하게 다시 말했다.

"물론 말하기 싫은 건 말 안 해도 돼."

"······다른 사람······ 사치코 씨가 생각하는 것 같은 일은 전혀 없어요."

"내가 생각하는 거라니?"

엔젤은 입을 다물었다.

"역시 말하기 어렵구나. 그럼 괜찮은데."

사치코의 말을 듣고, 자기도 모르게 얼굴이 험악하게······ 눈썹이 모이고 입술을 꽉 깨물고 있었다는 걸 알았다.

"그럼 내가 질문할 테니까 말할 수 있는 게 있으면 마음 편하게 얘기하는 건 어떨까?"

그녀가 그러길 원한다면 괜찮을 것 같아서 엔젤은 고개를 끄덕였다.

"그 잡지 기사…… 어머니 일을 다룬 거 읽었니? 최초의 기사."

배려하는 것 같으면서 일단 질문을 시작하면 파고든다. 이게 사치코가 자주 말하는 저널리스트인지도 모른다.

최초의 기사.

그랬다. 제일 처음으로 기사가 실린 뒤, 마치 둑이 터진 것처럼 차례차례 주간지가 후속 기사를 썼다. 그 후로 반년 가까이 기사가 끊이지 않았다.

"……바로는 읽지 않았어요. 제대로 읽은 건 초등학교 고학년쯤 됐을 때였나."

"그건 어떻게 읽었어? 누가 보여줬니?"

"그런 게 있다는 건 계속 알고 있었어요. 부모님도 싸우니까 말하는 게 들렸고, 언니랑 오빠가 말했으니까. 특히 둘째 언니인 가브리엘은 고등학생이었는데, 매번 엄청 화를 냈어요."

"고등학생이면 친구도 읽어서 내용도 알 테고, 말을 많이 들었겠어."

"그렇죠."

자신이 중학생이었을 때는 이미 기사가 나오고 5년 넘게 지났는데도 심한 말을 잔뜩 들었다. 기사가 나온 직후에 가브리엘은 더 힘들었을 것이다.

"언니도 그때까지 우등생까지는 아니어도 농구부 활동도 하고 그럭저럭 멀쩡했어요. 그런데 동아리 활동에서 무슨 말을 들었는지, 고등학교를 그만두고 집에도 오지 않았어요. 돌아와서는 맨날 부모님이랑 싸웠고."

"그래, 안타깝네."

"언니들은 늘 으스대서 별로 좋아하지 않았는데, 그래도 지금 생각하면 불쌍했는지도요."

말하고 놀랐다. 자신이 그들을 '불쌍하다'고 생각하다니.

그랬다.

결국 '그 일'을 말한 것은 셋째 언니인 이브였다. 엔젤이 싫어했으니까 언니한테 시켰다. 그걸 생각하면 줄곧 싫어했던 언니들에게 갑자기 미안해졌다.

다만 이브 본인이 그걸 어떻게 생각하는지는 모르겠다. 새삼스럽게 그 일에 관해 말한 적이 없었다.

"그래도 부모님과 사이가 나빴으면서, 첫째 언니 미카엘은 고등학교를 졸업하자마자 결혼하고 임신하고 이혼해서, 제일 먼저 집에 돌아왔어요. 신기하게 그때부터는 엄마랑 제일 사이가 좋을 거예요. 싸우기만 하지만, 다른 남매는 대부분 집을 나갔으니까."

"언니가 집에 돌아왔다면 기초생활보장 급여는 어떻게 됐어?"

"엄마가 어떻게 한 것 같아요. 민생위원과도 상담해서 언니는 근처 연립주택에서 아이와 같이 살게 하고, 이혼 때문에 정신적으로 충격받아서 일하지 못한다고 해서 기초생활 수급자가 됐어요. 그래도 대부분 본가에 와 있지만요."

"그래도 괜찮았어?"

"잘 모르는데 생활보장을 받는다고 본가에 놀러 오면 안 된다는 법률은 없으니까 아마."

"하긴 그렇지. 언니는 그 후로 결혼은 안 했고?"

"모르겠어요. 벌써 5년 가까이 본가에 가지 않았으니까 모르는데, 아마 그대로일지도요. 미카엘이 기초생활보장 급여를 받기 시작했을 때, 엄마가 집요하게 말했어요. 결혼해 주고, 받는 급여 이상으로 제대로…… 가능하면 두 배쯤 돈을 가지고 오는 남자라면 괜찮은데 그렇지 않으면 조심해서 사귀라고. 남자가 집에 오거나 집 앞에 차가 세워져 있으면 금방 주변 사람들이 찌르니까 조심하라고요……. 그래도 미카엘은 이상한 남자를 데리고 와서 무지하게 혼났는데……. 물론 언니도 가만히 있지 않으니까 맞붙어서 싸우곤 했어요."

"흐음."

열심히 노트에 받아적는 사치코에게 엔젤이 물었다.

"……어떻게 생각해요?"

"어떻게라니, 뭘?"

"언니랑…… 엄마."

사치코의 얼굴을 살폈다.

"어떻게라……."

사치코의 눈이 이리저리 흔들렸다. 그걸 놓치지 않으려고 빤히 바라보았다.

"나쁘다고 생각하지 않아요? 우리 집."

"솔직히 말하면 좋고 나쁘고가 전혀 없어."

"무슨 뜻이에요?"

"너희는 힘든 일을 겪었고, 너 정도로 비참한 경험을 했다면 도움을 받는 게 당연하다고 생각해."

"네?"

역시 사치코는 그걸 알고 있는 걸까.

"나 같은 인간은 그걸 신처럼 재판하거나 벌할 수 없고, 하지도 않아. 하고 싶은 마음도 없고. 거기 있는 걸 관찰하고 기록해. 그게 내 일이라고 생각해."

"흐음."

몸 안에서 모든 숨을 내뱉는 것처럼 숨이 나왔다.

"……사실은 싫어하죠."

"뭐를?"

"나나 엄마 같은 인간."

"아니."

사치코는 고개를 저었다.

"정말 아무 생각도 안 해."

그녀가 이쪽을 바라보았다.

"또 어머니에 관해서는 잘 모르니까. 만난 적도 없고. 그저 히무라 씨는 뭐랄까…… 좋아하는 것 같아."

"어, 그건 왜요?"

"모르겠네."

사치코가 수줍은 듯이 웃었다. 그러니까 그 말이 진짜인 것 같았다.

"그렇지 않으면 비싼 과자를 사지 않지."

"흐음."

엔젤은 몸 안쪽에서부터 한숨을 내쉬었다.

사실은 조금 기뻤는데, 그렇다고 말하기 부끄러웠다.

다와라와 술을 마시는 약속은 금방 이루어졌다.

여기 사는 노인은 다들 매일 일요일이라 언제든 한가하니까 당연하다면 당연했다.

둘이서 마시는 걸 본 다음 날부터 그는 아침에 청소하러 갈 때마다 "언제 갈까?" "나는 언제든 좋아" 하고 말을 걸었다. 그러나 우선 야마다가 아들 저녁을 챙기지 않는 날을 노려야 했고, 다음으로 엔젤이 사치코와 대화하는 날을 제해야 하니까 당장 다음 날 마시러 가자고 할 순 없었다.

그래도 대략 2주 후에는 셋이서 다와라가 "뭐든 다 맛있어"라고 주장하는 역 앞 술집에 갔다.

공통점은 '구두쇠에 외톨이'인 노인 중 하나가 추천하는 가게니까 엔젤은 분명 선술집이나 프랜차이즈 술집보다 조금 나은 정도이리라 짐작했는데, 거긴 오히려 '일품 요릿집'이라고 해도 될 가게였다.

"마담, 이 친구들한테 뭔가 맛있는 것 좀 만들어 줘."

가게에 들어가자마자 다와라가 카운터 안에 선 중년 여성에게 말을 걸었다.

"세상에, 다와라 씨, 예쁜 아가씨를 두 분이나 데리고 오시고."

야마다와 마담은 거의 동갑이거나 어쩌면 야마다가 연상일 것 같은데, 마담은 붙임성 있는 소리를 하며 웃었다.

기모노를 입은 마담은 머리를 틀어 올리고 화장을 완벽하게 했다. 나이보다 훨씬 젊어 보인다……. 그러나 야마다와 나란히 세운다면, 어느 쪽이 젊어 보이고 남자가 어느 쪽을 선택할지, 엔젤은 잘 모르겠다고 속으로 생각했다. 청바지에 스웨트셔츠를 입고 화장을 안 한 야마다가 각도나 부위에 따라 젊어 보이고, 누구와 결혼하고 싶은지 물으면 의외로 야마다 쪽을 고를지도 모른다.

너무 꼼꼼하게 화장하고 아름다워서 연배가 있어 보이는, 마담은 그런 여성이었다.

서로 넌지시 권하다가 다와라를 중심에 놓고 엔젤과 야마다가 양쪽에 앉았다.

"다와라 씨, 매번 두 분을 데리고 오신다고 말씀하셨어요. 만나 뵈어서 기뻐요."

마담이 뜨거운 물수건을 내밀며 말했다.

매번이라니…… 마시러 가자고 한 것이 고작 2주 전이어서 웃겼다. 아마 그는 그날부터 매일 같이 와서 자신들 이야기를 했을 거라고 엔젤은 짐작했다.

야마다를 보자, 어깨를 움츠리고 앉아 있었다. 가게 분위기와 마담에게 주눅 들었나 보다.

엔젤도 기분을 이해한다. 비슷한 나이의 동성은 말이 잘 통하면 좋은데 처지나 패션이 너무 다르면 불편하다. 남성 이상으로 어렵다.

야마다 옆에 앉아 있었다면 "그렇게 대단한 가게는 아니에요"라고 말해줄 수 있는데 그럴 수도 없다.

엔젤은 호스티스 시절, 몇 번 없지만 손님과 동반이나 애프터로 이런 가게를 몇 번쯤 경험했으니 별로 신경 쓰이지 않았다. 어차피 양 적은 안주를 맛없는 일본 술로 삼키는 가게이리라 얕봤다.

"여기 마담은 미인이고 요리도 잘하는데 예전에는 다카라즈카에 있었어. 대단하지."

"대단한데요?"

그래도 야마다는 싹싹하게 말하며 다와라와 함께하는 자리의 분위기를 띄우려고 했다.

엔젤은 '다카라즈카 출신'이라는 마담의 옆얼굴을 빤히 바라보았다. 눈은 큼지막한데 턱에 살이 붙어서 옛 흔적은 없다.

"게다가 이렇게 세련된 가게인데 먹고 마시고 해서 3천 엔 정도야. 대단하지."

"네, 대단하네요. 뭐, 저희는 3천 엔도 큰돈이지만요."

엔젤은 야마다야말로 대단하다고 생각한다. 가게를 칭찬하는 다와라에게 동조하면서 한턱내는 다와라도 추켜세운다.

조개와 실파식초버무리가 기본 안주로 나왔고, 다음으로 마담이 추천하는 제철 채소와 생선 반찬이 나왔다.

다와라와 야마다가 신나게 대화하는 동안 엔젤은 묵묵히 먹고, 권하는 대로 술을 마셨다. 맛은 들은 대로 나쁘지 않았다. 두 사람의 대화 내용이 문득 귀에 들어온 것은 어느 정도 지난 후였다.

"미쓰코 씨가 이상하다는 소문, 들었어? 너희도 미쓰코 씨가 방에 들여보내지 않는다며."

다와라가 생각났다는 듯이 물었다.

"……음, 글쎄요. 원래 아무하고도 친하게 지내지 않는 분이니까 저희도 그렇게 대화를 나누진 않았어요."

누가 미쓰코에 관해 물어도 제대로 된 대답을 하지 않는 야마다치고는 제법 자세한 설명이었다. 역시 밥을 얻어먹으니까 고마워서 그러는 걸까.

"그 사람, 예전에 제법 아슬아슬한 장사를 했었다나 봐."

"아슬아슬이라뇨?"

무심코 엔젤도 끼어들었다. 그때까지 거의 맞장구만 쳤으면서. 다와라도 조금 놀랐는지 눈을 크게 뜨고 이쪽을 봤다.

"뭐라더라, 경매 나온 부동산 물건을 사서 거주자를 억지로 쫓아내고, 그걸로 야쿠자 같은 사람들과 난투극도 했다나 봐. 여차하면 체포됐을지도 모를 일이래."

"그런 걸 어떻게 아세요?"

"나보다 전부터 거기 살던 남자한테 들었어. 예전에는 그이도 조금은 사람하고 사귀었나 봐. 그 남자와 때때로 밖에서 마시기도 했대. 그런데 돈 문제로 다툰 뒤로 호텔의 다른 사람들과 일절 어울리지 않았다는군."

"돈 문제요?"

"음, 그 사람이 말하기를, 돈을 조금 빌렸는데 기한 때문에 옥신각신했대. 그 사람은 다음 연금 지급일까지 갚겠다고 했는데, 마침 쓸 데가 있어서 돌려주지 못했다나. 어차피 같은 곳에 사니까 조금만 기다려달라고 했더니, 그때까지 사이가 좋았으면서 덤벼들더라는 거야. '너도냐, 너도냐'라고 하는데 서슬이 무시무시했대. 싸우던 도중에 호텔 사람이 말리려고 끼어들어서 계속 싸우면 둘 다 내쫓겠다고 했고 그 후로……."

"아무와도 어울리지 않게 된 거군요?"

야마다가 물었다. 다와라가 그녀 쪽으로 고개를 돌렸다.

"응."

"그건 어쩔 수 없겠어요."

"돈 문제가 되면 사람이 달라진다고 투덜거리더군, 그 사람이."

"그럼 이번 일도 뭔가 돈과 관련이 있을까요?"

"모르지."

"아슬아슬한 장사를 한 것과 관계가 있을까요?"

"아니, 나는 오히려 그만큼 배짱 두둑한 사람이니까 어지간한 일로는 그렇게까지 이상해지지 않는다고 생각하는데."

"하긴 그러네요."

그런데 이 가게는 어떻게 하다가 오게 되셨어요, 하고 야마

노인 호텔

다가 물어서 곧 다와라와 마담의 '과거'로 이야기가 옮겨갔다.

엔젤은 야마다가 은근슬쩍 화제를 바꿨다고 느꼈다. 남 뒷이야기는 별로 하고 싶지 않겠지. 그런 그녀가 현명하다고도 생각하고, 이 상황에서는 조금 아깝기도 했다. 미쓰코에 관한 이야기를 좀 더 듣고 싶었으니까.

그래도 이런 사람이니까 이쪽의 과거를 알아도 무턱대고 남에게 떠벌리지 않을 것 같다고, 야마다를 더욱 신용하게 됐다.

다음으로 사치코의 방에 갔을 때는 오하기*를 대접해주었다.

이건 엔젤도 안다. 전에도 먹어본 적 있으니까.

"추분에 먹는 건 오하기, 춘분에 먹으면 보타모치**라고 불러."

과자 지식은 말없이 흘려듣는 것이 좋다는 걸 알아서 맞장구 정도만 쳤다.

오하기를 다 먹자, 사치코가 앉은 자세를 조금 가다듬었다.

"저기, 너한테 이런 걸 물어도 역시 모르겠다거나 말하기 싫

- 멥쌀과 찹쌀을 섞어 동그랗게 빚고 팥소 등을 묻힌 떡
- 오하기는 하기(萩, 싸리꽃)에서, 보타모치는 보탄(牡丹, 모란)에서 따서 붙인 이름

다고 할 것 같은데."

"네."

저번에 하던 이야기의 다음인 걸 바로 알았다.

"그때, 주간지에 정보를 제공한 사람…… 동네나 이웃 사람
도 그런데, 소식통이라고 주장하는 사람이 집안 사정을 자세
하게 알았잖아. 아니, 애초에 그 시기에 그 기사가 나온 이유
가 뭔지, 그런 걸 다른 누군가하고 말한 적 있을까?"

"아아, 그거라면, 아마 지역 방송국 사람이 아닐까요."

엔젤이 바로 대답하자 사치코는 허탕 쳤다는 듯이 조금 웃
었다.

"어머, 알고 있었네."

"네. 부모님이 자주 그걸로 싸웠으니까. 지역 방송국이 자기
네에서 도쿄 방송국으로 옮겨서 화가 났으니까 아마 정보를
흘렸을 거라고 말했어요. 또, 기사에도 있듯이 엄마가 남자를
갈아탔으니까."

"……그것도 알고 있었어?"

"그야 적혀 있었고, 아빠랑 엄마가 그런 걸로 맨날 싸웠으니
까. 엄마도 바람피웠는데 아빠도 했고요."

사치코는 한동안 말이 없었다.

"……미안하다. 자식 입장에서는 괴로웠겠어."

"아니요, 별로."

엔젤은 강한 척하는 것이 아니라 확실하게 고개를 저었다.

"자주 있었으니까."

"내 앞에서는 솔직히 말해도 돼."

"그럼 솔직히 말하는데, 바람이라는 걸 잘 모르겠어요."

"잘 모르다니…….."

"나랑 사귀는 사람이나 결혼한 사람이 다른 사람과 섹스하는 거죠."

"뭐, 극단적으로 말하면 그렇지."

"그게 슬픈 일인가요? 다른 사람하고 해주면 편할 것 같은데."

"어? 그건 그러니까 사귀는 사람이 다른 여성하고 하는 편이 좋다는 소리야?"

"네."

"섹스가 싫어?"

"싫어요. 왠지 싫은 기분이에요. 아프고, 기분 나쁘고."

"……엔젤."

사치코가 처음으로 이름을 불렀다. 본인도 알아차리지 못

한 듯했다.

"그건…… 어렸을 때 싫은 경험을 했으니까?"

"싫은 경험은 없었어요."

엔젤은 아직 팥소의 단맛이 남은 입으로 말했다.

"정말?"

"정말로요."

사치코가 울음을 참는 듯한, 몸 어딘가가 아픈 듯한 표정으로 이쪽을 봤다.

그때, 엔젤은 처음으로 진짜 이야기를 해야겠다고 생각했다. 이 사람에게 털어놓자. 사실을 전부.

"……그때…… 아오키 오빠 얘기는 거짓말이에요."

"거짓말? 그 사람이 너한테 무슨 짓을 한 적이 없다는 거니?"

"네."

"그럼 언니한테는?"

"언니한테도 안 했어요."

"확실하게 말할 수 있어? 네가 알아차리지 못한 건 아니고?"

"아니에요."

"그걸 어떻게 알아?"

"처음에 부모님은 나한테 말하게 시키려고 했으니까."

"말하게 시키려고 했다고?"

사치코는 이제 메모도 안 하고 엔젤을 바라보았다.

"엔젤, 지금 하는 말, 아주 중요한 거야. 알아?"

"알아요."

엄마는 점점 이상해졌다. 엔젤 남매들이 생각하고 느끼는 것 이상으로 잡지 기사에 적힌 말이 엄마에게는 큰 타격이었나 보다. 기자들은 매일 같이 집에 왔다. 엄마는 그들을 집에 들여 방송국이나 이웃 사람들 험담을 했다. 변명도 잔뜩 했다. 말하는 도중에 엄마는 대부분 울었다.

그러나 기사는 엄마 생각대로 나오지 않았다.

이쪽에서 한 말도 진위를 확인해 오히려 '거짓말쟁이 가족, 거짓말쟁이 여자'의 증거로 다뤄졌다.

엄마는 점점 이상해졌는데, 마지막으로 생각해 낸 것이 그거였다.

엔젤이 아오키 오빠한테 성적으로 학대를 받았다고, 엔젤의 입으로 증언시키려 했다. 그러나 그런 일은 단 한 번도 없었다. 아오키 오빠는 오히려 무뚝뚝한 태도로 아이들을 대했다.

엄마가 엔젤에게 "아오키 오빠가 부끄러운 곳을 만졌어요, 라고 말해"라며, 듣는 것도 괴로운 말을 아무리 해도 엔젤은 고집스럽게 고개를 끄덕이지 않았다. 맞아도 입을 열지 않았다. 때로는 기자들 앞에 억지로 끌고 가 엄마가 하는 말에 고개만 끄덕이면 된다고 했지만, 엔젤은 받아들이지 않았다.

엔젤이 너무도 고집스럽게 굴자, 엄마는 짜증이 나서 "됐어, 저리 가!"라고 외쳤고, 그 후에 기자에게 이런 말 저런 말을 들려주었으나 인용되지 않았다.

마지막에는 삼녀 이브에게 아오키 오빠한테 이상한 짓을 당했다고 증언하게 했다. 그녀는 순순히 따랐는데, 기자가 파고들어 질문하자 제대로 대답하지 못했다. 결국 기사에는 아주 희미하게 냄새를 풍기는 정도로, 아오키 오빠가 히무라 집안의 딸에게 손을 댄 것 같다는 기사가 실렸을 뿐이다.

"그러고 보니 그때 사이노쿠니 TV, 강력하게 부정했지."

사치코가 고개를 끄덕였다.

사소한 기사였지만, 사이노쿠니 TV는 놓치지 않고 '방대한 촬영 테이프를 조사했는데, 그런 의심을 살 장면은 하나도 없었습니다. 해당 사원도 질의 조사에서 강력하게 부인했습니다. 앞으로 그런 기사가 나오면 법적 조치도 불사한다는 각오입니다'라는 공식 문서를 냈다.

"자신감이 참 대단하다고 생각했는데."

"네. 왜냐하면 정말 그런 일은 없었고, 기자한테 이렇게 말하라고 엄마가 언니한테 말하는 걸 봤어요."

"그럼 정말로 없었구나."

"절대로 그런 일은 없었어요."

아오키 오빠는 지금쯤 어떻게 지낼까, 하고 가끔 생각할 때가 있다. 결혼해서 아이도 있을까. 그래도 절대로 우리를 용서해 주지 않겠지.

"혹시 너는 그런 일 때문에 집에서 나왔니?"

"그것만은 아니지만 아마도."

"그래."

"그 일 때문에 엄마가 나를 정말 심하게 대했어요. 맨날 소리를 지르고 때리고, 먹을 것도 제일 마지막에 주고."

"그랬구나."

사치코는 한숨을 쉬었다.

"고등학교에 가지 않게 되면서 집을 나왔는데, 계속 언젠가는 가출하겠다고 생각했어요."

그녀는 한 번 더 한숨을 쉬었다. 이번에는 자기가 물을 퍼올리려고 들여다본 우물이 예상보다 깊은 것을 깨달은 사람 같았다.

미쓰코가 입실을 거부하고 거의 한 달이 지난 아침, 야마다가 108호 문을 두드렸을 때의 일이다.

"안녕하세요! 미쓰코 씨. 오늘은 어떠세요? 가능하면 청소를 할 수 있을까요?"

평소처럼 미쓰코가 문을 조금만 열고 얼굴을 보여주었다. 야마다는 그 얼굴에 대고 단숨에 말했다.

"딱 한 번만 들여보내 주시면 안심할 수 있어요. 한동안 찾아오지 않을 테니까요."

야마다가 상냥하게 웃으며 말했다. 그 말로 미쓰코의 기분이 바뀌리라고는 아마 생각도 안 했을 것이다. 벌써 몇 주간 같은 말을 반복했다.

"그래……, 그럼."

그러더니 미쓰코가 손을 위아래로 흔들었다. 말 그대로 이리 온, 이리 온, 하는 것처럼.

"너, 이리 와."

"네?"

그 목소리는 야마다 쪽이 더 컸다.

"너 말이야, 너."

미쓰코가 가리킨 것은 야마다가 아니었다. 엔젤 쪽이었다.

"너라면 들어와도 돼."

"네? 저요?"

엔젤은 자기 얼굴을 가리켰다.

야마다가 놀라서 엔젤을 봤다.

"정말 저로 괜찮으세요?"

"그래, 들어올 거야, 말 거야. 싫으면 됐어."

"들어갈게요!"

엔젤이 다급하게 말했다. 옆에 선 야마다를 봤는데, 그녀는 눈을 가늘게 뜨고 이쪽을 빤히 보고 있었다. 표정을 읽을 수 없었다. 그리 좋은 의미는 아닐 것 같았다.

"괜찮을까요?"

무심코 물었다.

"……그야 물론."

야마다는 다정하다. 늘 성실하고 모두를 배려하고 열심히 일한다. 그러나 한편으로 일에 관해서 자기 영역을 침범하는 것만은 용납하지 않는 사람이기도 했다. 그건 지금까지 같이 일하면서 경험으로 잘 안다. 미쓰코가 엔젤만 선택한 것이 기쁠 리 없다. 가능하면 야마다와 같이 들어가는 편이 당연히 좋았다. 그래도 어쩔 수 없다.

미쓰코의 마음이 또 바뀔지도 모른다. 언젠가 그랬듯이.

"실례합니다!"

그렇게 외치며 야마다를 보지 않고 안으로 들어갔다.

방 안에서는 냄새가 났다. 미쓰코의…… 나이 든 여자의 냄새였다. 그래도 그다지 불쾌하지 않았다.

다른 냄새는 없었다. 쓰레기는 잘 버렸고 호텔의 공기 조절기도 켜져 있다. 창문도 때때로 열었겠지. 이 호텔은 낡아서 최신식 호텔과 달리 저층부는 창문을 열 수 있다. 물론 밖에서 안으로 들어오지 못하게 쇠창살이 달려 있다.

엔젤은 앞에 선 미쓰코의 둥근 등을 바라보았다. 미쓰코가 천천히 이쪽을 돌아보았다.

"하고 싶으면 해도 돼."

"네? 뭐를요?"

"청소, 당연한 소리를 해. 그게 하고 싶어서 왔잖아."

"아, 죄송합니다. 그럼 화장실과 욕실에 들어가도 될까요?"

그녀가 위엄 있게 고개를 끄덕였다.

노인 호텔

끔찍하게 더러워질 대로 더러워진 화장실과 욕조를 각오했
는데, 둘 다 전혀 지저분하지 않았다. 변기 안도 더럽지 않고,
바닥에도 먼지 하나 떨어지지 않았다. 변기 가장자리나 뒤를
살펴도 아무것도 없었다. 욕실도 마찬가지로, 손바닥으로 만
져 확인했는데 물때가 들러붙은 느낌도 없었다. 배수구에 머
리카락 한 올도 떨어지지 않았다.

욕실에서 나오자, 침대에 앉은 미쓰코가 팔짱을 끼고 이쪽
을 보고 있었다.

"깨끗하지?"

"……네, 아주요."

"너희한테 청소로는 아직 지지 않아."

"……주부였으니까요?"

"그것도 있지만…… 어이, 말할 생각이면 서 있지 말고 손을
움직여. 방 청소를 해야 하잖아."

"네."

서두르느라 청소기를 가지고 오지 않았다. 방 한쪽부터 테
이프 클리너로 먼지를 제거했다. 역시 별로 먼지가 쌓이지 않
았다.

"너희가 오지 않는 동안에도 직접 청소했으니까."

"정말 깨끗해요."

"그러니까 계속 청소했었다고 말했잖아."

"집 청소를요?"

"자기 집 청소는 누구나 당연히 하지."

"음, 그건 그렇지만. 이렇게까지 못 하는 사람도 많이 있어요."

"……내가 한 청소를 보고 무슨 생각이 들었어?"

"잘한다고 생각했어요."

"그게 다야?"

퍼뜩 미쓰코가 하려는 말을 깨달았다.

"프로의 청소라고요. 혹시 청소 일을 한 적 있으세요?"

미쓰코가 고개를 끄덕였다.

"청소 파트타이머요?"

"그것도 있지만. 나는 내 건물 청소도 전부 직접 했으니까."

엔젤은 무심코 허리를 펴고 엔젤을 봤다. 그녀가 부동산, 즉 자기 일에 관해 말한 것은 처음이었다.

"그러면 세입자가 퇴거할 때 청소비가 안 드니까……. 너, 그거 진짜야?"

"네? 그거라뇨?"

"그 여자가 쓰는 거. 옆방 여자의 원고."

"아……."

아베 사치코를 말하는 걸까. 어떻게 알았을까. 사치코와 대화를 나눈 것이 원고가 되는 것을.

엔젤이 당황하자 미쓰코가 말했다.

"……그 여자가 하는 일은 고스란히 밖으로 새. 나쁜 인간은 아니지만 조금 맹하니까. 잘 자란 인간은 그런 면이 있지. 사람의 악의를 상상 못 해."

미쓰코의 말이 엔젤의 가슴을 찡하게 울렸다.

안다. 사치코는 나쁜 사람이 아니다. 그러나 어딘지 다르다. 여러모로 고생했다고 하지만, 그 고생은 엔젤과는 전혀 다르다. 종류가 다르고 양이 다르다.

그런데 미쓰코도 그렇다는 걸까. 부자인 미쓰코가.

"옆방에 그 사람, 원고를 쓰면 출력해서 고치고, 출력한 용지를 그대로 버려. 내 쓰레기를 버릴 때, 카트 쓰레기통에 들어 있으니까 싫어도 눈에 들어와. 그래서 통째로 다 읽었지."

"……그러셨구나."

"시간 보내기에 나쁘지 않았어. 너, 그거 진짜야?"

미쓰코가 한 번 더 물었다. 날카로운 눈동자로 바라봐서 엔젤은 시선을 피하고 싶었다. 그런데 왠지 지금은 그런 짓을 하면 안 될 것 같았다. 어느 쪽일까. 예스라고 대답하는 것과 노라고 대답하는 것, 어느 쪽이 눈앞에 선 그녀의 마음에 응하는 것이 될까.

그러다가 결정했다. 진실을 대답하기로.

"네."

"너, 그 방송에 나온 애구나."

"……네."

"그렇군……."

"우리 방송, 보셨어요?"

"열심히 보진 않았지만 가끔은. 방송이 끝났을 때도 잡지를 읽었어."

"그랬군요."

"혹시 너, 그래서 부자가 되고 싶어?"

"………네, 뭐."

"가족을 위해서 돈이 필요해?"

"아니요, 그건 아니에요."

엔젤은 그것만큼은 곧바로, 단호하게 말했다.

"가족과는 죽어도 만나기 싫어요. 혼자 살아갈 거예요. 그러니까 돈이 필요해요."

"그래?"

"우리 가족은 아무도 일하지 않아요. 일하는 방법을 몰라요. 할머니랑 할아버지도 일하지 않았으니까 그런 걸 본 적이 없어서."

"뭐, 그렇겠지."

"카바레나 스낵바에서 일하거나 아르바이트 같은 건 하는데…… 오빠도 언니도 모두 금방 그만두고 결국 집에 돌아오거나 결혼해서 또 관공서 신세를 져요. 그러기 싫어요."

"어째서?"

"……가족이 싫으니까요. 아야노코지 씨가 일하는 법을 가르쳐주시면 좋겠어요."

"어째서?"

미쓰코의 질문은 사치코보다 예리했다.

"……가족에게 더는 이용당하기 싫으니까. 아무것도 빼앗기기 싫으니까."

"그런가."

미쓰코는 그 이상 뭔가 묻지 않았다.

"가족이나 친척이 속이거나 훔치거나, 심한 짓을 하면 남에게 당하는 것보다 괴롭지. 도망칠 곳이 없으니까."

엔젤은 고개를 끄덕였다. 도망칠 곳이 없다. 정말 그 말대로다. 집 안에 도망칠 곳이 없다, 집 밖에도 도망칠 곳이 없다, 게다가 무엇보다 감정이 도망칠 곳이 없다.

"그럴 마음이 있다면 가르쳐줘도 돼."

"정말로요!"

"다만 불로소득을 얻거나 연금술 같은 걸 기대하면 안 돼. 죽을 만큼 남들보다 더 일하고, 아주 조금, 남들보다 좋은 생활을 하기. 노후에 돈 걱정 안 하기. 그 정도라고 생각하는 게 좋아."

미쓰코 본인의 노후를 생각하면 '남들보다 좋은 생활을 하기'가 정말인지는 잘 모르겠다. 그러나 어느 정도 돈이 있는 것은 확실한가 보다. 그렇다면 깊이 생각하지 않고 받아들이기로 했다.

"알겠습니다."

"그리고 한 가지, 확인해 두고 싶은 게 있어."

"뭐예요?"

미쓰코가 잠깐 생각하다가 말했다.

"너는 생활보장 제도에 부정적인 감정을 품은 것 같은데."

엔젤이 뭐라고 말하려고 하자, 미쓰코가 손을 저어 막았다.

"……아니, 네가 부모를 보면서 그런 마음이 든 것도 무리는 아니야. 거기에서 자립하려는 마음도 훌륭해. 다만 이것만은 알아두는 게 좋아. 정당한 이유로 수급한다면 생활보장 제도는 나쁜 게 아니야. 그걸 받는 사람도 나쁘지 않아. 그야 너희 부모는 부정 수급이거나 그에 가까운 일을 했을지도 모르지만, 적어도 처음 받았을 때는 그걸 받을 만한 제대로 된 이유가 있었을 거야."

"그래도 거짓말을 했을지도……."

"아니, 그걸 부정하면 너 자신이 괴로울 거야."

"제가요?"

"너 스스로나 과거를 너무 비하하지 않는 게 좋아. 부정 수급은 문제지만 정당하게 받는 생활보장 제도에 나쁜 감정이나 편견을 품었다면 나는 널 가르칠 수 없어. 부모에게 품은 원한과 생활보장은 별개라고 생각해야 해. 할 수 있겠어?"

엔젤은 작게 고개를 끄덕였다. 미쓰코의 말을 아직 완전히 이해하진 못했고 질책받은 셈이지만 자신 안의 무언가가 조금 밝아진 것 같았다.

"그럼 내일부터 시간 있을 때 와. 나도 시간이 있으면 말해

주지."

"……휴대폰 번호나 라인 아이디나 메일을 교환하면 어때
요?"

미쓰코가 고개를 저었다.

"휴대폰이 없으세요?"

"휴대폰은 있어, 일단은. 하지만 몇 년이나 전원을 켜지 않
았고, 아무에게도 번호를 알려주기 싫어."

도대체 그런 휴대폰이 뭘 위해서 존재할까.

"너도 그렇게 쉽게 자기 정보를 남한테 드러내면 안 돼."

"알겠습니다."

"자, 이제 그만 가 봐. 야마다도 슬슬 이상하게 여길 테니
까."

"네."

"그래도 여기에서 들은 말은 아무에게도 말하면 안 돼. 조금
이라도 그런 티가 나면 더는 말하지 않을 테니까. 나는 아베
같은 맹한 여자와 달라."

"알겠습니다."

엔젤이 방에서 나가려고 했을 때, 미쓰코가 마지막으로 말
했다.

"……네가 가족을 위해 돈을 벌고 싶다고 했다면 아마 안 가르쳤을 거야."

그러더니 아주 조금 미소를 지었다.

✤ 5 ✤

"그래서 너, 지금 저축이 얼마나 있지?"

미쓰코의 방에 가자, 그녀는 침대 끝에 아담하게 앉아 있었다. 엔젤이 방 한쪽에 있는 의자를 그녀 앞으로 가지고 오자 그렇게 물어보았다.

"어, 저축……?"

놀라서 의자를 운반하던 손이 멈췄다.

"그래, 저축."

미쓰코는 자기 손을 가랑이 근처에 얹고 아무렇지 않게 바라보았다.

"저축이 뭐냐면 돈이야. 쓰지 않고 은행에 그냥 넣어 둔 돈."

그녀가 어린애에게 들려주는 것처럼 반복해서 설명했다.

"……없는데요."

있을 리 없다. 그러니 부자가 되는 방법을 알고 싶다고 한 거잖아. 그런데 미쓰코가 다시 말했다.

"금액을 제대로 말해. 10이든 20이든 부끄러운 것 없으니까 정확한 금액을 말하라고. 겸손 떨지 않아도 돼."

"그러니까 없어요."

"현금이 아니라도 돼. 주식이나 투자 신탁이나, 금융 자산도 포함해도 되니까."

"……금융 자산이 뭐예요?"

"그러니까 주식이나 투자 신탁……."

거기에서 미쓰코가 크게 한숨을 쉬었다.

"정말 없는 거네?"

"그러니까 없다고 말씀드렸잖아요."

"정기 예금도 보통 예금도."

"……네."

"정기 예금이 뭔지는 알아?"

"……아마."

어중간하게 고개를 끄덕이자, 속내를 알아차렸는지 미쓰코가 설명했다.

"몇 개월이나 1년, 기간을 정해서 맡기고, 그동안은 찾지 못하지만 금리가 조금 높은 게 정기 예금이야. 한 적 있어?"

엔젤은 고개를 저었다.

"아마 없어요."

"은행 계좌는 갖고 있지?"

"아르바이트 월급이 들어오는 게 은행 계좌죠?"

"혹시 집에 현금을 그냥 두고 있어?"

"……서랍에 아베 씨한테 받은 5천 엔 정도는 있어요."

"은행 계좌에는 지금 얼마나 있어?"

"글쎄요…… 1만 엔 정도일까요."

"자기 계좌에 든 금액도 몰라?"

엔젤은 말없이 어깨를 움츠렸다.

"은행은 매번 기장하러 가고?"

"기장? 기장이 뭐예요?"

미쓰코가 한 번 더 한숨을 쉬었다.

"전에 카바레에서 일했잖아. 그때는 어떻게 했어?"

"어떻게라니……."

"카바레에서 제법 벌었을 거 아냐? 그 돈은 어떻게 했어."

"어떻게라뇨…… 평범하게 썼어요."

도대체 이 사람이 무슨 말을 하는지 의아해하며 대답했다.

"카바레에서는 얼마쯤 돈을 받았어?"

"음, 25만 엔 정도인가."

"응? 그것뿐이야? 그런 곳은 더 벌 수 있잖아?"

"벌 수는 있어요. 일급이 대충 2만 엔 정도니까."

"그런데 25만 엔?"

"일주일에 3, 4일만 나갔고, 이것저것 제하니까……. 드레스
는 가게에서 빌렸는데, 대여비로 1회에 1천 엔이 나갔어요.
그리고 머리도 가게에 미용하는 여자가 있어서 그것도 2천
엔을 냈으니까."

"왜 매일 일하지 않았어?"

"그야 귀찮으니까요. 일할 사람이 많을 때는 전화로 안 와도
된다고 할 때도 있었어요."

미쓰코가 입을 다물어서 허둥지둥 말을 보탰다.

"그래도 그 정도만 일해도 25만 엔이나 받는 건 다른 일과
비교하면 많은 편이었어요."

"그렇겠지."

미쓰코는 벌써 몇 번인지 모를 깊은 한숨을 쉬었다.

"그때, 예를 들어 한 달이 끝나고 다음 월급을 받기 전에 은행 계좌에 얼마쯤 돈이 남은 적 없었어? 1만 엔이든 몇천 엔이든."

엔젤은 고개를 갸우뚱했다.

"없었을 거예요."

"지금은?"

"지금은 더 없어요. 늘 빠듯해요. 월급 전날이면 지갑에 1천 엔 정도 있어요."

"도대체 어디에 써?"

"글쎄요, 그냥 쓰다 보면 사라져요."

미쓰코는 한동안 눈을 감았다.

"어렵겠네."

"네?"

"도저히 무리야. 그런 상태로는 부자가 되는 건 절대로 불가능해. 뭘 하든 종잣돈이 필요해. 얼마간 가진 돈이 있어서 그걸 늘리는 게 투자야. 종잣돈이 0이면 아무리 곱해도 영원히 0이잖아."

엔젤은 고개를 갸웃거렸다. 그런 걸 수학 시간에 배운 것 같다. 그러나 수학은 잘 못했다.

"3백만까지 돈을 모으거나 어디든 회사에 정규직으로 취업하고 와."

"네!"

무심코 큰 소리를 냈다. 3백만이라니. 그런 거금, 구름 위의 숫자다.

"그건 못 해요. 3백만이라니……."

"종잣돈만 필요한 게 아니야. 그만큼 돈을 벌고 모을 수 있을 것, 어느 정도 참을성이 있고 돈 개념이 있는 인간이 아니면 앞으로 뭘 가르쳐도 소용없어."

미쓰코의 목소리는 오히려 다정해졌다. 정말 아이에게 가르치는 것처럼. 그래도 엔젤에게는 날카롭게 들렸다.

"최소한 1백만 엔은 있어야지. 가능하면 둘 다 필요해. 돈도 정규직 신분도."

"그건…… 무리예요."

"도쿄의 상장 회사에 정규직이 되라는 게 아니야. 정규직이기라도 하면 어디든 괜찮아. 그렇지 않으면 융자가 안 나와."

상장 회사, 융자, 그게 뭔지 잘 모르겠다.

"어때, 역시 너한테는 무리지."

미쓰코의 목소리가 점점 더 다정해졌다.

"들어 봐, 나는 절대로 심술을 부리는 게 아니야. 사람은 타고난 천성이 있어. 그 이상의 일을 해도 성공은 못 해. 앞으로 네가 괜한 노력을 해서 몇 년을 무의미하게 보내도 아무것도 이루지 못할 수도 있어. 그러면 시간이 아깝잖아. 지금 몇 살이지?"

"스물넷이요."

"그럼 젊음을 이용해서 누구든 괜찮은 사람과 결혼하는 게 좋아. 앞으로 나랑 같이 몇 년을 노력해도 성공할지 불확실하니까."

"결혼은 안 해요. 가족도 필요 없어요."

"그래도!"

미쓰코는 엔젤을 다그쳐 의자에서 일으켜 세웠다. 그러더니 문 쪽을 향하게 다정하게 등을 밀었다.

"자, 오늘은 그만 가라."

열심히 저항했지만 어느새 엔젤은 방에서 쫓겨나 복도에서 있었다. 터벅터벅 걸어 호텔 밖으로 나왔다. 프런트에 있던 사원이 도중에 말을 걸었으나 제대로 대답도 못 했다.

역으로 가는 길, 뺨이 젖은 것을 알아차렸다. 이 반년간의 시간은 도대체 뭐였을까.

"야마다 씨는 여기 정규직이 될 생각은 없어요?"

다음 날, 휴게실에서 밥을 먹을 때, 엔젤은 주변에 들리지 않게 조용히 물어보았다.

방에서 나왔을 때는 멍했고 집에 와서는 화도 났지만, 문득 호텔 프론의 청소 일을 시작하기 전, 모집 벽보에 '정규직 등용 제도 있음'이라는 문구가 있었던 게 생각났다.

아침에 출근해서 여전히 프런트 옆에 붙은 모집 요강을 다시 읽었다. 정말 '정규직 등용 제도 있음'이라고 작게 적혀 있었다.

"응? 정규직? 내 나이에는 무리야."

"그래요? 나이 제한에 대해 따로 적혀 있지 않았는데."

"벌써 마흔을 넘었으니까."

"뭐, 그건 그렇지만."

"물론 남편이 죽고 일을 찾을 때, 정규직 자리도 찾았어. 헬로워크˚에서도 찾았고. 그런데 전부 안 됐어. 요즘 구인 광고

• 고용복지센터와 비슷하게 취업 상담, 지원 등을 하는 일본의 국가 기관

에는 나이를 자세하게 적지 않잖아. 그건 위반이라면서. 그래도 사실은 마흔 살 이상은 모집하지 않아. 면접을 봐도 떨어질 뿐이야. 몇십 군데나 면접을 봤는데, 친절한 인사 담당자가 알려줬어. '이거는요, 요즘은 엄격해서 나이나 성별을 적지 않는데 사실 마흔 넘은 여성을 채용할 생각은 없어요'라면서. 그러니까 미안하다나. 제대로 적어주는 게 낫지. 시간 절약이 되고."

"그렇군요? 그래도 여기라면 괜찮을지도요. 야마다 씨, 중요한 일을 맡았잖아요."

"어떠려나."

야마다는 고개를 기울였다.

"그러고 보니 여기에서 정규직이 되겠다는 생각도 안 해봤어. 어차피 안 될 거라고 포기했으니까."

"그래도 여기라면, 야마다 씨는 젊잖아요."

엔젤은 조심스럽게 주변을 둘러보며 말했다. 방 중앙에서 미카미 다미코를 비롯한 할머니들이 여전히 큰 소리로 떠들고 있었다. 여기에서 엔젤 다음으로 젊은 사람은 야마다다.

"으음."

그런데 야마다는 더욱 크게 고개를 기울였다.

노인 호텔

"그렇게 적은 것도 성별 조건을 쓰지 않는 거랑 마찬가지로 규칙이어서 아닐까? 회사에 그럴 마음이 진짜 있는지는."

"아하."

"정규직이 된다고 뭐 좋은 게 있나."

"네?"

"지금도 일한 만큼은 받을 수 있고, 정규직이 되면 야근도 있잖아. 뭐, 보험이나 복리후생이 좀 더 확실해지면 아들한테 도움이 되려나."

솔직히 복리후생이니 뭐니 엔젤은 잘 몰랐고 아무래도 좋았다.

"그래도 지금 잘하고 있으니까 사원들한테 말을 꺼내기 어려워. 만약 안 된다고 하면 어색하잖아."

"아, 그건 그렇겠어요."

"뭐, 생각 좀 해볼게."

야마다는 별로 내키지 않는다는 듯이 도시락 뚜껑을 꼭 닫았다.

자기도 모르게 한숨이 나왔다.

"응, 왜 그래? 히무라 씨, 정말 정규직을 노려?"

"아니요, 그러면 어떨지 물어봤을 뿐이에요."

엔젤은 허둥지둥 손을 저었다. 왠지 이런 걸 솔직하게 말하기 어려웠다. 뭔가 부끄럽다. 야마다에게도 자기가 뭘 바라는지 말하지 못하는데 정규직이 될 수 있을 리 없다고 생각했다.

"정규직이 되고 싶으면 여기보다 다른 곳을 생각하는 게 빠를지도?"

휴게실에서 나와 복도를 걸으며 야마다가 말했다.

"간병이라든지."

"네?"

"간병이라면 아르바이트로 일하면서 자격도 딸 수 있고, 또 정규직으로 들어갈 수 있대. 일자리도 많이 있고."

"그래요? 야마다 씨는 생각한 적 없어요?"

"솔직히 생각한 적 있어. 헬로워크에서도 권했고. 아이가 어렸으니까 야근은 못 할 것 같았고, 여기에서 일이 잘 풀렸으니까 지금은 생각 없는데 장래에는 있을 수도 있겠지. 나한테 잘 맞는지는 모르지만, 지금 일도 간병이랑 다르지 않은 면도 있고."

"하긴, 그러네요."

고개를 끄덕이며 가슴속에 '간병'을 새겼다. 자신이 그 일을 잘할 수 있을지는 모르지만 그런 길도 있겠다고 생각했다.

며칠 뒤, 쓰레기를 수거하러 일단 미쓰코의 방문을 두드리자, 그녀가 고개를 내밀었다.

"쓰레기를……."

작게 고개를 끄덕이고 쓰레기통을 내밀었다.

"아야노코지 씨, 저기."

쓰레기통을 받고 엔젤이 입을 열자, 예상했다는 듯이 미쓰코가 빠르게 말했다.

"오늘, 일 마친 다음에 와."

"어, 괜찮아요?"

"시간 없으면 됐고."

"갈게요!"

그걸 끝으로 문이 쾅 닫혔다.

일을 마치고 다시 문을 두드리자 미쓰코가 열어주었다. 의자에 앉으라고 권했다. 거기 앉자 미쓰코가 곧바로 말했다.

"공평하지 않은 것 같아서."

"네?"

"네 이야기……, 그 여자가 쓴 걸 또 읽었어. 가장 최근 거."

그건 아마도 엄마가 엔젤에게 거짓말을 강요한 이야기일 것 같았다.

"그래서 역시 이대로 그만두는 건 공평하지 않다고 생각했어. 너는 아무것도 모르지만 그건 네 잘못이 아니지. 지금까지 아무도 알려주지 않았으니까."

"……네."

미쓰코는 잠깐 생각에 잠기더니 다시 물었다.

"지금은?"

"네?"

"지금 월급은 얼마지?"

"15만 엔 조금 안 되는 정도요."

"그래. 음, 요즘 세상에 여자 혼자라면 나쁘진 않군."

"네."

"그래서 그걸 매일 뭐에 써? 15만 엔이나 받으면 조금은 남잖아."

"그게 쓰다 보면 사라져요."

"그럼 어디에 쓰는지를 생각해 봐."

미쓰코는 호텔에 비치된 책상으로 가더니 호텔 메모장과 볼펜을 집었다. 엔젤 쪽에 테이블이 없는 걸 알고 책상 의자를 두드렸다.

"이리 앉아."

"아, 네."

책상 앞 의자에 앉자, 미쓰코가 엔젤에게 볼펜을 쥐게 했다.

"메모장에 적어 봐. 직접 쓰지 않으면 머리에 잘 입력되지 않으니까."

"네."

"여기에 월급 15만 엔이라고 적어."

미쓰코는 메모장 제일 위를 가리켰다.

월급 150,000

"그래. 그래서 집세는?"

"월 6만 5천 엔이요."

"뭐라고! 너무 비싸잖아! 사이타마에서 여자 혼자 살잖아?"

"네. 카바레에서 일할 때 옮기고 그냥 살고 있어요. 역에서 가까운 맨션……."

"맨션? 연립주택이 아니라? 사치네. 나는 맨션 한 동을 몽땅 소유한 적도 있지만 내가 맨션에 산 적은 한 번도 없어. 몇 년

됐는데? 도보 몇 분?"

"4분이요. 몇 년은…… 신축은 아니었을 거예요. 처음 살았을 때 5년 정도 됐나. 신축이 아니라고 클럽 사람들이 많이 놀렸으니까."

"그럼 지금은 10년인가, 거의 신축이나 마찬가지네. 넓이는?"

"1.5룸인데 욕실과 화장실은 따로예요."

"흐음."

"비싼 건 맞는데 이사할 돈도 없어서."

미쓰코가 눈을 감고 크게 한숨을 쉬었다. 또 "그만두자"라고 말하고 싶어 하는 것처럼 보였다.

그런데 눈을 뜨더니 그저 메모장을 손가락으로 두드렸다.

"그럼 그 아래에 적어. 집세 6만 5천이라고."

집세 65,000

"다른 고정비는?"

"고정비가 뭐예요?"

"매달 반드시 나가는 돈. 월세 외에 휴대폰이나 보험이나 연금."

"휴대폰 요금은 1만 엔 정도요."

미쓰코는 또 미간을 찌푸렸으나 뭐라고 말하지 않고 메모장을 또 두드렸다. 하나하나 쓰라는 소린가 보다.

```
휴대폰 요금 10,000
```

"보험은? 건강보험은 들었어?"

"……아마 안 들었을걸요."

"보험증 없어?"

"네."

"그럼 아플 땐 어떻게 해?"

"그냥 감기약을 사거나. 자주 아프지 않아요."

그건 정말이면서 거짓말이기도 했다. 겨울이면 툭하면 감기에 걸리고 매일 왠지 모르게 몸이 무겁다. 날씨가 안 좋으면 두통이 있다. 중학교 건강 검진 때 빈혈 진단을 받은 적도 있다. 그러나 몸 상태가 늘 안 좋으니까 인생은 원래 그런 줄 알았다.

"여기 입사할 때, 파견회사에서 묻지 않았어?"

"음, 뭔가 물어봤는데 뭔지 이해를 못 했어요. 모르겠다고 했더니 그럼 괜찮겠다면서 넘어갔어요."

"그래. 회사는 파견 종업원의 건강보험은 부담하기 싫을 테니까 모르는 척했겠지. 뭐, 나도 남한테 뭐라고 할 순 없지만."

"보험, 없으세요?"

"그래, 이제 됐어. 나는 여기에서 죽을 생각이니까. 병원에도 안 가고."

말하는 내용보다 전부 포기한 듯한 말투에 놀라 미쓰코의 얼굴을 봤다. 엔젤의 시선을 알아차린 그녀는 얼굴을 찌푸리고 "쯧" 하고 혀를 찼다.

"그렇다면 당연히 연금도 안 내겠네."

"……아마."

"네 부모 이야기가 사실이라면 생활보장을 받는 동안은 아마 연금 납부가 면제일 텐데, 스무 살을 넘어서 부모와 산 적은 없어?"

노인 호텔

"없어요."

"그럼 공적 연금은 없음. 뭐, 됐어, 그런 건 정규직이 되면 어디서든 해결해 주겠지."

미쓰코가 가볍게 고개를 끄덕였다.

정규직은 그런 것도 해결해 주나, 하고 엔젤은 생각했다. 꼭 요술 방망이 같다.

"……저기, 청소 회사의 정규직이 되는 건 어떻게 생각하세요?"

"응? 여기 청소?"

"네. 일단 정규직 등용 제도가 있다는데…… 또 간병 일도 있다고 야마다 씨가 가르쳐줬어요."

"제법인데? 어느 쪽이든 좋지. 그리고 너는 아직 젊으니까 헬로워크에 가면 일자리가 하나쯤은 있지 않겠어?"

"……그런데 고등학교도 중퇴여서."

"아아, 그랬지. 그래도."

미쓰코가 음음, 하고 고개를 끄덕였다.

"예전부터 네 이야기를 듣고, 그 원곤지 뭔지를 읽으며 생각했는데, 너는 하기도 전부터 많은 걸 포기하더군. 어차피 안 된다면서. 하지만 사실은 해본 게 별로 없지?"

엔젤이 반박하려고 하자 미쓰코가 손을 들어서 막았다.

"아니, 너 같은 사람은 지금까지 많이 봤으니까 변명은 안 해도 돼. 게다가 이 세상에 사는 인간 대부분이 그러니까. 하지만 어차피 안 되니까 안 한 게 아니라 사실은 귀찮았겠지."

변명할 말이 없어서 고개를 숙였다.

"그래도 너는 여기 오려고, 적어도 이 아르바이트에 응모해서 나한테 접근했어. 편하게 부자가 되고 싶어서."

미쓰코는 후후후 웃었다.

"그 행동력은 인정하지. 그러니 조금만 노력해 보자고. 밑져야 본전이니까 일을 찾아봐."

"……여기 정규직 일이 안 된다고 하면 어색해질지도 모르고……, 또 부끄럽고."

"부끄러워? 너한테 부끄럽다는 개념이 있는 줄 몰랐네. 어려서부터 인생을 죄다 노출해서 돈을 벌고, 그래도 부족해서 기초생활보장 급여까지 뜯어낸 부모가 키웠는데. 그런 면은 어머니한테서 좀 배워."

엔젤은 자기도 모르게 살짝 웃었다. 이런 데서 엄마가 나올 줄 몰랐다.

"부끄러운 게 싫으면 지금 여기에서 그만둬. 미리 말해 두는데, 그 정도로 부끄러운 건 금방 잊을 만큼 앞으로 힘든 일이나 부끄러운 일이 기다리니까."

"어어, 정말요?"

"제로부터 돈을 번다는 건 그런 거야. 각오해 둬."

그러더니 미쓰코는 또 엔젤 손 앞의 메모장을 손가락으로 두드렸다.

"자, 계속해. 이게 제일 큰 난관인데 이걸 제패하면 남은 건 편하니까."

"뭔데요?"

"식비야. 매일 뭘 먹고 살아?"

"그러니까 별로, 특별하게 돈을 쓰는 건 아닌데요."

혼자서 외식은 안 하고, 밖에서 술을 마시는 습관도 없다. 호스트 클럽은 호스티스로 일하던 시절에 몇 번 갔는데, 전혀 흥미가 생기지 않았다. 경박한 말을 하는 그들이 아빠나 오빠들과 닮아서 무서웠다.

"그럴 때는 하나하나 떠올릴 수밖에 없지. 아침엔 뭘 먹어?"

"빵……일까요."

"식빵?"

"아니요, 그 편의점 샌드위치나 간식 빵 같은 거……."

"오늘은 무슨 빵을 먹었어?"

"어어……, 햄이랑 양상추 샌드위치, 그거 좋아해요. 그리고 신제품으로 매콤한 카레빵이 있어서 그걸 샀어요."

"그럼 두 개가 400엔 정도인가?"

"맞아요."

"어제 아침은?"

"어어…….."

잘 생각나지 않았는데, 미쓰코가 계속 다그쳐서 역시 생크림이 듬뿍 든 신제품 크림 멜론빵과 큼지막한 돈가스가 든 빵을 먹은 것이 생각났다.

"그것도 두 개가 400엔 정도겠네?"

"네."

"그럼 아침은 매일 400엔 정도군. 점심은?"

"점심도 역시 편의점에서 주먹밥이랑 반찬 같은 걸 사요. 도시락을 먹을 때도 많고요. 파스타나 메밀국수일 때도 있고."

"400~500엔 정도네."

"네."

"음료는?"

"매일 아침 편의점에 갔을 때 한 병쯤 사요. 그래도 편의점

브랜드일 때가 많아요. 조금 저렴해서."

나도 그렇게 낭비만 하진 않는다는 표정으로 미쓰코를 봤는데, 그녀는 벌레 씹은 듯한 표정을 바꾸지 않았다.

"저녁은?"

"저녁도 편의점이나 마트 도시락일 때가 많아요. 마쿠노우치 같은 거."

"그럼 대충 500엔 정도네. 외식은 안 해?"

"라면 가게라면 혼자서도 가는데 다른 데는 좀 어려워서요."

"라면이라도 800엔은 하지. 일주일에 몇 번쯤?"

"한 번이나 두 번쯤."

"밤에 집에서 술을 마셔?"

"저녁 도시락을 살 때 스트롱제로를 사요. 그래도 별로 안 비싸요. 100엔 정도이고 금방 취해서……. 저, 그렇게는."

계속 변명하려고 했는데 미쓰코가 막았다.

"휴대폰 꺼내."

미쓰코는 엔젤에게 계산기 앱을 열어 계산하라고 시켰다.

"아침이 400엔, 점심이 음료 포함 500~600엔, 저녁이 500엔에 술 100엔."

"하루에 1천 600엔 정도네요."

사실은 좀 더 적게 들 때도 있다고 엔젤은 내심 생각했지만, 화낼 것 같으니까 말하지 않았다.

"거기에 30을 곱하면?"

"4만 8천 엔이요."

"소비세를 추가하면? 한꺼번에 8퍼센트로 계산해 봐."

"……5만 1천 840엔이요."

"거기에 아마 라면을 네 번은 먹었겠지. 3천 200엔에 소비세 포함해서 3천 520엔을 더해 봐."

미쓰코는 계산기도 없이 척척 계산했다.

"5만 5천 360엔이요……."

숨을 삼켰다. 5만 엔 넘게 식비로 쓰는 줄 몰랐다.

"월세 6만 5천 엔에 식비가 5만 5천 360엔이면 그것만으로 12만 360엔, 거기에 휴대폰 요금이 1만 엔, 남는 건 2만 엔도 안 돼. 그러니 월급날 전에 돈이 떨어지지."

자기도 모르게 한숨이 나왔다.

"이대로는 안 돼. 이사해야겠어. 하지만 이사할 돈도 없지? 그러면 먼저 식비부터 줄여야지."

그러더니 엔젤에게 다음에 올 때 사서 오라고 메모를 건넸다.

노인 호텔

"오랜만이네."

사치코가 눈을 가늘게 뜨면서 엔젤을 바라보았다.

"그런가요?"

혹시 뭔가 알아차렸나 싶어 엔젤은 시선을 내리깔았다.

"지난주에 보고 지금 보니까 오랜만이지."

"아아."

사치코는 별다른 함의 없이 평범하게 인사한 것을 알고 안심하고 고개를 들었다.

오늘 과자는 역 빌딩에서 산 애플파이였다. 갓 구워서 판다고 인기 있는 가게여서 반죽이 바삭바삭했다.

"맛있어요."

무심코 말하자 그녀가 "이런 서양과자를 좋아하는구나" 하고 웃었다.

"그래도 애플파이는 가을이나 겨울의 과자니까 제철이라고 할 수 있네."

사치코와의 이야기도 종반에 접어들었다.

방송국에서 취재하러 오던 시절과 그 후 초등학교와 중학교 시절은 거의 끝났으니까, 고등학교 진학과 퇴학, 그리고 집을 나와 지금에 이르는 이야기가 남았다.

지금까지 말하는 흐름으로 나와서 고등학교 시절과 카바레 시절도 설명한 적 있는데, 시간 경과에 따라 제대로 말한 적은 없다.

"고등학교에 입학은 한 거지?"

사치코가 확인하듯이 물었다.

"네. 우리도 고등학교는 갈 수 있어요."

"그래."

"고등학교는 시험에서 한 글자도 못 써도 이름만 쓸 수 있으면 들어간다고 유명했던 공립이었어요. 물론 공통 시험은 쳤을 텐데, 아마 하나도 못 풀었을 거예요. 그래도 들어갔어요."

"그런 학교에 다니는 학생은 다들 불량해?"

사치코는 엔젤의 인생을 듣기 위해서가 아니라 자기 호기심에서 나온 듯한 질문을 했다.

"불량한 사람이 많은데 그렇지 않은 사람도 꽤 있었어요. 그래도 그런 쪽은 죄다 우울해 보이는 사람들이에요. 그런 사람들끼리 모이는데, 어느새 학교에 안 오더라고요. 그만두는 사람이 많아요. 저는 어느 쪽 그룹에 들어갈지 고민하는 사이에 안 가게 됐어요."

"왜 그만뒀어? 또 방송 얘기가 나와서?"

"잘 기억은 안 나는데, 전혀 즐겁지 않아서. 방송 얘기는 별로 없었어요. 고등학생들은 다른 사람한테 별로 흥미가 없어 보였어요. 일부 불량한 애들끼리 뭉쳐서 반에서 활개 치는 분위기였는데. 그런 애들은 수업하는 선생님한테도 수업 때마다 시비를 거니까 선생님들도 그런 애들한테 시달려요. 수업이 전혀 안 됐어요. 그건 괜찮은데, 아무튼 학교 전체가 어수선했고 친구도 안 생겨서……."

"그만둔다고 하고 그만둔 거야?"

"아니요, 1학년 여름방학이 끝나고 그냥 학교에 가기 싫어서 기분이 안 좋다고 쉬었는데, 계속 안 가다가 그대로 그만뒀어요."

"……부모님이 뭐라고 하셨니?"

"학교에 가란 소리는 안 했는데, 학교를 그만둘 거면 집에서 나가야 한다고 툭하면 말했어요. 그건 위에 언니나 오빠를 봤으니까 이미 알고 있었어요. 집도 별로 좋아하지 않으니까 어디든 가버릴까, 하고 생각했었죠."

"집을 나온 건 언제고?"

"해가 바뀌었을 때쯤. 학교를 그만두고 빈둥거렸는데, 설날이 지나고서 엄마가 '이제 더는 집에 못 둔다'라고 말했어요.

민생위원을 더는 속이지 못한다고요."

"가족이 뭔가 해줬니?"

"어떻게 할 거냐고 묻긴 했는데 그것 말고는 아무것도요. 아, 아빠가 파친코라면 기숙사가 있는 곳도 있다고 했어요. 그래도 알아보니까 열여섯 살은 써주지 않고, 모집 요강을 봐도 고졸 이상이었으니까."

"그래서 어떻게 했어?"

"결국 먼저 집에서 나간 가브리엘 언니한테 갔어요. 달리 갈 데가 없으니까. 가브리엘 언니가 전에 일한 적 있는 걸스 바를 알려줬어요. 카바레에서 테이블에 앉는 건 열여덟 살 이상이어야 하는데, 걸스 바는 카운터에 서니까 열여섯 살도 괜찮다고 해서요. 그런데 별로 나이 확인도 안 한 것 같아요. 또 가게 안쪽에 소파 자리도 있어서 거기 앉은 적도 있어요."

"카바레는 말을 잘 못하니까 별로 좋아하지 않았다고 전에 말했지."

"그래도 걸스 바는 분위기도 그렇고 다들 어려요. 손님도 어린 걸 노리고 오니까 말하는 게 서툴러도 괜찮아서. 그중에서도 열여섯 살은 더 어리고, 점장이 열다섯 살이라고 해도 된다고 했으니까, 아무 말도 안 해도 찾아와 주는 손님이 제법 있었어요."

"시급은?"

"2천 엔. 카바레보다는 싼데 그냥 카운터에 서서 술만 만들면 되니까 편하고 제법 받으니까 별로 싫지 않았어요."

"그런데 그만뒀네."

"열여덟 살을 넘었더니 손님이 차츰 안 붙어서…… 열아홉 살이 됐을 때, 점장이 이제 카바레에 가라고 권했어요. 가게에 보조 마담 이외에 스무 살 이상인 사람은 없었으니까 어쩔 수 없었죠."

"흐음."

"저는 나이 먹어 보이는 얼굴이고 못생겼으니까, 열여덟 살이라고 거짓말해도 안 통해서. 예전부터 오던 사람은 다 알고요."

"그렇군. 그래서 카바레에."

"진짜 최악이었어요. 남자랑 말하는 것도 싫고, 술도 조금밖에 못 마시고. 걸스 바 애들보다 다들 심술궂어요. 파벌도 엄청나고. 별로 지명을 못 받는 저 같은 애는 적당히 출근해서 일급만 받으면 된다고 여기고 일했어요."

"가브리엘 씨와 사는 건 어땠어?"

"언니는 가끔 애인을 사귀어서 집에 데리고 오기도 했으니까 그럴 때 조금 껄끄럽긴 했는데, 달리 갈 곳도 없으니까 계속 있었어요. 그런데 제가 카바레에서 일하면서 전보다 벌이가 좋아졌을 무렵에 언니가 다른 동네 카바레에서 일하는 종업원이랑 사귀기 시작했고 그 사람이 집에 굴러들어 와서 '이제 그만 좀 나가라'라고 했어요. 그래서 지금 집을 찾았어요."

"오미야의 집이지."

"네. 어쨌든 맨션이고 그때 5년 된 1.5룸, 6만 5천 엔이요. 역에서 4분 거리라 마음에 들었는데, 그때 카바레 애들은 다들 무리해서 좋은 곳에 사니까 5년이나 된 집이라고 다들 무시했어요."

"그래도 다른 사람들도 월급은 비슷하게 받았을 거 아니야. 그런데도 잘도 돈을 냈네."

"확실하게 말하진 않았는데 아저씨랑 사귀지 않았을까요."

"⋯⋯사귀다니, 그, 돈을 받으며 사귄다는 소리야?"

사치코가 조심스러워하며 물었다.

"아마도⋯⋯. 다들 그런 건 감추고, 집이 원래 잘산다던가 애인이 부자라고 하는데, 사실은 그랬을 거예요. 월급은 25만 엔 정도인데 그거랑 값이 비슷한 명품 가방도 경쟁하듯이 샀으니까."

"그랬어?"

"물장사는 결국 허세의 세계예요. 다들 허세를 부리죠. 부자 손님, 부자 본가, 부자 애인…… 자기 배경에 그런 게 달린 것처럼 굴어요. 그러니까 미네아폴리스처럼 나서서 넘버 원이 되는 사람은 역시 대단해요. 성격은 나빴지만."

"미네아폴리스?"

엔젤은 예전에 가게 넘버 원이었던 미네아폴리스 이야기를 했다.

"호오, 그런 사람이 있었구나……. 그래서 히무라 씨는 열아홉 살부터 지금 이 일을 할 때까지 계속 같은 카바레에 있었어?"

"아니요. 거기도 3년 정도 다니다가 그만뒀는데, 억지로 그만뒀다고 해야 하나."

"이유는?"

"저처럼 의욕 없는 호스티스는 역시 젊은 게 중요하니까……. 일이 점점 줄어서, 점장이 매일 라인을 보내서 '오늘은 출근해'나 '안 와도 돼'라고 했어요. 그런데 안 와도 되는 날이 주에 세 번, 네 번이어서, 그걸로는 먹고살 수 없으니까 점장한테 말했어요. 좀 더 자주 출근할 수 있게 해달라고. 그랬더니 한 시간쯤 설교를 들었어요. 나이도 먹었고 얼굴도 평범하니까 열심히 안 하면 안 된다고 대놓고 말했어요. 그런데 일이 줄었으니까 열심히 할 수가 없어서. 그래서 마지막에는 일주일에 한 번쯤 가다가 자연 소멸. 그 후로는 이런저런 아르바이트를 했어요."

"예를 들면 어떤?"

"편의점이나 러브호텔 청소나."

"아하."

"러브호텔 청소를 하는데, 거기 오너의 지인이라는 사람이 윤락 업소에서 일하라고 권했어요."

"뭐?"

메모하던 사치코의 손이 순간 멈췄다.

"갔어?"

"안 갔는데요."

"아아, 다행이다."

역시 사치코는 그런 일을 싫어하는구나.

"아마 오너가 저를 팔았을 거예요. 더 벌 수 있다고 계속해서 권했으니까. 제가 그럴 마음을 내면 분명 몇 퍼센트쯤 자기가 받는 거겠죠."

"꼭 뚜쟁이 같네."

"뚜쟁이가 뭐예요?"

"여자를 소개하거나, 윤락 업소에서 포주를 하는 사람."

"아아."

"그 윤락 업소가 어떤 곳인지 알았어?"

"네. 오미야가 아니라 사이타마에서도 더 오지였을 거예요. 그러니까 아는 사람과 만날 일은 없다고. 손님 방에 찾아가는 거요, 데리헤루°."

"……히무라 씨는 왜 그 일을 받아들이지 않았어?"

"싫었으니까."

"뭐가 싫었어?"

"모르는 사람하고 하는 건 싫어요."

사치코가 무심결에 훗 웃었다. 왠지 긴장의 끈이 풀린 듯한 웃음이었다.

다음에 올 때 사 오라고 했던 것을 봉지에 담아 문을 두드

• 일본 조어인 딜리버리 헬스의 줄임말로, 이른바 출장 성매매다.

렸다.

"제대로 사 왔어?"

"네, 이거면 되죠?"

테이블 위에 하나씩 꺼냈다.

봉지 라면, 숙주나물, 그리고 녹말, 후추였다.

"잘했네. 얼마였어?"

"음, 1천 엔 정도였나."

"응? 그렇게나 해? 너무 비싼데."

"어, 1천 엔을 내고 얼마간 거스름돈을 받았어요."

"그러니까 그게 얼마였는지 묻는 거야."

미쓰코는 엔젤에게 영수증을 찾으라고 했다. 가방과 지갑
안에는 없고 봉지 바닥에 꾸겨져 있는 걸 간신히 찾았다.

미쓰코는 영수증을 보기 전에 "라면이 다섯 봉지 한 팩에
238엔, 숙주가 19엔, 녹말이 99엔, 후추가 98엔……, 합쳐서
454엔에 소비세 36엔을 더하면 490엔……. 대충 그쯤이겠지"
하고 말했다.

엔젤은 영수증을 확인했다.

"……대단해. 거의 맞았어요. 478엔."

미쓰코가 영수증을 가로챘다.

"뭐가 틀렸지……. 아아, 녹말이 88엔이었군. 특판이었어."

"쳇" 하고 분한 듯이 혀를 찼다.

미쓰코가 지정한 마트에서 사긴 했지만 물건 가격을 거의 기억하다니 엔젤은 놀랐다.

"대단해요."

"기억하려고 해서 기억하는 게 아니야. 자연히 머릿속에 들어와. 앞으로는 영수증을 잘 챙겨 받아. 가계부를 쓰라고는 안 할 테니까. 노트 같은 데 붙여놓으면 돼."

미쓰코는 숙주 봉지 주변에 묻은 물방울 때문에 젖은 영수증을 정성껏 펴서 엔젤에게 건넸다.

"앞으로는 뭘 사면 기억하진 않아도 되니까 물건 가격을 하나씩 의식할 것. 영수증은 붙여서 나한테 보여줘."

"네."

사 온 물건을 하나씩 확인하더니 미쓰코는 책상 아래로 몸을 숙여 커다란 보스턴백 안에서 보자기를 꺼냈다.

"그게 뭐예요?"

"……비밀이야."

장난스럽게 입술 앞에 손가락을 댔다.

"원래는 방에서 취사하면 안 된다고 해서 요즘은 안 썼지만."

미쓰코가 보자기를 풀어 꺼낸 것은 전기로 요리하는 IH 쿠킹 히터였다. 거기에 냄비 하나.

"예전에 따뜻한 게 너무 먹고 싶어서 샀어."

미쓰코는 히터 위에 냄비를 얹고 물을 반쯤 담아 끓였다.

"빨리 데워지지 않지만……. 아아, 죽기 전에 딱 한 번만 더 가스로 요리하고 싶네."

혼자 중얼거리며 물이 끓자 라면의 건면을 넣어 삶기 시작했다. 몇 분 후 면이 부드러워지자, 역시 책상 아래 가방에서 꺼낸 작은 덮밥 그릇과 방에 비치된 머그잔에 나눠 담았다. 남은 물에 숙주를 넣고 라면의 수프를 넣어 녹였다. 숙주가 삶아지자 맛을 보고 "조금 더 진해도 좋아"라며 녹말을 녹여 섞었다.

냄비 안의 숙주안카케*를 덮밥 그릇과 머그잔 면 위에 부었다. 거기에 후추를 넉넉하게 뿌렸다.

"이 후추가 포인트야. 자, 먹어봐."

---

* 갈분을 물에 풀고 조미해서 걸쭉하게 끓인 양념장인데, 걸쭉하게 만든 음식을 통칭하기도 한다.

미쓰코가 장을 볼 때마다 받아 왔을 나무젓가락을 꺼내 엔젤에게 머그잔과 함께 건넸다. 조금 단단하게 삶은 면에 걸쭉하고 뜨거운 안카케 수프와 숙주가 올라갔다. 후추를 넉넉하게 뿌려 조금 매콤했다.

"어때?"

미쓰코는 자기도 면을 먹으며 물었다.

"……맛있어요."

"그렇지? 맛있기만 한 게 아니야. 채소도 들어가서 영양 만점이지. 숙주에서도 물이 나오니까 국물이 맛있어져. 게다가 걸쭉하게 했으니까 배도 부르지. 몸이 따뜻해져."

"정말 그러네요."

먹으면서 미쓰코가 또 물었다.

"이걸 1인분만 만들면 얼마인지 알아?"

"어어……."

엔젤은 뜨거운 숙주를 입에 머금고 위를 보며 눈을 굴렸다.

"우선 라면은 다섯 개에 238엔이지."

"네."

"그럼 하나는 얼마지?"

"어어……."

"모르겠으면 종이에 써서 계산해."

얼른 먹어 치우려고 면발을 빨아들이다가 입천장을 뎄다. 거길 핥으며 계산했다. 계산식을 쓰는 게 몇 년 만이더라.

"오늘은 휴대폰을 쓰면 안 되나요?"

"가끔은 직접 계산해 봐."

"……대충 47엔……."

"그래. 거기에 숙주 19엔을 더해. 아, 혼자니까 절반 가격이면 되겠네."

"그럼 대충 9엔?"

"그래. 음, 녹말과 후추는 빼도 좋아."

"47 더하기 9는 56엔."

"거기에 소비세도 더해. 신경질적이라고 생각할 수 있는데, 언제나 세금을 의식하는 게 좋아. 그건 상품 가격에 포함되는 게 아니라, 네가 국가에 납세하는 돈이라는 걸 잊지 마."

"네. 그럼 전부 해서 60엔 정도예요."

"한 끼 60엔으로 배도 부르고 영양도 있어. 500엔이나 하는 편의점 도시락을 먹는 것보다 훨씬 좋지?"

"네."

투자를 가르치기 전에 라면 조리법을 가르칠 줄은 몰랐다며 미쓰코가 엷게 웃었다.

"그리고 월급날이 되면 일단 무조건 쌀을 사. 2천 엔 이하로 5킬로그램은 살 수 있어. 그것만 있으면 아마 혼자 한 달쯤은 먹을 수 있을 거야. 돈이고 뭐고 없어도 쌀만 있으면 인생은 어떻게든 돼."

"집에 밥솥이 없어요."

"그렇다면 재활용 가게에서 사거나…… 냄비는 있나?"

"네."

"그럼 냄비로 밥하는 방법을 가르쳐주지. 익숙해지면 그쪽이 더 빠를 정도야."

미쓰코가 또 웃으며 말했다.

"너한테는 하나부터 열까지 다 가르쳐야 하네."

예전부터 아는 게 없다고 자신을 비웃는 인간은 불편했다. 불편한 것을 넘어 공포를 느꼈고 증오심까지 느꼈다. 그런데 신기하게도 미쓰코는 신경에 거슬리지 않았다.

도대체 뭐가 다를까, 엔젤은 방에서 나오며 생각했다. 손에 든 가방에는 라면 두 개와 녹말 절반을 봉지에 담아준 것이 들었다. 미쓰코가 나머지는 "강의료야"라며 챙겼다.

호텔에서 나오다가 문득 깨달았다.

그녀는 요리를 가르치며 아주 즐거워 보였다. 그래서 별로 거슬리지 않았을지도 모른다.

그 후로 엔젤은 미쓰코의 방에 가서 살림 관리법과 요리를 배우기 시작했다. 냄비로 밥을 짓는 방법과 된장국을 끓이는 방법을 배우고, 주먹밥 만드는 법을 배우고, 요금이 비싼 휴대폰 회사를 해약했다.

아침은 한 봉지 78엔인 빵과 한 팩 100엔인 달걀을 사서 토스트와 달걀프라이를 먹었다. 점심은 직접 만든 주먹밥을 먹고, 저녁은 역시 밥과 숙주, 두부와 낫토, 닭가슴살로 만든 반찬을 먹었다.

아침으로 빵을 먹는 것도 미쓰코가 추천했다.

"점심이랑 저녁은 밥을 먹고 아침은 빵을 먹으면 안 되나요?"

내내 간식 빵이나 식사 빵을 먹었던 엔젤은 아침부터 밥을 먹는 것이 번거롭고 위장도 힘들어하는 것 같았다.

"괜찮지."

미쓰코가 바로 대답했다.

"예전에 편의점이나 마트에서 장을 보면서 칼로리를 제일 많이 얻을 수 있는 게 뭔지 생각한 적이 있어."

"정말요?"

미쓰코와 대화하면서 알았는데, 그녀는 늘 뭔가 생각했다. 항상 뭔가 생각하고 필요하면 계산한다.

"뭐일 것 같아? 예를 들어 100엔으로 살 수 있는 것 중 제일 쉽게 칼로리를 얻을 수 있는 게 뭘까? 이번에는 소비세는 고려 안 해도 돼."

"음, 초콜릿이나?"

미쓰코가 설핏 웃고 "뭐, 접근법은 나쁘지 않네"라고 말했다.

"가정 시간에 배우지 않았어? 제일 칼로리가 높은 건 지방질, 즉 기름이야. 이건 1그램 9킬로칼로리로, 설탕이나 쌀에 든 당질에 배가 되는 양이야. 그러니 달고 기름이 잔뜩 든 초콜릿은 100그램 560킬로칼로리 정도지. 그렇지만 한 판에 100엔인 초콜릿은 50그램 정도만 들었으니까 280킬로칼로리뿐이야."

"그럼 기름인가요?"

"샐러드기름이나 참기름의 칼로리가 높은 건 맞는데 100엔 단위로 안 팔고, 그걸 그대로 마실 순 없지. 뭐 기름 귀신도 아니고."

"하긴."

"그러니까 여러모로 고려하면, 제일 칼로리가 높은 건 식빵이야. 그건 한 봉지에 100엔은 무슨, 마트에 가면 80엔으로도 살 수 있으면서 1천 킬로칼로리 전후야. 간단히 먹을 수 있고. 아침으로는 딱 좋지."

미쓰코는 달걀 조리법, 삶은 달걀이나 프라이나 스크램블드에그 만드는 법을 알려주었다. 엔젤의 방에 전자레인지 기능이 있는 오븐이 있는 걸 알고, 빵 위에 마요네즈로 테두리를 만들어 그 위에 생달걀을 깨트리고 구우면 끝인 달걀 토스트도 알려주었다.

자취 덕분에 식비가 극적으로 줄었다. 저렴한 통신 회사로 바꾸자 7천 엔이 남았다. 첫 달에는 3만 엔 넘게 돈이 남았다.

미쓰코는 그걸 엔젤의 은행에 정기 예금으로 넣게 했다.

"지금은 정기 예금도 이율이 시답지 않지만, 일단 손이 닿지 않는 곳에 두는 게 좋아. 그러지 않으면 무심코 쓰게 되니까."

미쓰코는 엔젤에게 정기 예금을 맡기는 방법과 그 의미를 설명했다.

"은행은 네가 맡긴 돈을 다른 사람에게 빌려주고 이자를 받아서 불리는 거야. 하지만 너처럼 월급을 받으면 금세 써버리는 사람, 즉 은행에서 돈을 빼가기만 하는 사람만 있으면 다른 사람에게 빌려줘도 불안하겠지? 그러니까 오래 예금을 넣겠다고 약속한 사람에게는 조금 돈을 많이 줘."

엔젤이 멍하니 듣고 있었더니 조바심이 나는지 "알겠어?" 하고 확인했다.

"음, 대충은요."

"정신 차려. 너도 조만간 은행에서 돈을 빌릴 거니까."

"네?"

그런 소린 처음 들었다.

"융자를 받는다는 건 그런 거니까."

엔젤이 또 고개를 갸웃거리자 이어서 설명했다.

"예를 들어 5천만 엔 하는 연립주택을 산다고 해보자. 너한테 그런 돈은 없지. 그런데 연립주택에는 방이 열 개 있어서, 방 하나에서 매달 5만 엔씩 집세를 받는다고 해 봐. 만실이면 매달 55만 엔의 이익이 나지? 그러니까 은행에 매달 집세에서 30만 엔씩 갚겠다고 약속하는 거야."

"네…… 에……."

"그러면 네 수중에 남는 돈이 얼마지?"

"……20만인가요."

"그래. 은행 융자를 받아 연립주택을 사면 너는 전혀 일하지 않아도 매달 20만 엔씩 돈을 받을 수 있어. 게다가 몇 년쯤 지나 연립주택을 팔면 또 이익이 날……지도 모르지. 잘만 하면 샀을 때보다 비싸게 팔 수도 있으니까. 그렇게 될지 어떨진 잘 모르지만. 아무튼 그게 투자라는 거야."

놀랐다. 미쓰코가 말한 부자가 되는 방법이 이런 거였구나.

"당장 사고 싶어요! 어떻게 하면 돼요?"

"그러니까 이제부터 그걸 가르쳐주려는 거잖아. 지금은 간략하게 말했는데, 연립주택을 사면 우선 세금이 발생해. 물건을 사도, 팔아도 세금이 있지. 집세를 받아도 세금이 있어. 건물이나 토지를 갖고 있기만 해도 세금이 있어. 아무튼 뭘 하든 세금을 내야 해. 그 밖에도 돈이 많이 들어. 부동산 중개업자한테도, 법무사한테도 수수료를 내야 하지. 또 건물도 점점 낡을 테니. 지붕이나 벽을 고쳐야 하거나 급탕기가 망가지거나 냉방장치가 망가지거나, 그럴 때마다 집주인의 돈이 사라져."

"아아."

"게다가 세입자가 계속 살아주는 것도 아니니까. 자기 마음대로 나가지. 그러면 지저분한 방이 남아. 보증금이나 사례금

노인 호텔

으로 고칠 수 있다 해도 요즘은 둘 다 받지 않는 방도 많고, 얼마간 금액을 받았어도 그걸로는 다 고치지 못할 때도 많아."

"으아악."

"그중에는 집세를 체납하는 세입자도 있어. 그런데 일본 법률로는 쉽게 쫓아내지 못해. 그러면 몇 달을 체납한 끝에 짐을 두고 도망치기도 해. 그 짐을 처분하는 것도 허가나 재판이 필요할 때도 있어……. 아까 한 달에 20만 엔이나 생긴다고 했지만 실제로는 별로 남지 않아."

"그럼 안 되잖아요."

미쓰코가 후후 웃었다.

"그렇지. 그러니까 이익이 날 법한 물건을 찾고 세입자를 골라야 해."

미쓰코가 자세를 바로 했다.

"심한 사례만 말했지만, 누가 뭐래도 부동산은 돈을 벌어. 그렇게 많이는 못 벌어도 그럭저럭 벌지."

"왜 다들 안 할까요?"

"잘 모르니까. 대부분 사람은 인생이나 돈을 부감해서 못 봐. 눈앞의 돈만 따라가려고 하지. 게다가 세상 사람들은 돈이 별로 없어. 너처럼."

엔젤은 미쓰코의 말을 전부 다 이해하지는 못했다. 그래도 궁금한 것을 물어봐야 했다.

"은행이 빌려줄까요? 저 같은 사람한테."

"그러니까 신용을 쌓아야 해. 돈을 빌려줬을 때 제대로 갚는 인간이라고 상대에게 알려주는 거야. 정규직이 되는 것도 그 방법이지. 매달 정해진 월급이 들어오는 제대로 된 인간이라는 증거지."

"아하, 그런 거였군요."

"아무튼 앞으로 지금처럼 매달 돈을 모으고, 우선은 이사부터 하자. 여기에서 얼마쯤 가면 B역이 있지."

미쓰코가 말한 역은 안다. 그 역에 내린 적은 없다.

"네."

"거기는 예전에 도쿄의 모 대학 교양학부가 있었는데, 요즘은 학생수가 줄어서 도내로 이전했어. 학생을 노리고 세운 원룸 연립주택이 발에 챌 만큼 비어 있으니까 거길 빌려. 아마 역에서 조금 먼 곳이라면 그럭저럭 최근에 지어진 방을 2, 3만 엔이면 빌릴 수 있으니까."

미쓰코가 시원시원하게 말했다. 부동산 이야기가 나오자 갑자기 말투에 생기가 넘쳤다.

"그렇게 싸요?"

"응. 그러니까 그렇게 대학이나 회사 같은 큰 거에 기댄 투자는 하면 안 돼. 그게 사라지면 순식간에 쓰레기가 되니까……. 뭐, 너는 그런 걸 잘 이용해서 거기에서 배우면 돼."

"네."

"이번 달에는 먼저 3만 엔을 저금해. 월급을 받으면 먼저 적금부터 넣는 거야. 이런 걸 선저축이라고 해. 3만 엔은 없다고 치고 살아야지."

"그럴 수 있을까요?"

"할 수 있을 거고, 그렇게 안 하면 곤란하지."

다음으로 미쓰코는 엔젤이 노트에 붙인 영수증을 하나하나 살펴 살림을 체크하고 낭비를 지적했다.

선저축과 미쓰코의 엄격한 감시 덕분에 다음 달에는 1만 엔 더, 총 4만 엔을 저축할 수 있었다.

겨울에 접어들 무렵, 엔젤은 10만 엔 이상 저축이 생겼다. 월급날 말고 그런 큰돈을 한꺼번에 가진 건 처음이었다.

그러는 동안 미쓰코는 한 번도 외출하지 않았다.

엔젤이 방을 들락거리기 시작해도, 옆에서 보기에 미쓰코의 상태는 거의 변한 게 없었다. 호텔 밖에 나가지 않고, 방 청소도 시키지 않았다. 엔젤도 방에 올 때 절대로 남에게 들키지 말라고 몇 번이나 다짐받았다.

10만 엔이 모이자, 미쓰코가 말했다.

"어디, 네가 살 방을 찾아볼까."

소리 높여 선언한 미쓰코는 오히려 즐거워 보였다.

미쓰코가 말한 대로 B역 앞 연립주택을 검색하자, 2만 엔대의 방이 쏟아지듯이 우르르 표시됐다.

이른바 2차 베이비붐 세대들이 대학생이 될 무렵에 세워졌을 30년 전후쯤 된 건물, 넓이는 다다미 여섯 장에서 여덟 장 정도인 서너 평짜리 연립주택이 잔뜩 있었다. 좁아도 특색을 주려고 욕실과 화장실을 따로 두거나 작은 현관 옆에 좁은 신발장을 설치한 곳, 침실로 쓸 수 있는 복층 구조인 곳까지 종류가 다양했다.

미쓰코에게 보여줘서 그중에서도 설비가 좋고 역에서 15분 이내, 가능하면 10분 이내인 방을 찍어뒀다.

다음 휴일에라도 보러 가겠다고 약속하고 방에서 나오려는데, 미쓰코가 어딘지 내키지 않는 듯한, 뭔가 고민하는 듯한 표정을 지었다.

"왜 그러세요?"

엔젤이 묻자 "으음" 하고 신음하며 고개를 기울였다.

"뭐가……."

"너 혼자서 괜찮을까."

조용히 중얼거렸다.

"괜찮다니요?"

"부동산 중개업자는 다들 산전수전을 겪은 사람들이고, B의 연립주택은 분명 토박이 땅 주인이나 농가의 토지에 중개업자가 추천해서 연립주택을 세운 곳이 많을 거야. 그러니까 집주인과 중개업자가 예상 이상으로 *끈끈하게* 엮였을 테지. 방의 문제점이나 흠을 숨기고 소개하지 않을까 싶네."

"……조심할게요."

"방이나 입지는 직접 보지 않으면 모르니까."

그러더니 지금 막 깨달은 것처럼 손뼉을 짝 쳤다.

"역시 내가 가야겠어."

"네?"

요즘은 호텔은커녕 방에서 나온 적도 없는 미쓰코인데 부동산 일이 되면 마음이 움직이나 보다.

"같이 가주시면 저는 고맙지만요."

엔젤이 머뭇거리며 말했다.

"괜찮으세요?"

"어쩔 수 없지. 걱정되니까."

"정말로요? 정말로 괜찮으세요?"

"뭐, 어쩔 수 없으니까."

팔짱을 끼고 성대하게 한숨을 쉬었지만 미쓰코는 조금 즐거워 보였다.

다음 휴일, 엔젤과 미쓰코는 B역 개찰구에서 만났다.

"괜찮으셨어요?"

원피스와 본 적 있는 비즈 가방을 든 미쓰코가 오도카니 서 있는 것을 발견하고 엔젤은 달려갔다.

"애도 아니고 혼자 올 수 있어."

미쓰코는 부루퉁하게 걷기 시작했다.

"그래도 계속 외출하지 않으셨으니까."

"사실 호텔을 나설 때 프런트에 들켰어."

미쓰코는 "쯧" 하고 혀를 찼다.

"'아야노코지 씨! 어디 가십니까!' 하고 난리였어. 내가 외출하면 뭐 안 되나?"

노인 호텔

미쓰코의 걸음걸이는 아주 좋았다. 걱정했는데 의외로 약해지지 않았다.

"그야 당연하지. 약해지지 않으려고 밤마다 호텔을 걸어 다녔으니까."

미쓰코가 밤에 배회한다는 소문이 왜 났는지 그제야 이해했다.

처음 찾아간 부동산 회사는 지역 밀착형으로, 통통한 중년 남자가 담당자였다. 엔젤이 찍어둔 방을 휴대폰으로 보여주자, 같은 것을 A4 용지로 인쇄해서 가지고 왔다. 또 근처의 비슷한 물건을 몇 개쯤 더 보여주었다. 그중에 조건이 괜찮아 보이는 방을 골라 그가 운전하는 경자동차를 타고 둘러보았다.

역에서 8분, 욕실과 화장실 따로, 월세 2만 8천 엔. 방은 세 평 정도에 옷장이 있어서 좁은데 경과 연수치고는 비교적 외관이 새로운 연립주택을 둘러볼 때였다. 미쓰코가 연립주택 뒤로 돌아가더니 "아" 하고 소리를 냈다.

"왜 그러시죠?"

중개업자가 묻자 "여기, 프로페인 가스잖아. 전단에는 안 적혀 있었어"라고 말했다. 그녀는 프로페인 가스의 커다란 봄베를 보고 있었다.

"네……, 그렇습니다만. 그러면 안 되나요?"

그가 곤란한 듯이 물었다.

"그래서 저렴했네."

"그래도 이 근방은 대부분 그렇습니다."

미쓰코는 대답 없이 작게 콧소리를 냈다.

이후로 본 방은, 실제로 40년이 넘었고 도보 13분인 방 이외에 전부 프로페인 가스였다.

"프로페인이면 가스 요금이 비싸거든."

중개사가 집주인과 월세 교섭도 해서 저렴하게 할 수 있다고 말했으나 미쓰코는 쉽게 고개를 끄덕이지 않았다.

두 번째로 간 부동산 회사는 TV 광고도 잔뜩 나오는 대형 부동산 회사의 지점이었다.

처음에 그랬던 것처럼 엔젤은 접수처에서 미리 찍어둔 방을 보고 싶다고 말했다.

마침 젊은 남성 사원의 손이 비어서 바로 전단을 인쇄하고, 비슷한 물건을 몇 건 찾아주었다.

그걸 미쓰코와 함께 살펴보는데, 안쪽 개별실에서 중년 남성이 나왔다. 그는 엔젤과 미쓰코 앞에 앉은 젊은 사원에게 뭔가 귓속말을 했다. 전화 전언 같았다. 그는 말을 마치고 엔젤과 미쓰코에게 "실례했습니다"라고 말하며 가볍게 인사하고 안으로 들어가려 했다. 그때 그의 시선이 미쓰코를 향했다.

"어라?"

그가 미쓰코의 얼굴을 말똥말똥 바라보았다.

"사토 씨? 사토 씨 아니세요?"

그때까지 물건 소개 전단을 들여다보던 미쓰코가 고개를 들었다.

"역시 사토 씨네요. 이야, 오랜만에 뵙습니다. 하카타에서 신세를 졌던 다카하시예요. 다카하시 고이치입니다. 그때는 하카타에서 근무했는데 이쪽으로 돌아왔습니다."

엔젤은 놀라서 그와 미쓰코의 얼굴을 번갈아 바라보았다.

미쓰코는 처음에는 멍하니 그를 바라보았는데, 점점 안색이 새하얗게 질렸다. 분명 동요했다. 아니, 동요 수준이 아니라 경악하고 겁을 집어먹었다.

"……미안해요. 모르겠어요."

간신히 나온 목소리는 잔뜩 쉬었고 기어드는 것 같았다.

"혹시 기억 못 하세요? 저도 그때는 젊었고, 상사와 함께 몇 번 답사하실 때 동행했을 뿐이긴 해서요. 그때는 아마, 야마시로가 담당이었을 겁니다. 사토 씨, 부동산을 몇 채나 소유하고 대단하셨죠."

"······아니, 정말 몰라요."

"네?"

그는 또 미쓰코를 빤히 바라보았다. 그녀는 뭔가 수치스러워하는 것처럼 슬쩍 고개를 숙였다.

"누구신지 모르겠습니다······. 정말 미안해요."

"아, 그러십니까······. 그럼 제가 착각했나 봅니다. 죄송합니다."

다카하시라고 말한 남자는 고개를 살짝 갸웃거리며 안으로 들어갔다.

젊은 담당자가 조금 곤란한 표정으로 "이거 죄송합니다. 실례했습니다" 하고 사과하고, 곧바로 하던 이야기로 돌아왔다.

"그럼 일단 히무라 씨가 찾으신 방입니다만······."

그가 별로 관심 없는 것처럼 보여서 다행이었다.

"지금부터 보러 가실 수 있습니다. 그런 다음에 다른 방도 몇 군데 보시겠습니까?"

"······미안해요. 오늘은 안 되겠어."

미쓰코가 속삭이는 듯이 말했다.

"네?"

엔젤이 반응했다.

"미안해요, 나는 못 가겠어. 둘이 다녀와."

그러더니 미쓰코는 대답도 듣지 않고 비틀비틀 일어났다. 그대로 가게 밖으로 나가 버렸다.

"미쓰코 씨!"

엔젤은 젊은 남자에게 "죄송합니다. 같이 보지 않으면 못 정하니까 다시 올게요"라고 사과하고 미쓰코를 쫓아갔다.

가게에서 나서면서 한 번 뒤를 돌아보자, 다카하시라고 이름을 댄 중년 남성이 안에서 고개를 내밀고 미쓰코와 자신을 보고 있었다. 그 눈을 보고 뭔가를 확신했다.

"미쓰코 씨, 괜찮으세요?"

문득 자신이 그녀를 이름으로 부른 것을 깨달았다. 그건 저 남자가 불렀기 때문이다. 아야노코지를 '사토'라고.

미쓰코는 놀랍도록 다리가 튼튼했다. 지금까지와 다르게 잰걸음으로, 달리는 것처럼 앞서 걸었다. 역으로 가고 있었다.

"미쓰코 씨!"

그 이름이 옳은지도 모르고 그저 쫓아갔다.

마음속으로는 알고 있었다.

아마 '아야노코지'도 '미쓰코'도 아니라는 것을. '사토'라는 평범한 이름이 그녀의 진짜 모습에 가깝다는 것을.

다카하시의 눈빛을 보고 알았다.

오미야로 돌아오는 전철에서도 미쓰코는 아무 말도 하지 않았다.

어떻게든 호텔에 도착해 비틀비틀 자기 방으로 갔다. 프런트에 섰던 매니저 사카이는 엔젤이 미쓰코를 거의 안고 걷는 것을 보고 다급하게 안에서 나왔다.

"괜찮으세요?"

"아, 저, 밖에서 마침 미쓰코 씨를 만나서."

엔젤은 순간적으로 그렇게 변명했다.

"그거 다행이네."

같이 방까지 데리고 갔고, 사카이는 문 앞까지만 따라왔다. 엔젤만 안으로 들어가 미쓰코를 침대에 눕혔다.

그녀는 잘게 떨고 있었다.

"추우세요? 옷 갈아입으시겠어요?"

그녀는 고개를 젓고 위에 담요만 덮었다.

"물이라도 드시겠어요?"

또 고개를 저었다.

사정을 듣고 싶지만, 아마 지금 물어봐도 대답해 주지 않을 것이다.

"내일 아침에 살피러 또 올게요. 뭐 필요한 거 있으면 말씀해 주세요. 그리고 무슨 일이 있으면 전화하셔도 돼요. 뭐든 사 올 테니까요."

엔젤이 나가려는데, 미쓰코가 이리 오라는 듯이 손을 까딱였다.

"왜 그러세요?"

침대로 돌아가 그녀의 얼굴에 귀를 가까이 댔다.

"얼마 전 일인데…… 뉴스를 봤어."

"무슨 뉴스요?"

"그 여자의."

미쓰코의 목소리가 잔뜩 쉬었다.

엔젤은 놀랐다. 미쓰코가 말하려고 한다는 걸 알았다. 지금 그녀는 어떤 사정을 자기 입으로 말하려고 했다.

침대 옆에 의자를 가지고 와 앉았다.

"말씀하셔도 돼요?"

이때를 놓치면 분명 다시 이야기하는 날이 오지 않을 줄 알면서도 확인해야 했다. 미쓰코는 살짝 고개를 끄덕였다.

"이대로 아무에게도 말하지 않으면, 아마 아침까지 잠을 못 잘 거야……. 무섭고, 자꾸 생각만 할 테니까."

"무서우세요?"

"……하카타에서 빌딩 사이에 낀 여자의 시체가 발견된 거 기억해?"

"네?"

기억이고 뭐고 그런 사건이 있었던 것도 몰랐다.

"인터넷으로 검색해 봐."

시키는 대로 엔젤은 휴대폰을 꺼내 검색했다.

미쓰코의 말은 정말이었다. 한 달쯤 전에 하카타 잡거빌딩과 잡거빌딩 사이, 고작 30센티 정도 틈에 여성 노인의 시체가 끼워져 있었다고 한다.

"으악, 기분 나빠."

무심코 그런 말이 나왔다.

"오기 마사코의 시체야."

"네? 아는 사람이에요?"

"……그래. 대화한 적은 많지 않지만, 몇 번인가 파티에서 만난 적 있어."

"와."

"규슈에서, 아니, 일본 전국에서도 여성 집주인, 부동산 투자가는 많지 않으니까……. 서로 얼굴쯤은 알고 있어. 마사코는 한때 정말 위세가 좋았어. 그 사람은 타고난 대지주거든. 나처럼 바닥에서부터 기어 올라와서 돈을 긁어모아 부동산을 사는 인간과는 달라. 대대로 그 일대 일등지인 토지를 가졌고, 지대만으로도 다 쓰지 못할 돈이 들어왔어. 외동딸이니까 부모가 죽으면 전부 독차지하지. 양친이 비교적 일찍 떠나서, 그 사람이 하카타 거리에서 젊은 부동산 중개업자들을 거느리고 매일 밤 술을 마시러 다니는 걸 몇 번이나 봤는지 몰라."

엔젤은 미쓰코의 목소리가 점점 갈라지는 걸 듣고 세면대에서 물을 받아 마시게 했다. 이번에는 순순히 애처럼 꿀꺽꿀꺽 마셨다.

"하아, 고마워. 아무튼 위세가 참 대단했어. 예전에는 하카타 고급 호텔에서 연말에 부동산 회사에서 주최하는 파티가 있었어. 지금도 있을지도 모르지. 회비를 2만인가 3만이나 뜯어갔어. 그래도 그 파티에 가는 게 일류 부동산 관계자라는 증거였으니까 나도 어쩔 수 없이 몇 번쯤 갔어. 가고 싶지 않았는데, 은행 쪽 사람과 인사도 해야 했으니까. 뭐, 그런 자리에서도 그 사람이 제일 화려했지. 매년 새로 맞춘 기모노를 입고 젊은 남자를 동반하고……. 그런데 언제부터더라. 예순을 넘겼을 때였나. 매일 혼자 술을 마시러 다닌다는 소문이 돌고, 지대를 일제히 올린다고 해서 사람들한테 미움을 샀어. 10년쯤 전에 자기 토지에 맨션 한 동을 세우겠다면서, 취향 나쁜 맨션을 세웠는데 그게 실패했다나……."

"아하."

"……나도 이쪽에 왔으니까 다 잊었는데, 그 뉴스를 보고 놀랐어. 그 사람, 말년에는 시체로 발견된 곳 근처의 위클리 맨션으로 주소를 옮겼다나 봐. 그리고 대대로 물려받은 집 토지의 등기가 바뀌었어."

"등기가 뭐예요?"

"등기란 토지의 호적 같은 거야. 토지를 팔거나 사면 새로 기록돼. 그 사람이 자택에서 위클리 맨션으로 옮긴 무렵부터 그게 전부 다른 사람한테 옮겨졌어. 몇 개월 전부터 행방불명이었는데 그러다가 시체로 발견됐지."

"팔았을까요?"

"모르지. 그런데 아무리 생각해도 이상한데 결국 경찰은 '사건성 없음'이라고 판단했다는군."

미쓰코가 꿀걱 침을 삼켰다.

"그게 말이 되나. 그런 좁은 곳에 시체가 끼어 있는 건 이상하고, 토지는 전부 사라졌고 저축도 전혀 없었다고 하는데."

"그러게요, 이상하네요."

"그런데 정말 무서운 건, 그런데도 사건성이 없다고 여겨지는 거야. 늙은 여자가 혼자 죽은 정도로는 경찰이 움직이지 않아."

엔젤은 그제야 이해했다.

"……미쓰코 씨도 그렇게 될지도 모른다는……?"

"내가?"

"미쓰코 씨도 그렇게 될지도 모른다고 생각해서 무서워지셨어요?"

"너도 참, 대놓고 말하네."

미쓰코가 그제야 조금 웃었다.

"나는 이제 그 사람만큼의 재력도 토지도 없지만……."

"그러세요?"

"실망했어?"

"아니요, 처음부터 돈이 많이 있을 것 같지 않았어요."

"그래도 너는 아직 나한테 이용 가치가 있다고 생각하지?"

"네?"

"적어도 이용 가치가 있는 동안은 나를 돌봐주겠지……. 한 명쯤은 지켜줄 사람이 있는 게 좋겠다고 생각했어. 마사코처럼 되기 싫어. 그러니 말한 거야."

"그런 거였군요?"

"게다가 너도 나도 가족 운이 나빴어. 그러니까."

"……가족과 무슨 일이 있었나요?"

미쓰코는 그 질문에는 대답하지 않았다.

"자, 슬슬 잠 좀 자게 해 줘. 아침은 주먹밥이라도 사다 주면 고맙겠어."

그러더니 미쓰코는 눈을 감았다.

엔젤은 방에서 나왔다.

프런트 앞을 지나가는데, 사카이가 걱정스럽게 이쪽을 바라보았다.

"아야노코지 씨, 괜찮으셔?"

"네. 물을 드시고 주무세요."

엔젤은 프런트로 다가갔다.

"저기."

"응?"

"······정규직 고용에 관해서 들어 본 적 있으세요?"

"정규직?"

"여기 청소 회사의······."

엔젤은 프런트 옆에 지금도 붙은 모집 요강을 가리켰다.

"저기 정규직 등용 제도가 있다고 적혀 있는데······ 저거, 그냥······ 거짓말, 그러니까 그냥 적어둔 걸까요?"

"명목상의 모집이냐는 거?"

"아, 네."

"아니, 그건 아닐 텐데······. 히무라 씨, 정규직이 되고 싶어?"

"아, 네."

얼굴이 뜨거워졌다. 부끄러웠다.

"괜찮지 않을까? 내가 물어봐 줄까?"

"그래도 돼요?"

그가 한 번 고개를 끄덕이고 물었다. "히무라 씨, 몇 살이더라?"

"스물넷이요."

"그럼 그쪽도 기뻐할 것 같은데······. 지금은 어디나 일손이 부족한 건 똑같으니까."

"정말요?"

"거기가 안 되면 우리도 일단 사람을 모집하긴 해."

"어……, 저는 고교 중퇴인데요."

"그랬지. 우리도 일단 그런 규정 같은 건 있는데, 별로 큰 회사도 아니니까. 아는 사이면 괜찮아. 여기 취직하는 것도 생각해 보면 어때? 나도 상사한테 물어봐 볼게."

일이 급작스럽게 흘러가서 엔젤은 멍해졌다. 물어보길 잘했다. 엔젤 주변에는 뭐든 해보려고 하지 않는 사람들만 있었다. 뭔가 나서서 하려고 들거나 노력하면 비웃거나 무시했다. 그러나 그러지 않는 사람도 있고 칭찬하는 사람도 있구나.

"……고맙습니다."

"무슨, 우리야말로 기쁘지."

엔젤은 호텔에서 나와 걸음을 옮겼다. 가능하면 내일 미쓰코의 허락을 받아 오늘 본 것 중 제일 괜찮고 프로페인 가스가 아닌 연립주택을 계약해야겠다고 생각했다.

⊹ **6** ⊹

엔젤이 호텔 프론의 정식 사원이 되고 반년이 지났다.

호텔 지배인과 청소 회사가 합의해 엔젤은 오전부터 오후 3시까지 청소 일을 하고, 이후에는 남색 유니폼을 입고 프런트에 서거나 복도나 탕비실 등 공용 부분을 청소했다.

프런트 접객 외에는 지금까지와 하는 일이 크게 다르지 않고, 매일 8시 반부터 오후 6시까지 근무했다. 야근은 남성 사원 중심이고, 엔젤은 아침 청소가 주요 업무니까 지금까지는 지시받은 적 없다. 앞으로 할 가능성이 있을지도 모른다는 말은 들었다.

정식으로 건강보험과 후생연금*에 가입해 보험증과 연금 수첩을 태어나서 처음으로 손에 넣었다. 월급 지급액은 20만 엔까지 올라갔으나 건강보험과 연금, 세금 등을 제한 실수령 액으로는 1만 엔 정도 올랐을 뿐이었다.

　"월급은 크게 다르지 않네요."

　첫 월급날 명세서를 미쓰코에게 보여주자, 그녀가 웃었다.

　"그래도 그 보험과 연금, 정규직이라는 신분이 너를 지켜 줘."

　"보험증은 병원에 갈 수 있죠. 그런데 연금은요?"

　"네가 만에 하나 사고가 나거나 병에 걸려서 장애가 생겼을 때 연금이 나오지."

　"네? 연금은 노인이 되기 전에는 못 받는 거 아니에요?"

　"아니야. 그러니까 젊어도 연금을 내야 해."

　부동산 회사에서 일이 있은 뒤로 미쓰코는 다시 방에서 나오지 않았다. 그래도 엔젤에게 뭔가 사다 달라고 부탁하기 시작했다.

　"너를 신용하는 건 아니야."

---

* 　우리나라의 국민연금과 비슷한 일본의 공적 연금

1천 엔을 건네며 미쓰코가 신랄하게 말했다.

"호텔 프론의 사원이라는 네 신분을 신용하는 거야. 그걸 가슴에 새겨둬. 네가 그 1천 엔을 꿀꺽하거나 나한테 무슨 짓을 하면 호텔 프론이 책임을 지게 돼. 정규직이란 그런 거야."

"알겠습니다."

미쓰코는 정규직이 무엇인지 교훈을 새겨줄 생각이었겠지만, 엔젤은 내심 도망쳐야 할 때면 도망칠 거라고 생각했다.

정규직이 된 것을 야마다가 어떻게 생각할지가 제일 걱정이었다. 엔젤이 "사실은 여기 사원이 될 수 없을지 매니저한테 부탁했어요"라고 말했을 때는 "정말? 열심히 해!"라고 같이 기뻐했다.

그러나 정말로 사원이 되자 태도가 바뀌었다.

"……내가 사원이랑 일해야 한다니. 솔직히 불편할 것 같아."

"죄송합니다."

엔젤이 반사적으로 사과한 뒤로 야마다는 말수가 적어졌다. 그런데 다음 날 아침, 그녀가 갑자기 이런 소리를 했다.

"있지, 히무라 씨."

"네."

"나도 도전할래."

"네?"

"정규직이 될 수 있을지 나도 물어볼래."

야마다가 생긋 웃었다.

"어제는 미안했어. 불편하다고 해서……. 나, 조금 질투했어. 집에 가서 아들한테 말했더니, 아들이 그건 질투라고 해서 깨달았어. 그렇게 부러우면 엄마도 도전하라는 거야."

그러더니 정말로 그날 중에 지배인에게 말했나 보다.

호텔 프론 쪽은 "히무라 씨를 이제 막 사원으로 고용했으니까"라는 이유로 거절했으나, 지배인이 소개해서 청소 회사의 정규직이 될 수 있었다.

그녀는 호텔 청소 이외에도 다른 빌딩 청소를 하러 가거나 초보 파트타이머의 지도도 맡았다.

"정규직이랑 파트타이머 중에 뭐가 나은지 도무지 모르겠네"라고 조금은 불평하면서도 그녀의 얼굴은 밝았다.

"일이 늘었지만 책임도 늘었어. 아들도 좋아해."

이어서 그렇게 말했으니까 아주 나쁘지만은 않은가 보다. 그녀의 미소를 보면서 전에 이 사람을 여기에서 내쫓으려 하고 함정에 빠뜨리려고 했던 것을 떠올렸다. 도대체 무슨 말도 안 되는 계획을 세웠나 싶어 자연스레 웃음이 나왔다.

노인 호텔

"뭐야, 뭐가 재미있어?"

"아니에요."

의아하게 묻는 야마다에게 대답하지 않고, 그녀가 기분 나빠할 정도로 계속 웃었다.

오전 중에는 지금까지와 똑같이 엔젤과 야마다가 1층 노인들 방을 청소한다.

막 사원이 됐을 때는 "흠, 사원님이시구먼"이란 소리를 하던 다미코 무리도 시간이 지나자 두 사람에게 싫은 소리를 하는 일이 줄어들었다. 누가 뭐라든 자신은 정규직이라는 실감을 그런 것에서도 서서히 느꼈다. 미쓰코의 말대로 정말 무언가가 자신들을 지켜주었다.

"아무튼 3년이야. 어떤 투자를 하든 정규직으로 3년 정도는 있어야만 융자가 나와. 그때까지 저축을 계속하는 거야."

방은 월세 2만 7천 엔, 약 세 평짜리 원룸, 지어진 지 30년이고 역에서 12분 걸리는 연립주택으로 옮겼다. 복층형이어서 위에 이불을 깔고 잔다. 침대를 사기 전이라 정말 다행이라고 생각했다. 아침, 30분 일찍 일어나 역까지 걷는 것은 힘들다. 그래도 저축액을 보면 힘낼 수 있다.

월급 16만 엔, 월세 2만 7천 엔, 식비 1만 5천 엔, 휴대폰 요금 2천 엔…… 월 8만 엔 이상 저축할 수 있었다. 매달 저축액이 불어났다.

"투자도 조금은 생각해 보는 게 좋겠군."

"그래도 처음에 종잣돈이 없으면 안 되잖아요?"

"그건 부동산일 때고. 그 전에 주식이나 투자 신탁이나……. 나는 그런 걸 잘 모르는데, 지금은 그 밖에도 좋은 게 있다고 들었으니까 가르쳐달라고 하지 그래?"

"누구한테요?"

"여기에도 있잖아, 투자가가."

"아아, 오키 씨 말이죠?"

미쓰코의 말을 듣고 엔젤은 오키 도시하루의 방을 찾아갔다.

엔젤은 미쓰코가 쓴 편지를 들고 104호로 갔다.

그 사람은 주식 거래를 하니까 11시 반부터 12시 반까지 도쿄 증권 거래소의 점심 휴식 시간, 밖에서 밥을 먹고 올 때가 제일 좋은 시간일 거라고 조언해서 그렇게 했다.

12시 20분에 문을 노크하자, 이쑤시개를 입에 문 오키가 고개를 내밀었다.

"무슨 일이야?"

그가 눈을 가늘게 뜨고 엔젤을 봤다. 경계하는 표정이었다.

"저기, 이거…… 읽어 주세요."

미쓰코의 편지를 건네자 오키는 "응?" 하고 고개를 갸웃거리며 펼쳤다. 거기에는 미쓰코의 글씨로 '이 친구한테 투자를 가르쳐주면 좋겠어. 이제 막 정규직이 됐으니까 리스크가 크지 않은 투자는 없을까'라는 내용이 간단한 문장으로 적혀 있었다.

"흠. 너, 정규직이 됐어?"

호텔 내 사람과 별로 교류가 없고 말수도 적은 오키는 몰랐나 보다.

"아, 네. 이 호텔의 사원이 됐어요."

"그래서 요즘 호텔 유니폼을 입었군. 왠지 분위기가 다르다고 생각했어."

타인에게 관심 없어 보이는 오키도 그 정도는 알아차렸나 보다.

"……그럼 3시 넘어서 와. 나는 저녁에는 잠을 자니까."

"저기, 일단은 사원이어서 그 시간은 일하는 중인데요, 3시쯤에는 30분 정도 쉴 수 있으니까 그 정도 시간도 괜찮으실까요?"

"그렇군. 30분이라면 이삼일쯤 다니면 대충은 가르칠 수 있으려나. 특별히 어려운 건 없으니까."

"정말요! 고맙습니다. 잘 부탁드립니다."

오키는 엔젤에게 그때 예금통장이나 현금 카드, 도장을 가지고 오라고 했다.

"저, 뭔가 사례를 해야죠."

"이건, 그래, 정규직 된 걸 축하하는 겸으로."

"그래도 괜찮으세요?"

"그렇게 말해둬, 아야노코지 씨한테도."

방으로 돌아가 오키의 말을 전하자 "응? 통장을 가지고 오라고 했다고?" 하며 미쓰코의 눈초리가 날카로워졌다.

"네. 그게 증권회사 계좌나 뭘 만들어야 한다고 해요."

"그 정도는 괜찮은데, 혹시 이상한 계약을 시킬 것 같으면 반드시 나한테 바로 상담해. 도장을 찍기 전에 확인할 것."

미쓰코는 그 점을 단단히 약속하게 했다.

다음 날부터 바로 오키의 방에서 투자 강좌가 시작됐다.

"먼저 말해 두겠는데, 사실 리스크가 적은 투자는 없어. 모든 투자는, 보통 예금 이외에는 반드시 리스크가 있다는 걸 알아둬."

"네."

"아야노코지 씨도 알고 있을 텐데, 역시 자기 전문 분야 밖이면 그런 거엔 둔하니까."

미쓰코가 둔하다는 건 상상이 안 가지만 엔젤은 가만히 있었다.

"우선 극락 시장에 회원 등록해서 극락 카드를 만들어."

"네?"

갑자기 예상치 못한 말을 들어 엔젤은 놀랐다. 역시 미쓰코의 말처럼 이상한 걸 계약시키려는 걸까.

"아니, 뭘 사게 하려는 건 아니야. 우선은 극락 카드를 만든다. 그리고 극락 증권에 계좌를 개설한다. 다음에 적립식 NISA* 라는 것을 계약한다. 거기에서 연간 40만, 월 3만 3천 333엔씩 뭔가 투자 신탁에…… 최대한 전 세계로 넓게 투자하는 게 좋아, 세계주나 미국주나. 그리고 투자 신탁에는 신탁 보수라는 수수료가 드는데, 그게 최대한 들지 않는 인덱스 투자가 좋아."

• 일정 금액 안에서 금융상품에 투자해 얻은 이익을 비과세 처리하는 제도

갑자기 처음 듣는 단어가 마구마구 나와서 엔젤은 놀랐다.

그러자 오키는 엔젤에게 호텔 메모장을 꺼내 하나하나 메모하게 시키고서 꼼꼼히 설명했다.

"극락 증권에서는 자사 신용카드를 써서 투자 신탁을 살 수 있어. 투자 신탁 종류에 따라서는 물건을 샀을 때와 마찬가지로 포인트가 생겨. 고작 1퍼센트인 포인트라도 이율이 1퍼센트 좋은 거나 마찬가지니까 무시할 게 못 돼."

"으음."

"3만 3천 333엔씩 투자하면, 매월 333엔 포인트가 생기지. 얼마 안 되는 것 같지만 주택 자금 대출도 1퍼센트 정도 금리인 걸 생각하면, 다시 말하지만 무시할 게 못 돼."

미쓰코도 늘 1퍼센트 이율을 염두에 두라고 말했었지, 하고 생각하며 들었다.

"그거에 익숙해지면 iDeCo* 계약과 극락 시장에서 고향납세**도 시작하지. 너 월급이 어느 정도지?"

갑자기 물어서 놀랐으나, 미쓰코도 매번 물어보니까 별로

---

* 일본의 개인형 연금펀드
** 우리나라의 고향 사랑 기부제와 비슷한 제도

신경 쓰이지 않았다.

"16만 엔 정도요."

"보너스는?"

"조금 나온다고 해요. 한 달 월급 정도쯤 될 거라고 처음에 들었어요."

"연봉이 2백만 하고 조금인가……, 그럼 고향납세는 1만 5천 엔 정도라면 쓸 수 있겠지."

"고향납세?"

"NISA 적립만 해도 연간 4천 엔쯤 포인트가 생기니까 그걸 이용해서 고향납세를 시작해. 포인트로 세금 일부를 낼 수 있어. 쌀을 사면 괜찮겠지. 밥을 해 먹는다면……."

"네, 최근 들어 시작했어요."

"5천 엔에 쌀 5킬로그램쯤 받으니까 남은 돈은 또 저축할 수 있어."

엔젤이 고개를 갸우뚱하자, 그가 살짝 웃었다.

"뭐, 이건 내일 설명하지."

솔직히 그가 하는 말을 잘 이해할 수 없었다. 첫날은 30분쯤 그런 설명을 듣고 끝났다.

다음 날, 또 오키의 방에 가자 그가 말했다.

"오늘은 일단 극락 시장에 회원 가입을 해서 극락 카드를 만들지. 내 노트북을 써도 돼."

그러더니 정말 노트북을 켜서 회원 등록하는 법을 가르쳐 주었다.

엔젤은 오키가 시키는 대로 키보드에 손을 얹어 이름과 주소를 입력하려고 했다. 그때 오키가 갑자기 하던 일을 멈추고 노트북을 탁 덮었다.

"안 되지."

"네?"

"뭐가 안 되는지 알겠어?"

"……감사하다는 말을 제대로 안 해서요?"

그런 걸로 매번 주의하란 소리를 들으니까 엔젤은 조마조마하며 대답했다. 여기에서도 또 예의가 없다고 혼나는 걸까.

"아니야. 그런 게 아니야. 네가 여기에서 컴퓨터로 이름, 주소, 심지어 은행 계좌나 비밀번호를 입력하면 내 컴퓨터에 그 기록이 남아. 그걸 내가 악용할지도 몰라."

"아, 하지만."

엔젤은 조금 웃었다. 오키는 아마 억 단위의 자산을 가졌을 것이다. 자신의 몇십만 엔 저축 따위 숫자로도 보이지 않을 것이다.

"너는 젊고 건강한 여성이고 정규직이야. 그건 아주 큰 이점이고, 이용할 마음을 먹으면 얼마든지 이용할 수 있어."

"저는 뺏길 만한 게 아무것도 없어요."

"그건 빼앗긴 다음에 아는 거야. 자기가 가진 게 얼마나 컸는지."

오키는 설명했다. 엔젤의 기록으로 만약 자기가 사채 계좌나 카드를 만들어 돈을 빌리면 어떻게 할 것인가. 혹은 사채뿐 아니라 신용카드를 만들어 현금 대출을 받을지도 모른다고.

"현금 대출의 평균 금리는 15퍼센트 정도야. 그 금리면 2백만 엔 이상 빚이 생기면 재기 불능이라고 하지. 이자가 이자를 낳아서 평범한 회사원으로는 갚지 못하는 금액이 되니까. 부모나 다른 사람이 갚거나 자기 파산할 수밖에 없어. 자기 파산하면 빚이 상쇄된다고 쉽게 생각하는 사람도 있는데, 일단 그렇게 되면 금융 기관에서 돈을 빌리지 못해."

엔젤도 그러면 곤란하다는 걸 알았다. 미쓰코는 언젠가 은행에서 돈을 빌리라고 했다.

"그런데 20대 회사원 여성이라는 조건이면 그만한 빚을 쉽게 받을 수 있어. 너 자신이 안 하더라도 그 정보를 가진 인간이라면. 늘 조심해야 해."

"알겠습니다."

"또 이제부터 극락 신용카드를 만들 건데, 적립식 NISA와 고향세 납세 이외에…… 그래, 휴대폰 계약 정도일까, 그것 이외에는 쓰면 안 돼."

"쇼핑도 안 돼요?"

엔젤은 예전에 카바레 동료가 쇼핑할 때 카드를 썼던 것을 생각했다. 그녀는 부모 혹은 원조교제 상대가 카드를 줬다면서 늘 카드로 물건을 샀다. 그게 멋있어 보여서 한 번쯤은 그렇게 해보고 싶었다.

"안 돼. 신용카드는 집에 두고, 쓰는 건?"

"NISA와 고향납세."

"그래, 그것만. 반드시 지켜야 해."

"네."

엔젤은 초등학생처럼 대답했다.

"신용카드란 건 이용하기 위해 있는 거야. 이쪽에서는 아무 것도 주지 않고 그쪽을 이용하는 거라고 기억해둬. 카드는 써도 카드에 쓰이지는 말도록."

그날은 빚과 리볼빙 결제의 공포에 관해서만 듣고 끝났다.

일을 마치고 미쓰코의 방에 가자, 그녀가 배 속에서부터 끌어내 "어휴" 하고 성대하게 한숨을 쉬었다.

"……오키 그 늙은이도 제법 하는군."

"그래요?"

"나는 그런 건 잘 모르니까. 신용카드는 가져본 적도 거의 없고. 생각보다 괜찮은 소리를 하네."

다음 날은 휴대폰으로 회원 등록, 그리고 신용카드 신청, 극락 증권 신청도 했다.

신용카드가 생기자, 오키는 극락 증권에서 적립식 NISA를 시작하게 했다. 매달 세계 주식 전체에 넓게 투자하는 투자신탁에 3만 3천 333엔씩 투자했다.

iDeCo도 권했지만 그건 예순 살이 되기 전에 뺄 수 없다고 들어서 언젠가 부동산 투자를 할 테니까 거절했다.

엔젤에게 돈을 모으게 하는 한편으로, 미쓰코는 부동산 물건 찾는 법을 조금씩 가르치기 시작했다.

"예전에는 이런 게 없었으니까 신문 광고나 전단을 보거나 발품 팔아서 부동산 사무실을 돌아다녀야 했어."

미쓰코는 엔젤의 휴대폰 화면을 노려보며 말했다.

화면에 수익 물건을 다루는 사이트를 띄워 두었다.

"그런데 뭐부터 보면 되죠?"

화면에 뜬 것은 거대한 빌딩 사진과 연립주택의 사진이다. 그 아래에 '지역' '상세 조건'이라는 항목이 있고 '신규' '가격 교섭' '가격 인하'라는 단어, 투자 맨션(구분), 판매 연립주택, 판매 맨션(1동), 판매 빌딩, 단독주택 투자, 토지…… 단어가 너무 많아서 뭘 선택하면 좋을지 모르겠다. 게다가 '지금 5만 216건 소개 중!'이라고 적혀 있다. 그러니까 이 5만 남짓한 물건 중에서 무언가를 선택해야 한다는 건가.

미쓰코가 화면에 나온 연립주택 사진을 손가락으로 건드리자 화면이 획 바뀌고, 사이타마현 가스카베시 연립주택 정보가 나왔다. 5천 420만이라는 금액을 보고 절망적인 기분이 들었다.

"아이고, 작아서 보기 힘드네."

미쓰코가 작게 혀를 찼다.

"나는 전에 컴퓨터로 봤으니까 이것보다 훨씬 커서 나왔어."

"어, 미쓰코 씨, 컴퓨터 쓸 줄 아세요?"

"무시하지 마. 부동산 업계도 20년쯤 전부터 연락하는 게 전부 컴퓨터나 메일로 바뀌었으니까. 나도 오십 먹어서 배웠어, 공민관*에서 배웠지."

그건 여기에 온 뒤일까, 아니면 전에 어떤 일이 있었다는 규슈에서였을까……. 엔젤은 묻지는 못하고 고개를 끄덕였다.

"그냥 메일을 쓰거나 워드라고 하나? 예전에는 이치타로—太郎라는 프로그램이었는데, 그걸 쓰거나 인터넷을 보는 정도는 할 수 있어. 아, 그리고 엑셀도 조금은 쓰지. 예전에 그걸로 경리 계산을 했으니까."

"대단해요. 저는 컴퓨터를 전혀 몰라요. 키보드로 이름이랑 주소를 입력하는 정도만 해요."

미쓰코가 또 "쯧" 하고 혀를 찼다.

"여든이 다 된 내가 20대인 너한테 컴퓨터를 가르치는 날이 올 줄은 몰랐군."

"어, 컴퓨터를 가르쳐주시게요?"

아이구, 하고 한숨을 쉬며 미쓰코는 책상 아래 보스턴백을 부스럭부스럭 뒤졌다.

"……아직 버리지 않았을 텐데……."

미쓰코가 까만 노트북을 꺼내 전원을 연결했다. 처음에는

• 일본의 평생교육 시설

새까맣던 화면이 갑자기 밝아졌다.

"……벌써 몇 년이나 안 썼으니까. 아직 쓸 수 있겠지."

중얼거리며 미쓰코는 관절 울퉁불퉁한 손가락으로 키보드를 눌렀다.

엔젤은 또 생각했다. 몇 년은 어느 정도일까.

"아, 나왔다, 나왔어."

미쓰코가 익숙하게 윈도 브라우저를 열어 지금 보던 부동산 사이트에 접속했다. 휴대폰 화면으로 보던 것이 크게 펼쳐졌다.

"이건 휴대폰 화면과는 조금 다를지도 모르는데, 이게 보기 편하니까."

미쓰코는 숫자를 가리켰다.

"이게 물건의 가격이지. 그런데 가격만 보면 안 돼."

미쓰코가 이번에는 물건 사진 아래의 숫자를 가리켰다.

"이게 연간 집세. 이 물건은 만실이라면 1년간 이만큼 집세가 들어온다는 거지."

"360만……? 이 물건만으로 360만이나 벌 수 있어요?"

"그래. 그 뒤에 30이 매달 들어오는 월세. 즉, 30×12가 360만이 되는 거야. 그리고 그 옆의 이율 퍼센트가 물건에 대

해 매년 들어오는 집세가 몇 퍼센트인지를 알려주지. 이 물건
은 7.3퍼센트인 거야."

"높은 거예요, 낮은 거예요?"

"그게 또 어려운 문제야. 예를 들어 이게 도내, 도쿄 23구 내
역에서 가깝고 경과 연수가 5년 이내라면, 그럭저럭인 물건이
라고 할 수 있지. 다만 이게 교외거나 역에서 20분이거나, 또
경과 연수가 40년 이상이거나, 재건축 불가라면 너무 높아.
뭐든지 조건에 달렸다는 소리야."

"재건축 불가가 뭐예요?"

"인접한 도로 폭이 2미터 미만이면, 다시 지을 수 없어. 이
대로 계속 리모델링을 하거나 옆 토지가 비거나 매물로 나올
때 사서 도로를 확장하지 않는 한 재건축을 못 해."

"흐음."

"이건 당연히 큰 결점인데, 더 안 좋은 건 그런 토지나 건물
에는 융자가 안 나와."

"아."

융자라는 말이 또 나왔다.

"은행이 돈을 빌려주지 않거든."

"융자가 저 같은 인간한테만 안 나오는 게 아니고 토지도

그러네요."

"그래, 그래, 좋은 걸 알아차렸네."

미쓰코가 웃었다.

"은행은 토지든 인간이든 말쑥하니 하자 없는 걸 좋아하니까."

"하자요? 그리고 인접?"

"하자는 상처야. 인접은 바로 옆. 달라붙어 있는 거. 그리고 자, 이걸 봐."

미쓰코가 물건 정보 아래를 봤다.

"여기. 여기에 임대 중이라고 적혀 있지."

"네."

"이쪽 물건에는."

미쓰코가 다른 페이지를 띄웠다. 같은 곳에 '만실'이라고 적혀 있다.

"여기에는 주로 세 가지 단어가 적혀 있어. 공실, 임대 중, 만실. 공실은 말 그대로 한 곳도 차지 않았다는 것. 임대 중은 어느 정도는 찼는데 빈 곳도 있어. 그리고 만실은 전부 찬 거."

"그럼 만실이 좋은가요?"

"그렇지. 하지만 만실 연립주택은 역시 가격이 비싸. 판매자도 부동산 중개업자도 기세등등해서 비싸게 불러. 그러니 임대 중이 좋을 때도 있지. 장소만 좋으면 찰 테니까. 또 공실이어도 가격이 아주 저렴하면, 그걸 사서 나름대로 굴리며 채우는 재미도 있어."

미쓰코는 손바닥으로 물건 정보 화면을 쓰다듬는 것처럼 손을 움직였다.

"여기에는 많은 정보가 담겨 있어. 실제로는 발품을 팔아서 물건을 직접 보지 않으면 안 돼. 하지만 여기에서 읽어낼 수 있는 것도 많아. 가격이 비싼 건 안 된다, 저렴한 건 안 된다, 이율이 높은 게 좋다, 낮은 건 안 된다, 공실은 안 된다, 재건축 불가는 안 된다…… 전부 일괄적으로 말할 수 없어. 뭐든 조합에 따라 좋거나 나빠지거나 해. 인터넷에서 많이 보고 몇 개로 좁혀서 직접 물건을 찾아가서 보는 거야. 몇십 건, 몇백 건을 인터넷으로 봐도 직접 가서 보는 건 한두 건이야. 또 거기에서 사기까지 하는 건 몇백 건 중 하나. 그래도 매일 여길 볼 것. 부동산 물건 정보는 여기만 있는 게 아니야. 여기 말고도 몇 개쯤 있고, 이런 수익 물건만 다루는 곳 말고 평범한 물건도 다루는 회사 사이트도 살펴봐. 매일 보고 또 보고 조사하고 봐. 그걸 반복하는 거야."

미쓰코가 엔젤에게 고개를 돌렸다.

"네가 할 수 있을까?"

모르겠다. 그러나 해야만 한다는 것을 알았다.

"좋은 물건이 있으면 슬슬 보러도 가야지."

"어, 그래도 되나요? 돈이 없는데."

"저렴한 축고나 구분이라면 수도권이라도 1백만 엔쯤 하는 게 눈에 들어와. 바로 살 순 없겠지만 생각해 보면 좋지."

"축고? 구분?"

"아아, 줄임말이야. 축고는 대충 건축한 지 40년 이상인 단독주택을 말해. 또 구분이란 맨션을 말하지. 그리고 1동이라고 하면, 연립주택 통째로 하나, 맨션 통째로 하나를 가리켜."

"연립주택을 사라고 하셨죠."

"그렇지."

그때 미쓰코가 크게 한숨을 쉬었다.

"그게 좋겠다고 생각했는데, 네 돈이 어느 정도 모이고 은행 융자를 받을 때까지 앞으로 2년 넘게 걸리잖아? 그러면 늦을 것 같단 말이지."

미쓰코는 생각에 잠겼다.

"아무튼 처음에 하나를 시작해서 집세를 받는 걸 배우는 게 좋을 것 같아. 그렇게 매달 몇만 엔이라도 받으면 돈이 모이는 속도가 빨라지고, 너도 더 열심히 노력할 마음이 들지도 모르고."

"노력하고 있어요."

드물게 소리 높여 반박했다.

"알고 있어."

미쓰코가 웃었다.

"잘 알고 있지. 그래도 지금보다 5만 정도 수입이 늘면 네 눈빛도 달라질 거야."

"……정말요?"

"집주인의 맛을 알면 끊을 수 없어. 또 슬슬 절약만 하는 생활에도 질리기도 할 테니까."

사실 가끔 라면 가게가 그리워지기도 하고, 지친 날에는 편의점 도시락을 사고 싶을 때가 있다.

"그럼 축고를 찾나요?"

반박하긴 했지만 드디어 물건을 찾으러 가는 건 기뻤다.

"내가 직접 보러 가면 좋겠는데."

미쓰코가 한숨을 쉬었다. 드물게도 고개를 숙이고 무릎 근처에서 손을 비볐다.

"이거 답답하네."

"역시 부동산 회사가 무서우세요?"

미쓰코는 아무 대답이 없었다.

엔젤이 오후 근무를 마치고 지쳐서 집에 돌아왔는데, 집 문 앞에 사람 그림자가 있었다.

"늦었잖아."

누구지, 무섭네, 라는 생각을 하기 전에 그림자가 말했다.

"뭐 하길래 쏘다녀. 추운데."

자기가 왔으면서 불평했다. 생각할 것도 없다. 엄마였다.

"……뭐 하러 왔어? 아니, 어떻게 알았어, 여기."

목소리가 떨리는 걸 알았다.

엄마가 히죽 웃었다. 어둠 속에서 입술이 찢어져 초승달이 옆으로 누운 듯이 벌어졌다. "조사했어. 엄마한테 연락도 안 하니까. 얼마나 고생했는지 알아?"

"누가 그러래?"

"빨리 문 열어. 춥다니까."

엄마는 얇은 점퍼 앞을 여미면서 말했다.

"……뭐 하러 왔는데?"

노인 호텔

진심으로 집에 들이기 싫었다. 그럴 수 없다는 걸 알면서도 작게 저항했다.

"엄마한테 그게 무슨 말버릇이야? 내 새끼 집에 온 게 잘못이니? 이렇게 키워줬는데."

밉다거나 싫은 게 아니다. 무섭다. 무언가 빼앗길 것 같아서 무섭다. 이 사람이.

"모처럼 챙겨 왔더니만."

엄마가 봉투를 슬쩍 보여주었다. 거기에는 엔젤의 계좌가 있는 은행 로고가 찍혀 있었다. 본가에 살던 시절에 은행 계좌를 만들고 주소를 변경하지 않았던 걸 깨달았다.

반년 전, 극락 카드를 만들며 주민표 주소를 옮기고 새로 극락 은행의 계좌도 만들었다. 지금은 그쪽으로 월급을 받으니까 예전 은행은 까맣게 잊었다. 그래도 얼마간 돈이 남아 있었다.

은행에서 본가로 뭔가 알림이 도착해서 엄마가 어떻게든 여기 주소를 조사했을 것이다. 주민표를 이전했으니까 그쪽에서 흘러갔을지도 모른다.

"자, 빨리 들여보내줘."

몸을 부들부들 떨었다. 추운 건 진짜인가 보다.

한참 생각하고, 크게 한숨을 쉬고 문을 열었다. 엄마는 당연하다는 듯이 엔젤보다 앞서서 들어갔다.

"깨끗하게 하고 사네."

엄마가 성큼성큼 들어가 방 가운데 놓아둔 낮은 밥상 앞에 점퍼도 벗지 않고 철퍼덕 앉더니 주위를 둘러보았다.

"차라도 좀 줘."

"응."

부엌에서 물을 끓였다.

"다른 우편물도 가지고 왔어. 동창회 안내."

"동창회? 언제 거?"

"초등학교 아닐까? 뒤에 '동창회 실행위원회'라고 적혀 있었어."

동창회…… 분명히 안 갈 것이다. 엄마는 엔젤의 안색을 살피며 "뭐, 이미 끝났지만" 하고 웃었다.

차를 가지고 오자, 밥상에는 이미 열린 봉투 두 개가 놓여 있었다. 봉투 입구는 둘 다 들쑥날쑥 뜯어져 있었다. 엄마는 전혀 망설이지 않고 뜯어서 봤을 것이다.

"너, 지금 뭐 하고 살아."

엄마가 방을 두리번거리며 물었다.

"……일해."

"그러니까 어디서."

"호텔."

"러브호텔?"

"아니야. 제대로 된 곳."

"제대로 됐어도 신주쿠나 이케부쿠로는 아니겠지."

"오미야."

"오미야 어디."

말하기 싫었다.

"흥, 열심히 사네."

그렇게 싫은 일을 잔뜩 당하고 많은 것을 빼앗겼다. 기자에게 거짓말까지 하라고 강요당했는데도 칭찬받는 건 나쁘지 않았다. 왠지 조금 기뻤다. 그런 자신이 싫어졌다.

차로 몸이 따뜻해지고 엄마에게 칭찬받아 조금 안도했나 보다. 요의를 느꼈다. 역에서 걸어와서 자신도 몸이 얼어붙었다. 엄마에게 말하고 화장실에 갔다.

"……다들 잘 지내?"

화장실에서 나오며 물었다.

방에 이미 엄마는 없었다. 놀라서 방을 둘러보았다.

현관문이 열려 있어서 찬바람이 들어왔다. 그리고…… 밥상 옆, 통장과 현금을 넣어둔 플라스틱 상자의 서랍도 열려 있었다.

"엄마?"

엔젤은 집에 와서 처음으로 그 이름을 불렀다.

다급하게 서랍을 뒤졌다. 제일 위에 놓아뒀을 통장과 인감, 예비로 현금 5천 엔을 담아둔 봉투가 사라졌다.

몸에 힘이 들어가지 않았다. 힘없이 비틀거리며 조금 전까지 엄마가 앉아 있던 곳에 쓰러졌다.

현관에는 엔젤의 운동화가 대충 벗어놓은 것처럼 어질러져 있었다. 들어왔을 때는 틀림없이 가지런히 놓았다.

분명 엄마는 엔젤이 화장실에 간 사이 방을 뒤졌을 것이다. 통장을 발견하자마자 움켜쥐고 신발을 신고, 문을 닫지 않고 나갔겠지.

딸의 운동화를 어지른 것도 신경 쓰지 않고.

"언제!"

엔젤의 말을 듣자마자 미쓰코가 외쳤다.

"……어젯밤."

노인 호텔

"허억."

미쓰코가 벌떡 일어났다.

"왜!"

그 목소리가 좁은 호텔 방을 쩌렁쩌렁 울렸다.

"왜라뇨?"

"왜 바로 쫓아가지 않았어! 왜, 당장 집에 가서 되찾아 오지 않았어! 훔쳐 간 건 인감이랑 통장뿐이지? 왜 현금 카드로 전액 꺼내지 않았어!"

그 말대로 집에 와서 바로 부엌에 놓아둔 엔젤 가방 속의 지갑과 극락 신용카드에는 엄마가 손을 대지 않았다. 지갑에는 현금도 2천 엔쯤 있었는데, 엄마는 통장과 인감을 훔치느라 정신이 팔려서 생각하지 못했나 보다. 은행 편지를 보고 은행 이름을 알았으니까 그거 하나만 있으면 충분하다고 생각했을까. 아니면 엔젤의 화장실 볼일이 생각보다 빨리 끝나서 시간이 없었을 수도 있다.

"왜 은행에 가거나 전화해서 바로 계좌 거래를 정지하지 않았어!"

엔젤은 한참 멍하니 있다가 고개를 숙일 수밖에 없었다.

"그건……."

솔직히 말하면 그런 건 생각조차 못 했다.

엄마가 훔쳐 갔으니까, 아니, 가족이 훔쳐 갔으니까 이걸로 끝장이다. 되찾을 리 없다. 그런 짓을 해도 무의미하다.

돈을 꺼낸 걸 알면 또 찾아와서 도리어 원망하고 화를 낼지도 모른다. "엄마가 돈이 필요해서 쓰려고 했는데 그 전에 돈을 다 꺼내다니, 너는 정말 모질구나" 같은, 상상도 못할 트집을 잡을지도 모른다. 그게 무섭다.

"가봤자 소용없어요……. 절대로 돌려주지 않을 테니까."

"그럼 왜 은행에 가지 않았어."

"계좌를 정지할 수 있는 걸 몰랐으니까."

"너는 결국 하나도 진심이 아니었던 거야! 정말로 돈을 모아야겠다고, 정말로 부자가 되겠다고, 정말로 너 자신을 지켜야겠다고 진심으로 생각하지 않았어! 물러터졌어! 진심이었다면 네 엄마를 죽여서라도 되찾아야지."

그녀의 목소리는 절규에 가까웠다. 옆방 사치코에게 들리지 않을지 엔젤은 조금 걱정이었다. 동시에 바로 그런 면에서 진심이 아니란 소리를 듣는다는 생각이 들었다.

"도대체 그 계좌에 얼마나 들었어?"

"지금 저축은 극락 은행과 극락 증권의 적립식 NISA에 넣으니까 20만 엔 정도요."

저축 전부는 아닌 것만이 엔젤의 마음을 아주 조금 달래주었다.

"지금 몇 시지?"

미쓰코가 벌떡 일어났다.

"8시 반 조금 전이에요."

어제, 엄마에게 인감과 통장과 현금을 빼앗기고, 하룻밤 내내 한숨도 자지 못했다. 일은 8시 반부터지만 빨리 얘기하고 싶어서 업무 시간 전에 미쓰코의 방을 찾았다.

"가자."

"네?"

"네 집, 본가에 가자고. 아니, 일단 은행에 가서 최대한 계좌를 막아서 출혈을 줄이자. 어젯밤에 훔쳐 갔으니까 괜찮아, 아직 꺼내지 못했을 거야."

"하지만…… 그런 짓을 해도."

미쓰코가 고개를 숙인 엔젤의 손을 잡았다. 미쓰코 쪽에서 몸을 건드리는 것은 처음이었다.

"그러니까 그다음에 네 본가에 가서 인감과 통장을 되찾는 거야."

"하지만······."

자신은 그런 말을 도저히 할 수 있을 것 같지 않다.

"나도 갈 테니까."

"네?"

"내가 같이 가주마. 네 엄마 같은 인간은 잘 알아."

그녀가 히죽 웃었다.

"기초생활보장 급여를 부정으로 받는 인간에게 몇 번인가 방을 빌려준 적 있으니까."

"하지만."

미쓰코는 엔젤의 손을 잡고서 위아래로 움직였다.

"조금 전엔 미안했다. 네가 진심이 아니라고 해서."

"아니에요."

"너는 모르지. 금융 지식도 없고 부동산 지식도, 일반적인 법률도 몰라. 그리고 가족에게 저항해도 되는 때가 있는 것도 몰라. 그러니까 어쩔 수 없었어."

엔젤은 미쓰코의 눈을 자연스럽게 바라볼 수 있었다.

"이쯤에서 부모와 확실히 결판을 내는 거야. 너를 등쳐먹는 부모와 인연을 끊어."

"저기, 일은."

"그건 적당히 둘러대서 오전에 쉬면 돼."

그러더니 작은 목소리로 속삭였다.

"……너는 예전의 나와 닮았어."

미쓰코가 외출 채비를 시작했다.

미쓰코는 택시를 타고 우선 가까운 은행 지점으로 가서 사정을 설명하고 계좌를 정지해달라고 했다. 은행원은 대단히 안타까워하며 바로 절차를 진행했다. 보험증과 현금 키드로 신분을 증명할 수 있었다. 일단 지금은 계좌에서 돈이 나가진 않았다고도 알려주었다.

은행에서 나온 뒤, 택시는 엔젤의 본가로 향했다. 택시를 타자고 한 것은 미쓰코였다. 자기 걸음걸이도 불안하고 조금이라도 빨리 본가에 가야 한다고 주장했다.

"물론 택시비는 네가 내야 한다."

아마 미쓰코는 전철이나 버스에서 다른 사람과 마주치기 싫을 것이다. 게다가 본가는 역에서 20분 넘게 걸어야 하니까 미쓰코를 걷게 할 수도 없다고 생각했으니 택시를 타는 데 다른 의견은 없었다.

20분쯤 택시를 타고 달리자, 서서히 본가에 가까워진다는 실감이 났다.

본가 근처의 간선 도로, 이웃 마을…… 자주 가던 이온이 보이자 엔젤은 자기가 덜덜 떨고 있는 것을 알았다.

"……안 가도 되지 않을까요?"

"응?"

"일단 계좌는 정지했으니까…… 은행원이 말한 대로 앞으로 경찰에 분실 신고를 하고 계좌에서 돈을 전부 꺼내면, 엄마가 가지고 간 통장과 인감은 그냥 쓰레기가 되니까."

"계속 이대로도 괜찮겠어?"

"네?"

"계속 부모에게 지배당하며 부모를 두려워하며 살 생각이야? 지금 인연을 제대로 끊지 않으면 앞으로도 등쳐먹히며 살아야 해."

엔젤이 입을 다물자, 미쓰코가 말을 이었다.

"애초에 지금 사는 집은 어쩌려고? 네가 돈이 있는 걸 부모가 알면 또 찾아올 거야. 통장에서 돈을 다 꺼내도."

"아."

"이사할 거야?"

엔젤은 생각했다. 지금은 돈을 꺼내서 어떻게든 해결했지만, 집을 옮기지 않으면 앞으로 몇 번이나 찾아올 가능성이 있다.

"이사를 해야……."

"거기에 또 몇십만 엔은 들지. 한심하지 않아? 그리고 부모가 또 올지 모른다고 매일 겁먹으며 살게?"

그건 그랬다.

"지금 연을 제대로 끊어야 해."

"할 수 있을까요?"

"내가 있잖아."

미쓰코가 짧게 말했다.

"또 법률과 경찰이 있어. 그러니 자꾸 같은 말 시키지 마. 네 엄마 같은 인간, 나는 잘 알아."

그런 말을 들어도 본가에 가까워질수록 엔젤의 가슴은 빠르게 뛰었고 손이 차가워졌다.

그 손에 작고 따뜻한 것이 닿았다. 미쓰코가 또 손을 만졌다.

"괜찮아. 30분 뒤에는 통장과 인감을 되찾고 다시 택시에 탈 거니까."

"정말요?"

"가는 길에 뭐 맛있는 거라도 먹자. 그것도 네가 사고."

미쓰코가 희미하게 웃었다.

좁은 골목의 첫 번째 집, 본가가 보이기 시작하자 엔젤은 숨을 길게 내쉬었다.

파란 지붕에 벽이 하얀 이층집이다.

"생각보다 괜찮은 집에 사는군."

엔젤이 가리키자, 미쓰코가 토하듯이 말했다.

"아마 그거지. 처음 집주인은 거품 경제로 부동산이 고점을 찍었을 때, 꼭 단독주택에 살고 싶었으니까 역에서 멀어도 좋다고 집을 세웠겠지. 그래도 주차장을 만들지 않은 게 치명적이네. 조금이라도 넓은 집을 지으려고 무리했겠지. 거품 경제가 끝나고, 집주인은 정신을 차리고 다른 곳으로 이사했거나 대출금을 갚지 못해 포기했거나……. 어쨌든 돈이 별로 안 됐겠지. 지역 업자가 값을 후려쳐서 샀고, 거기에 너희 같은 가족이 이사했겠어."

걸음은 조금 불안정하지만 말투는 또렷하고 신랄했다.

"너, 얼굴이 새파란데."

미쓰코가 엔젤의 얼굴을 살폈다.

"그렇게 무서워?"

"네."

솔직히 긍정했다.

"괜찮아."

미쓰코가 벌써 몇 번인지 모를 말을 했다.

"내가 전부 말할 테니까 넌 가만히 있어도 돼. 다만 제일 중요할 때는 네가 말해야 해."

"제일 중요할 때?"

미쓰코가 고개를 저었다. 그때가 오면 알 거라는 뜻 같았다.

재촉해서 엔젤은 초인종을 눌렀다. 삐익, 예전과 똑같은 소리가 났다. 한참이나 대답이 없어서 혹시 외출했을까, 하고 생각했을 때 "네" 하는 힘없는 소리가 들렸다.

엄마 목소리였다.

어젯밤에는 그렇게 크게 보였던 사람의 목소리에 활기가 없어서 맥이 빠졌다. 반대로 목소리가 저런 사람을 자신이 거부할 수 있을지 두려웠다.

누군지 확인하지도 않고 문이 열렸다.

"뭐야, 너였어?"

엄마는 아직 잠옷 차림이었다. 위아래 스웨트 재질의 옷을 입었는데 전부 질질 늘어나서 잠옷 겸 실내복으로 입는 걸 알 수 있었다. 너무 얇아서 불룩 나온 배의 배꼽 모양까지 비쳐 보였다.

"무슨 용건이야?"

엄마가 마치 전부 잊은 것처럼 말했다.

어쩌면 통장과 인감을 도둑맞은 건 내 착각일지도 몰라. 그냥 내가 뭔가 잘못 생각하고 내 손으로 처분했을지도 몰라. 그런 희망을 품게 할 정도로 당당했다.

"잠깐 실례합니다."

아무 말도 못 하는 엔젤 옆에서 미쓰코가 고개를 내밀었다.

"응?"

엄마는 낯선 생물을 보는 것처럼 미쓰코를 빤히 바라보았다.

"저는 아야노코지라고 합니다. 히무라 씨와는 직장에서 여러모로 도움을 받고 있습니다."

마치 미쓰코도 호텔에서 일하는 듯한 말투였다. 하긴, 손님과 종업원인 관계도 도움을 받는 것은 맞긴 하지만.

"그래요?"

"자, 돌려주시지요?"

"뭐요?"

"당신이 어제 이 애에게서 가지고 간 것……, 인감과 통장."

"뭐요?"

엄마가 같은 말을 반복하며 미쓰코를 노려보았다.

"자, 여기에요."

미쓰코는 두 손을 가지런히 포개 엄마 쪽으로 내밀었다.

"인감과 통장을 여기 올려주시지요. 그러면 없던 일로 해드릴 테니까. 경찰이나 변호사에게 가지도 않겠어요. 그저 얌전히 돌려주기만 하면."

"무슨 헛소리야, 이 할망구가?"

엄마는 엔젤에게 말했다. 미쓰코를 거들떠보지도 않고.

"야, 엔젤. 이 인간, 누구야?"

"그러니까 저는 히무라 씨와 같은 회사의 사람입니다."

미쓰코는 엄마의 무례한 말투도 신경 쓰지 않는다는 듯이 말했다.

"자, 여기 돌려주시죠. 그 통장은 이미 계좌를 정지했어요. 조만간 폐쇄할 예정입니다. 당신이 가지고 있어봤자 아무런 쓸모도 없어요. 당신한테는 쓰레기나 마찬가지죠. 그래도 계속 가지고 있겠다고 하면, 이쪽도 생각이 있습니다. 경찰에 신고해도 좋고, 시비를 가리겠습니다. 아니, 그렇게까지 안 해도 이 동네 민생위원에게 전화 한 통을 하거나 복지관에 상담해도 되겠죠."

민생위원이라는 말에 엄마가 조금 당황했나 보다. 갑자기 미쓰코에게 시선을 던졌다.

"그러니까 무슨 근거로 그런 소리를."

"따님에게서라도 돈이 들어오면 기초생활보장 급여는 그만큼 줄어들고 어쩌면 끊길지도 모르죠. 또 그게 딸에게서 훔친 돈이라면."

"그러니까 무슨 근거로."

"이상한 소리를 하는군요, 사모님."

미쓰코가 깔깔 웃었다.

"설령 계좌를 동결하지 않았어도 통장과 인감을 돈으로 바꾸려면 누군가가 은행 창구에 가야 합니다. 당신은 히무라 씨와 나이가 비슷한 딸에게 시키면 된다고 생각하겠지만, 그렇게 하면 사기죄, 절도…… 그런 죄가 된답니다. 은행에는 감시 카메라가 잔뜩 있으니 그게 흔들리지 않는 증인이 되어 줘요. 오히려 그러는 편이 좋았을지도 모르겠군요."

엄마가 숨을 깊이 들이마셨다가 내쉬었다. 생각에 잠긴 듯했다.

"자, 여기 올려놓으세요, 사모님. 그러면 아무 일도 없었던 걸로 할 수 있어요. 여기 있어도 아무짝에도 쓸모없잖아요."

엄마가 엔젤에게 시선을 주었다. 엔젤의 얼굴을 빤히 바라보았다. 지금 미쓰코가 한 말이 진짜일지 따지는 눈초리였다.

"너, 신고할 거니? 친엄마를?"

엔젤은 목소리가 나오지 않았다. 간신히 고개만 끄덕일 수 있었다.

무서웠다. 몸이 떨렸다. 그러나 이게 제일 중요한 때일지도 모르니까 꾹 참고 엄마의 눈을 노려보았다.

"……그래."

엄마는 작게 중얼거리더니 현관에서 이어지는 복도에 놓아둔, 합성 가죽 같은 번들번들한 가방을 들었다. 뭔가 뒤적뒤적 찾았다. 어제 엄마가 그걸 들고 있었던 게 생각났다.

"자."

미쓰코를 거들떠보지도 않고 엔젤에게 통장과 인감을 내밀었다. 엔젤은 힐끔 미쓰코를 봤다. 그녀가 고개를 끄덕여서 그걸 받았다.

"그리고."

미쓰코가 말했다.

"앞으로 이 애에게서 돈을 훔쳐 가는 일은 일절 거절합니다."

"뭐? 이 애? 얘는 내 딸이야. 내가 뭘 어떻게 하든 내 마음이지. 내가 키웠으니까."

"이미 히무라 엔젤 씨는 성인입니다. 어엿한 개인이에요. 부모든 자식이든 남의 소유물을 훔치는 건 절도입니다. 경찰에 신고하는 건 물론이고, 우리 회사 변호사에게 상담하는 것도 간단한 일이죠. 변호사 선생은 아마 당장 복지관이나 민생위원에게도 알리겠죠. 어떻게 될지는 조금 전에 말씀드렸으니 아시죠?"

엄마는 미쓰코를 노려봤지만 아무 말도 하지 않았다.

미쓰코가 엔젤의 옆구리를 찔렀다. 지금이 미쓰코가 말한 '제일 중요한 때'라는 걸 깨달았다.

이제 나한테 찾아오지 마, 돈도 안 줄 거야, 라고 하려고 한 입에서 다른 소리가 나왔다.

"전에 나한테 거짓말을 시켰지."

"뭐?"

갑작스러운 질문을 듣자, 엄마는 정말로 의미를 모르겠는지 의아한 표정을 지었다.

"언제? 무슨 소리야?"

"전에! TV에 나왔을 때, 아오키 오빠한테 이상한 짓을 당했다고 기자한테 말하라고, 자꾸, 자꾸만 시켰지."

"아아, 그때냐."

엄마가 희미하게 웃었다. 왠지 여유가 생긴 표정이었다.

"그게 뭐 어쨌다고."

"나, 줄곧 그게 싫었어! 정말 싫었어. 아오키 오빠는 그런 짓 안 했는데 너무해."

"그러니까 너는 결국 말 안 했잖아."

"그건 내가 끝까지 싫다고 거부했으니까. 내가 거부하지 않았으면 시켰을 거잖아. 딸한테 그런 소리를 시키려고 하다니."

"아니, 넌 근성 없는 녀석이니까 어차피 안 될 줄 알았어."

"나를 때리고, 몇 번이나 때리고……."

어느새 눈물이 흐르고 있었다.

"정말 최악의 부모야. 그러니까 이제…… 나한테 접근하지 마. 돈도 절대로 안 줄 거니까."

미쓰코가 앞으로 나서 흐느껴 우는 엔젤을 팔로 감쌌다.

"이렇게까지 말하니 이 애에게 접근하지 마시죠. 몇 번이나 말하지만 시비를 가려줄 곳에 갈 테니까."

엄마는 힐끔 미쓰코를 보고 대답하는 대신 문을 쾅 닫았다.

"……자, 끝났어."

미쓰코는 엔젤의 팔을 잡고 문 앞에서 멀어졌다.

"뭔가 맛있는 거라도 먹고 가자."

발을 끌며 걷기 시작했다. 엔젤은 한참 본가를 바라본 뒤, 미쓰코를 쫓아갔다.

"저기."

뒤에서 말을 걸자 미쓰코는 "간선 도로로 나가서 다시 택시를 타자"라고 중얼거렸다.

"저기, 뭐 좀 물어봐도 돼요?"

손등으로 눈물을 훔쳤다.

"뭔데."

"우리 회사의 변호사가 뭐예요? 미쓰코 씨, 아직 회사가 있어요?"

"없어. 그런 건. 있을 리 없지."

미쓰코가 웃었다. 엔젤도 여전히 코를 훌쩍이며 무심코 웃었다.

다시 고개를 돌려 본가를 봤다. 제법 걸었으니까 집이 작게 보였다.

여기에는 이제 두 번 다시 올 일이 없다.

엔젤의 인생에 관한 인터뷰를 마친 뒤로 아베 사치코와 얼굴 맞대고 대화하는 일은 없어졌다. 마지막으로 대화했을 때, 사치코는 지금까지 엔젤의 말을 받아 적은 노트 세 권을 정돈하며 "그럼 이제부터 이걸 원고로 정리할게"라고 말했다.

"그게 원고가 아니에요?"

자기가 한 말이 그대로 책이 되는 줄 알았다.

"아니야. 사람들이 네 말을 읽고 이해할 수 있게 내가 한 권으로 정리할 거야. 그걸 원고로 정리한다고 해. 원고가 다 되면 연락할게."

그 후로 오전 중 그녀의 방을 청소하러 가면 책상에 앉아 있을 때가 많았다. 때로는 잠옷에 가운을 걸쳤으니까 밤에도 자지 않고 글을 쓰는 것 같았다.

예전과 달리 엔젤을 봐도 말을 걸지 않고 그저 시선을 맞추고 살포시 미소 지었다. 엔젤은 잘 모르지만 퍽 즐거워 보였다. 그렇게 쓴 원고가 끝났는지, 마침내 사치코의 방에 불려 갔다.

그녀는 커피를 만들며 "정규직도 됐고 열심히 하네"라고 말했다.

"아, 네."

"그래서인가? 왠지 얼굴이 달라졌어."

"네?"

엔젤은 두 손으로 얼굴을 감싸 쓰다듬었다.

"조금 살이 빠졌거든."

실제로 미쓰코가 알려준 자취 생활을 시작하면서 몸무게가 순식간에 줄었다. 잘 챙겨 먹는지 야마다가 걱정할 정도였다.

"그것도 그렇고 왠지 어른스러워졌다고 해야 하나……."

"늙었다는 건가요."

"아니야."

사치코가 커피를 내려놓았다.

"얼굴이 좋아졌어. 열심히 하는구나."

"어떨까요, 잘 모르겠어요."

사치코가 살짝 웃더니 커피 옆에 종이 한 뭉치를 놓았다. 제일 위의 새하얀 종이 중앙에 『태어난 순간부터 계속 찍히기만 했다』라고 적혀 있었다.

"이게 뭐예요?"

엔젤이 그 문장을 가리켰다.

"제목이야. 책 제목."

"아하."

"책으로 낼 때는 그 '찍히기만'을 빨갛게 하든 뭐든 해서 눈

노인 호텔

에 잘 띄게 할 거야."

사치코는 그게 아주 세련되고 멋있다는 것처럼 자신만만하게 말했는데, 엔젤은 잘 모르겠다.

"그걸 읽고, 괜찮다면 감상을 들려주지 않을래? 쓰지 않길 원하는 부분이 있으면 편하게 말해주면 좋겠어."

"음."

엔젤은 그걸 집어 들었다. 팔랑팔랑 넘겼다.

내가 그 소녀와 만난 것은 변두리 비즈니스호텔이었다.

그녀는 청소원으로 내 방에 왔다.

나중에 나이를 듣고 소녀일 나이는 지난 걸 알았지만, 첫인상은 실제보다 어리고 위태로워 보여서 정말 '소녀'라는 느낌이었다. 웃지 않는 친구였다. 언제나 같이 있는 선배 청소원의 지시를 받아 묵묵히 일했다. 일은 열심히 했는데 어딘지 건성인 면이 있고, 뭔가 다른 생각을 하는 것처럼도 보였다.

이 인상은 이후 친해져서 이야기를 듣기 시작한 뒤로도 바뀌지 않았다. 자기 인생을 고백하고 때로 참회할 때도 그녀는 늘 다른 것에 정신이 팔린 태도를 보였다. 그 이유는 앞으로 자세히 밝힐 것이다.

매일 아침 그녀를 보다가 나는 묘한 기분을 느꼈다. 이 사람과 어디서 만난 적이 있는데……. 나이로 따져 이렇게 젊은 사람을 알 리 없는데도, 이상하게 자꾸 그런 생각이 들었다.

"너, 혹시 A 아니야?"

어느 날, 용기를 내 말을 걸자, 그녀가 움찔 몸을 떨었다.

아주 열심히 읽네, 라는 목소리가 들려 엔젤은 고개를 들었다.

"아, 죄송합니다."

"아니야, 기쁜걸."

솔직히 교과서 이외의 책을 읽은 적이 거의 없었다. 이것도 '아마 못 읽을 것 같아요'라고 거절할 생각이었다.

그래도 자기 이야기가 적혀 있고, 나아가 자신이 남에게 어떻게 보이는지를 처음 알아서 놀랍게도 머릿속에 술술 들어왔다. 자신이 생각해도 의외였다.

"어때?"

"모르겠어요."

사치코는 웃었다.

"오랜만에 듣네, 그 '모르겠어요'라는 말."

"죄송합니다."

"아니야, 아무튼 읽어보고 감상을 들려주면 좋겠어."

"그냥 괜찮아요."

엔젤은 사치코에게 원고를 돌려주었다.

"괜찮다니?"

사치코가 그걸 받으며 말했다.

"이제 괜찮아요. 뭘 어떻게 써도 돼요."

"……그렇게 말해주면 나야 편하지만."

사치코가 고개를 기울였다.

"여기에는 네가 알려준 게 적혀 있어. 예를 들어 엄마가 거짓 증언을 강요한 것, 나라의 제도를 부정으로 이용했을지도 모르는 의심도…… 이름이나 지역은 이니셜로만 낼 거지만, 어쩌면 큰 소동이 날지도 몰라."

"그래요?"

"게다가…… 네가 히무라 씨라는 걸 여기 사람들에게 알리기 싫다고 했지? 이걸 출판하면, 어쩌면 알려질지도 몰라."

"……괜찮아요."

"뭐?"

"이제 알려져도 괜찮다는 생각이 들어요."

엔젤은 엄마가 통장과 인감을 훔쳐 가서 인연을 끊은 것을, 미쓰코에 관해서는 생략하고 설명했다.

"본가에는 안 갈 생각이에요. 그 사람들은 이제 안 만나요."

"그렇구나. 그래도, 그래도 읽어보렴. 네가 읽지 않으면 나는 출간할 수 없어."

"시간이 걸릴지도 모르는데요."

"그래도 괜찮아."

"알겠습니다."

사치코에게서 원고를 받았다.

"저기, 하나만 말해도 될까요."

"뭐니?"

"우리 엄마, 나쁜 인간이에요. 최악의 인간이에요. 사치코 씨가, 그⋯⋯."

엔젤은 잠깐 생각했지만 좋은 말이 생각나지 않았다.

"신경 쓸 만한 인간이 아니에요."

"아아." 사치코가 웃었다. "내가 콤플렉스를 품은 거 말이구나. 네 어머니한테."

"네."

노인 호텔

"고마워. 이해했어."

"사치코 씨가 훨씬 좋은 사람이에요."

"……고맙다."

엔젤은 원고를 받고 사치코의 방에서 나왔다.

그건 아주 사소한 일로 시작됐다.

본가에 다녀온 날부터 몇 주쯤 지나 미쓰코의 방에서 이야기를 나누고 있었다.

미쓰코가 몇 번인가 사레들린 것처럼 재채기를 해서 엔젤은 물을 받아와 마시게 했다.

"오늘은 이상하게 말하기 어렵네. 아침부터 목이 좀 아파서."

물을 다 마시자 이번에는 목에서 쌕쌕거리는 소리가 났다.

"괜찮으세요? 뭔가 사 올까요……. 목캔디나?"

"그럼 내일 아침에 부탁할게. 돈은 줄 테니까."

미쓰코가 사탕 이름을 말했다. 목에 좋은 약으로 유명한 의약품 회사가 만든 사탕이었다.

그날 '수업'은 거기에서 끝났다. 엔젤의 제안을 미쓰코가 순순히 받아들이는 건 드문 일이었다.

"하룻밤 자면 괜찮아질 거야."

그 목소리가 조금 갈라지긴 했지만 엔젤은 괜찮은 줄 알았다.

다음 날 아침, 출근하자마자 미쓰코의 방에 가서 문 앞에서 사탕을 건넸다.

"괜찮으세요?"

미쓰코는 말없이 고개를 끄덕였다. 그녀는 아무 말도 없이 문을 쿵 닫았다.

청소복으로 갈아입고 야마다와 함께 108호에 가자 "Don't disturb(깨우지 마시오)" 팻말이 걸려 있었다.

"어머나."

야마다가 문을 두드리려고 해서 말렸다.

"미쓰코 씨, 아까 얼굴을 봤어요. 어젯밤부터 별로 못 주무신 것 같으니까 깨우지 말죠. 제가 오후에 상태를 보러 올 테니까요."

"그래? 그럼 부탁할게."

예전과 다르게, 그날이 미쓰코가 방에 사람을 들이지 않기 시작한 첫날이기도 하고 엔젤이 상태를 살펴보겠다고 하니까 야마다도 순순히 물러났다. 사원이 되고서 야마다는 바쁘다. 청소할 방이 하나라도 줄면 고맙다고 생각했을 수도 있다. 예전만큼 노인들에게 신경을 쓰지 않았다.

약속대로 오후, 퇴근하기 전에 미쓰코의 방에 갔다.

노크하고 잠깐 기다리자 그녀가 나왔다.

"주무셨어요?"

"응."

그녀가 심하게 콜록거렸다.

"괜찮으세요!"

어깨를 안으려고 한 엔젤의 손을 미쓰코가 뿌리쳤다.

"당연히 괜찮지. 이 정도 감기는 매년 걸려."

"그래요? 내일 약을 좀 사 올까요?"

고개를 저으려다가 미쓰코가 마음을 바꿨는지 고개를 끄덕였다.

"그럼 적당히 뭔가 사 와."

"먹을 건요?"

"그것도 적당히."

미쓰코치고 드물게 돈 3천 엔을 건넸다.

"그럼 약이나 죽 같은 거요."

"그래, 내일이면 돼."

"네? 지금 사 올게요."

"괜찮아. 정말로, 먹을 건 조금 있으니까. 큰일도 아니야."

그러더니 또 기침했다.

다음 날, 문을 두드리자 다시 고개를 내밀었다.

엔젤이 사 온 것을 받으며 "오늘도 청소는 괜찮아"라고 말했다.

"정말요?"

"가능하면 한동안 청소는 하지 말고, 방에 아무도 못 오게 할 수 있을까. 야마다 씨나 호텔 사람들한테 말해줄래?"

"알겠습니다."

"밤에 기침하느라 잠을 제대로 못 자니까 아침에 일어나질 못하겠어."

"괜찮으시겠어요?"

"네가 사 온 약도 먹을 거니까."

"오후에 제가 살펴본다고 하면 괜찮을 거예요. 그래도 야마다 씨나 매니저한테 미쓰코 씨가 한 번 직접 말씀하는 편이 확실할지도요. 둘 중 한 사람을 방에 들르게 할 테니까……."

"아아, 그게 좋겠네."

야마다와 사카이에게는 시킨 대로 설명했다.

"히무라 씨가 살펴본다면 나는 괜찮아" 하고 야마다는 받아들였다.

"일단 제가 약도 전달했어요."

"그럼 그렇게 할까."

그들은 미쓰코의 방을 찾아갔고, 감기가 나을 때까지 한동안 청소를 하지 않기로 전보다 쉽게 정했다. 엔젤이 오후에 미쓰코의 방을 찾아갔다. 문에서 얼굴을 보여줄 뿐이었는데, 미쓰코는 소강 상태를 유지하는 것처럼 보였다.

미쓰코는 감기에 걸려 일주일쯤 지난 뒤에야 드디어 엔젤을 방에 들였다.

늘 그렇듯이 미쓰코의 방은 깔끔하게 정리됐다. 청소는 안 했어도 물건이 적으니까 신경 쓰이지 않았다. 엔젤은 미쓰코에게 허락받아 세탁실에서 청소 용구를 가지고 와 청소기를 돌렸다. 바닥과 화장실, 욕실을 청소했다. 그러는 동안 미쓰코는 침대에 누워 있었다.

안색이 나쁘고, 침대에 누운 몸이 왠지 자그마해 보였다.

"영 낫질 않네요."

"그러게."

미쓰코는 천장을 올려다보았다.

청소를 마치자 미쓰코가 "고마워"라고 말했다. 평소 고맙다는 말을 안 하는 사람이니까 놀랐다.

"왜 그러세요?"

"뭐가."

"아니……."

"잠깐 이리 와 봐."

미쓰코가 엔젤을 머리맡으로 불렀다.

"뭐 메모할 거 있어?"

엔젤에게 메모지가 없는 것을 보고 미쓰코가 침대 옆 테이블에 둔 메모장과 볼펜을 줬다.

"내가 하는 말을 적어."

"네."

도대체 무슨 말을 하려는 건지 엔젤은 의아했다.

"지가 4백만 엔짜리 물건을 2백만 엔에 사서 최대 1백만 엔을 들여 수선한다."

"네? 뭐예요, 지가가?"

"괜찮아. 지금은 몰라도. 인터넷에서 찾아봐. 아무튼 적어둬. 내 말을 그대로. 그게 내가 누워서 계속 생각한 네 전략이야."

"네?"

"자, 말할게, 알았지? 2백만으로 사서 1백을 들여 수선한 물건을 5만으로 빌려주면, 이율은 20퍼센트가 돼. 3년 운용하면 180만이 들어오지. 그 물건을 이율 15퍼센트인 4백만으로 매각할 수 있을 거야. 분명 살 사람이 나타나. 너는 580만과 부동산 업계 노하우를 얻지. 그러는 동안에도 열심히 일하고 절약할 테니까 돈은 더 모였을 거야. 지금 하는 대로 하면 연간 1백만 엔 가깝게 저축할 수 있지? 너는 880만을 밑천으로 연립주택 1동을 사는 거야. 정규직으로 3년 이상 일하면 융자도 나올 거야."

"네……. 그렇게 잘 될까요?"

"잘 돼야지. 되게 해야 해. 주의할 게 많은데, 제일 중요한 건 천장이야. 천장에 얼룩이 있거나 울퉁불퉁 파도치는 것 같으면 안 돼. 천장은 고치는 데 돈이 드니까 그것만으로 1백만 넘게 들 수도 있어. 그리고 흰개미. 아무리 저렴해도 사면 안 돼. 어쩌면 아무리 조심해도 첫 물건으로는 실패해서 모든 걸 잃을 수도 있어. 그래도 계속 해야 해."

그러더니 미쓰코는 자기 베개 아래에서 군데군데 닳은 봉투를 꺼냈다. 은행 ATM 옆에 비치된 봉투다.

"이거."

그걸 엔젤에게 떠넘기듯이 줬다.

"안을 봐."

조심스럽게 봤더니 1만 엔 지폐 다발이 들어 있었다. 엔젤이 놀라 소리를 지르며 미쓰코를 봤다.

"1백만 엔이야. 이걸 더하면 980만 엔이지. 대충 1천만 엔이 있으면 연립주택의 첫 시작으로는 아주 좋지."

"무슨 말씀이에요. 이게 무슨 돈이에요."

"이대로 죽게 해줘."

"네?"

엔젤은 미쓰코를 봤다. 눈을 꼭 감고 있었다.

"나를 이대로 이 방에서 죽게 해줘."

"……무슨. 그건."

"사원이 된 너라면 할 수 있어. 아무튼 병원이나 시설에는 보내지 말아 줘. 구급차를 부르는 것도 절대로 안 돼. 여기에서 지내고 싶어."

"그럴 수 있을까요?"

"잘은 모르겠네."

미쓰코가 고개를 저었다.

"그래도 네가 매일 날 확인하면 돼. 내가 괜찮다고 했다고 호텔에 말하면 분명 잘 될 거야. 너, 사원이니까 마스터키를 쓸 수 있지?"

"그건 그렇죠."

"대답이 없으면 반드시 혼자 들어와야 한다. 만약 죽지 않았다면, 의식이 있든 없든 그대로 방에서 나가. 죽었다면 다른 사람에게 연락해."

"그건……."

"늙은이가 방에서, 고작 감기에 걸린 정도로 덜컥 죽는 건 흔한 일이야. 괜찮아. 네 잘못이 되지 않아."

자, 하며 미쓰코가 엔젤에게 1백만 엔을 강제로 밀어붙였다.

"부탁이야. 지금을 놓치면 한동안 죽을 기회가 없을지도 몰라. 지쳤어, 더는 못 견디겠어. 슬슬 죽고 싶어……. 돈이 없어지기 전에."

"돈이……."

"그래."

미쓰코가 쓸쓸하게 웃었다.

"이제 돈이 별로 없어. 돈 한 푼 없이 비참하게 죽긴 싫어. 죽을 날만을 계속 기다렸어."

"돈은 어떻게든 될 거예요."

어떻게 되지 않는다는 것을 엔젤이 제일 잘 알지만, 눈앞의 노인을 보면 임시방편일지라도 이렇게 말할 수밖에 없었다.

"내 과거를 들으면 내 마음을 이해할 거다."

"네?"

미쓰코는 눈을 감은 채 이야기를 시작했다.

"나는 원래 후쿠오카 출신이야. 알고 있지?"

엔젤은 그녀에게는 보이지 않는 걸 알면서 어중간하게 고개를 끄덕였다. 전에 하카타 이야기를 들은 뒤로 예상은 했다.

"전쟁이 끝나고, 남편이 된 사람과는 일하던 회사 상사의 소개로 만났어. 구두쇠지만 나쁜 사람은 아니었어. 부동산업은, 처음에는 조촐하게 시작했어. 빌려서 살던 집이 마침 컸거든. 애가 생겨서 내가 일을 못 하게 되고 남편 수입만으로는 조금 부족했으니까 집 2층을 하숙 놓아서 빌려준 게 시작이었어. 독신 회사원이 살았는데, 아침과 저녁 식사도 제공하고 1만 2천 엔. 그 현금 수익이 얼마나 기뻤던지…… 그때는 집안일에 자식을 돌보고 하숙생 식사까지…… 정말 아침부터 밤까지 일했어. 그 돈은 절대 손대지 않고 저축해서, 더 큰 집으로 이사 가서 하숙생을 두 명 놓았더니 돈이 모였지. 연립주택을 사서 본격적으로 임대업을 시작했어."

미쓰코가 말을 멈춰서 물을 마시게 했다. 목이 크게 움직였다.

"그때부터는 부동산도 돈도 재미있게 불어났지. 당시 내 방식은 전부 현금 결제, 물건은 역 근처나 번화가에 가까운 입지 좋은 곳이었어. 그 정도의 전략이어도 그 시대에는 가능했어. 입지 좋은 집이나 연립주택을 사고, 임대료를 모아서 다른 물건을 사. 그걸 반복했어. 가족들 식사는 늘 직접 만들었고, 생활은 빠듯하게 허리띠를 조였지. 세입자가 나가면 방 청소와 수선도 직접 했어. 자식들에게도 페인트칠을 돕게 했지. 남편도 구두쇠였으니까 그런 걸 싫어하지 않았어. 그건 고마웠지만…… 결국 구두쇠인 게 재앙이었지."

"재앙?"

"그 사람은 너무 구두쇠라 자산 명의를 전부 자기 걸로 했어. 도중에 남편을 사장으로 삼아 회사 조직을 만들었는데, 은행 계좌 하나도 나한테 주지 않았어. 부동산 투자를 하는 건 나인데. 그래도 시대도 시대였으니까 별로 신경 쓰지 않았지. 그런데 예순에 덜컥 죽었을 때, 유산 분할로 가족이 다퉜어."

미쓰코는 길고 긴 한숨을 쉬었다.

"자식은 아들딸 합쳐서 넷이야. 다들 우리가 고생한 걸 봤으니까 가업도 이해할 줄 알았는데, 내가 남편 병구완을 하느라 허둥거릴 때 넷이 결탁해서는, 악덕 변호사의 지혜를 빌렸겠지…… 남편이 죽었을 때, 지금까지 아버지가 소유했던 거니까 장남이 회사를 물려받아서 사장 자리를 맡으면 되지 않느냐고 해서…… 나도 마음이 약해졌었고 장남이 '어머니는 제가 돌볼 테니까요'라고 울면서 설득해서 도장을 찍고 말았어."

"그럴 수가 있어요?"

"회사나 부동산 물건 전부 자식들 명의로 바뀌고 빼앗겼지. 돌본다는 것도 거짓말이었어. 집이 좁다느니 뭐라느니 하더니 어느새 내가 소유한 작은 연립주택의 방구석으로 쫓겨났어."

"하지만 그런 건 변호사한테 상담하면."

그거야말로 미쓰코의 장기 아닌가.

"그래, 네 말대로야. 하지만 왠지 전부 다 싫어졌어. 무엇보다 자식들한테 당한 게 괴로웠지. 절망했어. 마지막에 나한테 이런 소리를 하더구나. 자식들이, 우리를, 나랑 남편을 평생 원망했다는 거야. 집에 돈이 있는데 궁핍하게 살게 했다, 놀러 다닐 돈도 주지 않았다. 가업을 도우라고 해서 공부할 시간도 없었는데 성적이 나쁘다면서 대학에도 보내주지 않았다. 귀신 같은 부모였다. 돈이 없어서 친구들에게도 괴롭힘을 당했다. 그걸 알기나 했느냐면서, 원망하더군."

"그건 거짓말일지도 몰라요. 돈을 가지려고 트집을 잡았을지도."

"그렇지. 하지만 전부 다 지긋지긋해졌어. 나는 일단 변호사에게 상담해서 되찾을 수 있는 걸 되찾았어. 현금으로 1천만엔 정도였나. 아무튼 그걸 움켜쥐고 도쿄로 왔어. 그리고 경매로 나온 그 빌딩을 샀지."

"그 빌딩? 혹시 마야카시가 있던 빌딩이요?"

"그래. 그때는 아직 나도 기력과 활기가 있었으니까. 절망했었지만 역시 부동산을 좋아했어. 우연히 경매로 나온 그 빌딩을 보고 감이 왔어. 이거면 괜찮겠다고. 낡았고 권리도 엉망이고, 장소는 괜찮았는데 채권자가 잔뜩 붙었지. 그걸 전 재산을 퍼부어서 사서 죽을 각오를 하고 정리하고 청소하고 고쳐서…… 어떻게든 쓸 만하게 만들었어. 빌딩에서 임대료가 들어오게 된 후로 또 부동산을 몇 개 사서 어떻게든 꾸렸지."

"저기, 이름은 어떻게 된 거예요? 아야노코지 미쓰코가 아니죠?"

"또 자식들이 쫓아오지 못하게 이름을 바꿨어."

미쓰코는 간단히 설명할 뿐이었다.

"원래 이름이 있지만 여기 와서는 본명을 거의 안 썼지. 빌딩을 살 때는 어쩔 수 없이 썼지만……. 은행 계좌도 없어. 전부 현금."

"대단하세요."

"그래도 간신히 안정됐을 때 또 찾아왔어."

"네?"

"자식이 아니라 친척이. 남편 여동생의 자식들이 나를 찾아내서 온 거야. 뭔 소린지 모르겠는데 원망을 퍼부었어. 남편이 죽었을 때 왜 자기들한테도 나눠주지 않았느냐면서."

미쓰코가 그쯤에서 침을 삼켰다. 목이 아픈지 표정이 잔뜩 일그러졌다. 엔젤이 한 번 더 물을 마시게 도와주었다.

"……시누이의 남편 친척 중에는 야쿠자가 있었어."

"네?"

"손을 씻었다면서 폐품 회수업을 했는데, 뒷배에 질 나쁜 놈들이 붙어 있었지. 예전에 돌봐줬던 동생뻘 되는 사람이 지금은 높은 인간이 됐다나, 잡담하는 척하면서 그런 소리를 했어."

"왜요?"

"협박이지. 언제든 당신 한 명쯤은 처분할 수 있다고. 그것만이 아니야. 지금 여기에 사는 걸, 여기에서 위세 좋게 지내는 걸 내 자식들한테 말하겠다고 협박해서 어쩔 수 없이 현금을 얼마쯤 줬어. 이제 자식들과 만나긴 싫었어. 다시 절망하기 싫었으니까. 너도 부모 때문에 고생했는데, 자식들도 또 골치 아픈 존재야. 일단 내쫓고 그 주에 내가 소유한 부동산을 전부 팔아 현금으로 만들고 한동안 이 근방에서 떠났어. 각지를 돌아다니다가 이제 슬슬 괜찮겠다고 판단하고 돌아왔지. 여기저기 다녔지만 나이를 먹으면 조금이라도 익숙한 토지가 제일이고, 호텔에 틀어박히면 아무도 모를 테니까."

"그래서였군요."

"나는 이제 지쳤어."

그 말이 무겁게 울렸다.

"자, 이 마지막 돈을 줄 테니까 여기에서 죽게 해 줘."

그녀의 말은 황당무계하게 들렸다. 그러나 손에 든 1백만 엔은 현실이었다.

"받았지?"

미쓰코가 침대에 누워 히죽 웃었다.

"그러니까 해줘야겠어. 만에 하나 구급차를 부르면 네가 내 돈을 훔쳤다고 할 거야."

미쓰코가 눈을 감고 "그만 가 봐"라고 말했다.

돈을 가방에 넣고 방에서 나와 프런트 앞을 지나갔다.

"미쓰코 씨, 어떠셔?"

프론트에 서 있던 매니저 사카이가 물었다.

"조금 감기 기운은 있는데 괜찮으세요."

자연스럽게 입이 움직였다.

그때는 생각보다 빨리 왔다.

미쓰코에게서 돈을 받고 며칠 후, 문을 두드려도 대답이 없는 아침이 있었다.

엔젤은 망설이지 않고 프론트 뒤로 들어가 마스터키를 찾았다. 이른 아침이라 프론트에 사람이 없었다.

열쇠로 문을 열었다. 불이 꺼져서 방은 어두웠다.

"……미쓰코 씨?"

불러도 아무 대답이 없었다. 침대 위의 작은 산, 미쓰코의 몸은 자그마했다. 언제나 작았지만 오늘은 한층 더 작았다.

미쓰코가 죽었다는 걸 바로 알았다. 가까이 가서 살피거나 호흡을 확인할 것도 없었다.

일단 가까이 가서 얼굴을 들여다보았다. 몸도 얼굴도 옆으로 누워 문에서 반대쪽을 보고 있었다. 얼굴이 굳었고 눈을 희미하게 뜨고 있었다. 하얀 속눈썹이 섞여서, 그때 창에서 들어온 빛을 받아 반짝반짝 투명하게 빛났다. 눈꺼풀 사이로 아주 조금 보이는 눈동자도 색이 연했다. 그곳만 마치 인형처럼 예뻤다.

"미쓰코 씨."

조용히 속삭였다. 전혀 반응이 없었다. 역시 죽었다.

엔젤은 일단 방문을 확인하고 안에서 열쇠로 잠갔다. 책상 아래 보스턴백을 열었다. 안에는 전기 버너, 작은 냄비, 노트북 등이 들어 있었다. 엔젤이 모르는 것은 아무것도 없다.

다음으로 옷장을 열었다. 레이스 원피스 몇 벌과 얇은 코트가 걸려 있었다. 그 아래에 비즈로 만든 익숙한 작은 가방이 있었다. 그걸 열자, 은행 봉투가 있었다.

손이 차갑고 떨렸지만 추워서 그런다고 생각하기로 했다. 안에 든 돈이 대충 3백만 엔 정도인 걸 바로 알았다. 며칠 전에 비슷하게 1백만 엔을 받았으니까. 제대로 세어보니 332만 엔이었다.

예상대로였다.

미쓰코는 감기에 걸리고 한 번도 밖에 나가지 않았다. 그런데 엔젤에게 1백만 엔을 줬다. 즉, 미쓰코의 돈은 전부 이 방에 있으리라고 예측했다. 엔젤에게 건넨 것이 최후의 1백만 엔일 가능성도 있지만, 아마 그녀의 성격상 전부 줄 리는 없다고 짐작했다. 회복하거나 구조되었을 때를 대비해 돈을 남겨놨겠지. 그러나 3백만 엔이나 되는 거금일 줄은 몰랐다. 이 호텔에 앞으로 2년 정도는 머물 수 있는 계산인데, 그녀는 죽음을 선택했다.

천천히 숨을 내쉬었다.

마음이 흔들렸다.

지금 가지고 갈 돈은 1백만인가 2백만인가 3백만인가, 전부인가. 아니, 챙기지 말고 여기에서 나갈까.

챙기지 않는 선택지는 없다고 엔젤은 생각했다. 왜냐하면 여기에 챙겨도 아무도 모르는 돈이 있으니까. 그냥 둬봤자 이 돈은 미쓰코가 제일 증오하는 탐욕스러운 친척이나 국고로 갈 뿐이다. 챙기지 않는 선택은 단순한 자기만족이다. 자신을 착하다고 여기기 위한.

힐끔 손목시계를 확인했다. 평소보다 일찍 출근했는데도 벌써 8시다. 프런트에 사람이 앉는 건 9시 넘어서지만 슬슬 다른 사람이 출근할 시간이다. 돈을 훔치고 마스터키를 돌려놓고 아무렇지 않은 얼굴로 미쓰코가 대답하지 않는다고 보고해야 한다.

마음을 진정시킬 시간도 필요하다. 최대한 빨리 결정해야
한다.

1백만은 너무 적고 나중에 후회하겠지. 삼백은 남는 돈이
몇십만 엔뿐이다. 반년분 호텔 대금을 미리 내는 미쓰코의 소
지금으로는 너무 적다. 최초 발견자인 엔젤이 의심받을지 모
른다.

역시 2백만 엔이 타당할 것 같다.

미쓰코가 남에게 소지금을 말했을지는 알 수 없다. 그러나
그녀가 마음을 허락한 사람은 오로지 엔젤뿐이다. 그런 자신
에게 말하지 않았으니까 괜찮을 것이다.

지금은 전부 운에 걸 수밖에 없다.

엔젤은 2백만 엔을 꺼내 토트백에 감췄다. 남은 132만 엔은
아쉬움을 느끼면서 가방에 그대로 남겨두었다.

일어나서 미쓰코를 더는 보지 않고 문을 살그머니 열었다.
다행히 복도에는 아무도 없었다.

마스터키로 문을 잠그고 프런트에 돌려놓았다.

탈의실로 가서 가방을 자기 사물함에 넣었다. 이 낡은 토트
백에 2백만 엔이 들어 있으리라고는 아무도 생각하지 않겠지.

엔젤은 유니폼으로 갈아입었다. 평소 파트타이머 할머니들

이 앉는 테이블에 앉았다. 지금은 이른 시각이라 아무도 없다. 한 번 크게 심호흡했다. 이제부터 제2막이 시작된다. 자신은 일단 차분한 것 같다. 탈의실 문을 열고 밖으로 나왔다.

조금 전에 나왔던 미쓰코의 방으로 가 문을 두드렸다.

"미쓰코 씨?"

엔젤은 떠올렸다. 그 하얀 속눈썹, 얇은 눈꺼풀, 그 사이로 보인 눈동자를…… 그건 이미 빛을 내뿜지 않는다. 그런데도 자신은 거기 그녀가 있는 것처럼 행동한다. 아무도 보지 않는데.

"미쓰코 씨, 괜찮으세요?"

당연히 대답은 없었다.

엔젤은 프런트로 갔다. 거기에는 막 출근한 사카이가 있었다.

"사카이 씨, 미쓰코 씨가 대답이 없는데요……."

"뭐?"

"아직 주무실지도 모르지만."

"최근에는 감기에 걸렸으니까 청소는 됐다고 하셨지."

"네, 어제는 문 앞까지 오시긴 했어요."

"고마워."

선량한 사카이는 고맙다고까지 말했다.

"조금 걱정이어서 오늘은 좀 일찍 노크해 봤어요. 그런데 대

노인 호텔

답이 없어서."

"아직 주무시려나?"

"그러실지도요."

"그럼 잠깐 지켜볼까. 오후에 한 번 더 노크해 줘."

"알겠습니다."

엔젤은 그의 말을 야마다와 다른 사람에게도 전했다.

점심시간에 혼자 밖으로 나가 역 빌딩의 가게에서 작은 가방을 사 빌딩 화장실에서 2백만 엔을 넣고 역 물품 보관함에 넣었다. 만약을 대비했다.

식욕이 없어서 아무것도 먹지 않고 호텔로 돌아왔다.

오후, 한 번 더 미쓰코의 방을 노크하고 대답이 없다고 다시 보고했다. 사카이와 둘이 문을 열고 미쓰코가 죽은 것을 확인했다.

그는 "미쓰코 씨, 미쓰코 씨" 하고 어깨를 흔들었다. 엔젤은 그 옆에 무표정하게 서 있었다. 망연자실한 연기를 할 생각은 없었는데, 어떻게 하면 좋을지 모르는 건 같았으니 잘 됐다.

"뭘 멍하니 서 있어. 구급차를 불러!"

드물게도 그가 외쳤다.

"……네."

곧 구급차가 사이렌을 울리며 와서 병원에서 사망을 확인했다.

미쓰코의 죽음은 간단히 정리됐다.

감기에 걸려 한동안 청소하지 말라고 한 걸 야마다도 사카이도 알고 있으니까 경찰이나 보건소에서 날카롭게 캐묻지 않았다.

다만 경찰이 와서 야마다와 함께 사정 청취를 받았다. 그녀의 사인 때문이 아니라 미쓰코의 신분을 알 수 없는데 뭔가 아는 게 없느냐는 내용이었다.

"모른다고요? 아야노코지 미쓰코가 아니에요?"

야마다가 놀라 외치는 옆에서 엔젤은 똑같이 눈을 동그랗게 떴다.

"방에는 신분을 증명할 만한 게 하나도 없었습니다."

미쓰코가 말한 것은 물론이고 마야카시의 일, 부동산 사무소의 일도 절대 말하지 않았다. 자신과의 관계가 들키면 위험하다고 생각했고, 남은 132만 엔이 혈육에게 가는 것도 미쓰코가 기뻐하지 않으리라 생각했다.

한동안 움찔거리며 살았는데, 놀랍게도 아무 일도 없었다. 미쓰코가 죽은 뒤 방은 바로 정리했고 곧 다른 노인이 들어왔다.

그래도 엔젤은 좀 더 상황을 지켜보기로 했다. 지금도 미쓰코가 하란 대로의 투자는 할 수 있다. 그러나 갑자기 부동산을 사면 누가 의심할지도 모른다.

미쓰코가 가르친 대로 3년은 필요하다. 그러면 융자도 받을 수 있고, 그때는 모두 미쓰코를 잊었을 것이다. 나는 그때까지 가만히 기다려야 한다. 지금 생활을 절대로 바꾸지 않고, 사치 부리지 않겠다. 그 정도는 할 수 있는 인간이 됐다.

아무것도 달라지지 않았다.

엔젤은 시치미 뚝 뗀 얼굴로 지금까지처럼 매일 아침 탈의실에서 유니폼을 갈아입고 아침 청소를 했다. 다들 이 내가…… 평범한 청소원인 내가 3백만 엔이 넘는 현금을 갖고 있는 줄 상상도 못 하겠지.

이대로 미쓰코가 시킨 대로 일하면 언젠가 연립주택을 살 수 있다.

매일, 매일 같은 날이 이어진다.

"……이상하지."

옆에서 옷을 갈아입던 야마다가 문득 손을 멈추고 생각에 잠겼다.

"뭐가요?"

야마다는 여전히 촌스럽고 할머니 같은 속옷을 입었다.

"미쓰코 씨, 전에 말했거든."

"뭐를요?"

"아직 돈은 있다고…… 히무라 씨가 오기 조금 전이었나. 호
텔에 계속 사시다니 대단하시다고 했더니, 여기에서 몇 년쯤
살 정도의 돈은 아직 있다고 했어. 그러니까 나, 미쓰코 씨가 아
직 몇백만 정도는 가진 줄 알았어. 그런데 백만 조금이었지."

"……허세 아닐까요?"

"어?"

"허세나 공갈이요. 그 정도쯤은 있다고 말해 두지 않으면,
쫓겨나면 곤란하니까."

"그런가. 그래도 일단 지배인이나 매니저한테 물어볼까."

"죄송해요, 저 일 시작하기 전에 화장실에 좀 다녀올게요."

"그래. 그럼 내가 도구를 준비할게."

"고맙습니다."

엔젤은 휴대폰을 가지고 화장실로 갔다. 개인 칸에 들어가
바로 휴대폰을 꺼냈다.

라인을 열어 계정을 찾았다. 한동안 사용하지 않은 이름이다.

가토 유타. 그 이름이 나오자 자연스럽게 표정이 풀어졌다.

'오랜만이야! 잘 지내? 아직 이 연락처 쓰니?'

그리고 눈을 감았다. 엔젤은 변기에 앉아 기도했다.

나는 아직 여기에서 죽을 수는 없어. 신기했다. 전에는 언제 죽어도 괜찮다고 생각했는데, 지금은 절대로 죽고 싶지 않다.

부탁이야, 아무도 나를 방해하지 마. 3년 만이라도 좋으니까 그냥 내버려 둬.

가토는 메시지를 아직 읽지 않았다. 중학생 때 유일한 친구였던 가토 유타. 지금이야말로 그를 이용할 때일지도 모른다.

옆 개인 칸에서 물 내려가는 소리가 크게 들렸다. 엔젤은 번쩍 눈을 떴다.

지금 내가 무슨 생각을 한 거지.

허둥지둥 라인을 다시 봤다. 가토에게 보낸 메시지는 아직 읽음 표시가 없었다. 지금이라면 삭제할 수 있다. 엔젤은 떨리는 손으로 그걸 지웠다.

크게 한숨을 내쉬었다.

나는 아직 다시 시작할 수 있다.

엔젤은 한 번 더 눈을 감고 기도했다. 무엇을 위한 기도일까. 미쓰코일까, 야마다일까, 돈일까, 가토일까, 그도 아니면 자기 자신일까. 엔젤은 이제 알 수 없었다.

참고 문헌

- 『부동산 투자 역사 60년! 90세 여성 현역 건물주가 돈을 번 부동산 투자 비법과 부동산 관리 비법不動産投資歷60年！90歲女性現役大家の儲かる不動産投資術と物件管理の極意』시노사키 미쓰코篠崎ミツ子, 셀바출판セルバ出版

- 『33세 실수령 22만 엔인 내가 1억 엔을 모을 수 있었던 이유33歳で手取り22万円の僕が1億円を貯められた理由』이노우에 하지메井上はじめ, 신초사新潮社

노인 호텔

1판 1쇄 인쇄 2025년 1월 9일
1판 1쇄 발행 2025년 1월 24일

지은이 하라다 히카
옮긴이 이소담

발행인 양원석 **편집장** 김건희
디자인 최승원, 김미선 **영업마케팅** 조아라, 박소정, 이서우, 김유진, 원하경

펴낸 곳 ㈜알에이치코리아
주소 서울시 금천구 가산디지털2로 53, 20층 (가산동, 한라시그마밸리)
편집문의 02-6443-8902 **도서문의** 02-6443-8800
홈페이지 http://rhk.co.kr
등록 2004년 1월 15일 제2-3726호

ISBN 978-89-255-7412-7 (03830)